MEIN KLEINER RIESE

EIN ALIEN FÜR JEDEN FEIERTAG

MARINA SIMCOE

Dieses Buch ist ein Werk der Fiktion. Namen, Charaktere, Orte und Vorfälle
sind ein Produkt der Fantasie der Autorin. Schauplätze und öffentliche Namen
werden für atmosphärische Zwecke verwendet. Jede Ähnlichkeit mit
tatsächlichen Personen, lebend oder tot, oder mit Unternehmen, Firmen,
Ereignissen, Institutionen oder Orten ist völlig zufällig.
Mein kleiner Riese ist eine Science-Fiction-Romanze. Sie enthält grafische
Beschreibungen von Intimität. Für erwachsene Leser gedacht.

KAPITEL 1

EMMA

„*B*ereit für den Einsatz! In zehn... neun... acht...”

Der Countdown begann und mein Herz setzte einen Schlag aus, ließ mich in einer eisigen Mischung aus Aufregung und Beklemmung schweben.

Dies war meine vierzehnte Mission auf dem Planeten Tragul, aber die Nervosität blieb. Mein Körper vibrierte vor Vorfreude und einer ordentlichen Portion Angst – wie immer kurz bevor sich die Luke unseres Transportschiffs öffnete.

Denn egal wie viele Briefings wir hatten und wie viele Anweisungen wir erhielten, niemand konnte mit Sicherheit vorhersagen, was uns auf der anderen Seite dieser Tür erwartete.

„Kopf hoch, Pixie.” Captain Rick Miller, der Anführer unserer speziellen Panzereinheit von der Erde, stieß die Schulter seines Ganzkörper-Metallanzugs gegen die harte Schulter meines Anzugs. „Ich halte dir den Rücken frei.”

„Danke. Und ich dir deinen.” In einem Panzeranzug wie

Ricks hatte ich die gleiche Größe und Stärke wie alle anderen in meiner Einheit von zwölf Leuten.

Ricks Ermutigung fühlte sich trotzdem gut an.

„Wird schon klappen, Pixie." Ekon, ein anderer Kamerad, stieß seine gepanzerte Schulter von der anderen Seite gegen meine.

Mein Name war Emma, aber man nannte mich *Pixie* seit meinem ersten Tag an der Militärakademie. Ich hasste den Spitznamen anfangs und empfand ihn als spöttischen Hinweis auf meine Körpergröße von knapp über 1,50m. Irgendwann hatte ich mich daran gewöhnt. Über ein Dutzend Missionen hatten mir genügend Gelegenheiten gegeben, mich auf Tragul zu beweisen. Ich wusste, dass die Jungs in meiner Einheit mich für meine Fähigkeiten und mein Können im Einsatz respektierten. Von ihnen klang der Spitzname nicht mehr wie eine Beleidigung, sondern wie ein Zeichen der Akzeptanz im Team.

Der Countdown endete. Die Luke hob sich. Die heiße Abgasluft der Flugzeugmotoren drückte auf das üppige grüne Blätterdach des tragulischen Dschungels unter uns.

„Springen!"

Den Atem anhaltend, sprang ich von der Plattform und aktivierte die Triebwerke des Anzugs, sobald meine Füße sich vom Flugzeug lösten.

Von hier an verengte sich mein Fokus. Keine Energie wurde verschwendet, abgesehen davon, zu verarbeiten, was unmittelbar um mich herum passierte.

Ich glitt an den Baumkronen vorbei, landete in einer kleinen Lichtung darunter und schaltete die Triebwerke des Anzugs aus. Die Energie der Brennstoffzellen wurde nun auf andere Funktionen umgeleitet. Ich schaltete ein rotes Licht aus und bestätigte Rick damit meine sichere Landung. Die umgebende Landschaft erhellte sich mit Grafiken zusätzlicher Informationen auf dem Glas meines Helms.

Als ich mich umschaute, entdeckte ich mehrere mittlerweile

vertraute graue „Hügel" unter den Bäumen – Fleischhaufen, die *Fescods* genannt wurden.

Diese Kreaturen galten als Individuen nicht als intelligent. Ihr Zentralverstand – ein Organismus, der sicher auf dem Boden des tragulischen Ozeans versteckt war – ermöglichte es ihnen jedoch, großangelegte Operationen zu organisieren, die zu einem zwei Jahrzehnte andauernden Krieg auf Tragul und sogar zu einer Invasion des nahegelegenen Planeten Neron geführt hatten.

Die Voranier, die intelligente Spezies aus dem Land Voran auf dem Planeten Neron, hatten die *Fescods* vor etwa drei Jahren von ihrer Heimatwelt vertrieben und so die Invasion beendet. Allerdings terrorisierten die *Fescods* weiterhin die Ravils, eine der Spezies auf Tragul, die das Unglück hatten, den Planeten mit ihnen zu teilen.

Die grauen Klumpen rollten näher, ihre formlosen Körper wobbelten, um sich am Boden vorwärtszubewegen. Ich ließ die gebogenen Klingen aus den Armfächern meines Anzugs gleiten und bereitete mich auf einen Angriff vor.

Fescods waren nicht leicht zu töten. Ihre Haut reflektierte Hitze und Laserstrahlen. Kugeln beschädigten ihre großen Körper nur lokal. Ihre Muskeln stießen die Kugeln innerhalb von Minuten wieder aus. Die inneren Organe der *Fescods* verschoben sich ständig in ihren Körpern, was es unmöglich machte, sie von außen zu lokalisieren oder genau zu treffen.

Nach einem Jahrzehnt Kampf gegen sie, hatten die Voranier kalte Waffen als effizientestes Mittel gegen *Fescods* identifiziert. Die scharfen, gebogenen Klingen, mit denen mein Anzug ausgestattet war, standen weit oben auf dieser Liste.

Ich stellte mich breitbeinig hin, hob die Klingen und machte mich bereit für den Aufprall mit einem der massiven Fleischklumpen, der auf mich zurollte.

Ein donnernder Schlachtruf hallte durch den Dschungel. Dann stürmte eine Gruppe unerschrockener Krieger an mir vorbei, um sich den angreifenden *Fescods* zu stellen. Die muskulösen, humanoiden Körper der Krieger, bedeckt mit kurzem, gelbbraunem Fell, bewegten sich mit Anmut und Geschwindigkeit. Ihre langen, fellbespitzten Schwänze wehten hinter ihnen her.

Das waren Ravils, unsere Verbündeten. Ihr Transport musste kurz nach unserem eingetroffen sein.

Der berühmte Mut der Ravils grenzte an Leichtsinn. Er trieb sie dazu, vor uns einen Gegenangriff zu starten.

Im Gegensatz zur menschlichen Einheit – wir alle vollständig in robotisierten Rüstungsanzügen eingeschlossen – kämpften die Ravils praktisch nackt. Abgesehen von Hosen und Stiefeln trugen sie nur Lederbrustplatten, die kaum groß genug waren, um ihre lebenswichtigen Organe zu schützen. Ihre Waffen und der Großteil ihrer Ausrüstung passten in die Holster und Beutel, die an den breiten, perlenbesetzten Gürteln befestigt waren, die tief auf ihren Hüften saßen.

Mit einer frustrierenden Missachtung der Gefahr stürmten die Ravils mit kurzen Dolchen in jeder Hand auf die *Fescods* zu.

Abgelenkt von ihrem Erscheinen – geplant, aber nicht angekündigt – hätte ich fast einen Angriff eines herannahenden *Fescods* übersehen. Er rollte auf mich zu. Dünne Auswüchse erschienen aus seinem Körper, einige mit scharfen Stacheln, andere mit Zangen, die Knochen zerquetschen konnten.

Ich schwang eine meiner Klingen. Er blockte den Schlag mit einem seiner langen, dünnen Glieder ab, die zufällig aus seinem formlosen Körper auftauchten und wieder verschwanden.

Ich taumelte zurück, fast aus dem Gleichgewicht gebracht durch den Kontakt. Zum Glück hielten mich die Stabilisatoren des Anzugs aufrecht. Ich hob wieder beide Klingen und zielte auf die Stelle ganz oben auf der Masse des *Fescods*.

Plötzlich erschien ein Ravil-Krieger genau über der Stelle, auf die ich zuschlagen wollte. Ich riss meine Arme im letzten

Moment zurück, um meinen Schlag zu stoppen, damit ich den Verbündeten nicht verletzte.

Der Ravil stieß beide Dolche genau in die Stelle, auf die ich gezielt hatte. Mit einem Sprung vom *Fescods* schnitt er den ganzen grauen Klumpen hinunter. Er griff hinein und riss das pulsierende Bündel der Herzen des *Fescods* heraus. Triumphierend hob er es über seinen Kopf und zerquetschte das blutige Bündel in seinen bloßen Händen, bevor er es zu Boden warf.

Dann drehte er sich um und zwinkerte mir zu, obwohl der getönte Frontschild meines Helms mein Gesicht vor seinem Blick verbarg.

„Gern geschehen!", rief er auf Ravilisch. Mein Übersetzer-Implantat erkannte die Sprache und übersetzte seine Worte sofort.

Dachte er, er hätte mir gerade einen Gefallen getan? Ich wäre auch ohne ihn klargekommen. Tatsächlich war er mir nur in die Quere gekommen.

„Was für ein Idiot", schnaubte ich verärgert. Nicht, dass er mich hören oder sehen würde, wie ich in meinem Helm den Kopf schüttelte.

Der Ravil machte sich sofort daran, einen weiteren *Fescod* zu erstechen und zu zerschneiden. Ich drehte mich um und konnte endlich meine Klingen gegen den einsetzen, der von der Seite auf mich zurollte.

Fescods regenerierten ihre Gewebe und Organe sehr schnell. Das Entfernen ihrer Herzen war ein sicherer Weg, um sie davon abzuhalten, sich zu heilen und buchstäblich wieder zum Leben zu erwachen. Allerdings musste man bei der ganzen Sache nicht barbarisch vorgehen. Anstatt das Herzcluster des *Fescods* herauszureißen, wie der Ravil es getan hatte, schnitt ich es sauber mit meiner Klinge heraus, und warf es dann unter den nächsten Busch und aus dem Weg.

Ich ließ meinen Blick über die Lichtung schweifen und suchte nach weiteren *Fescods*. Derselbe Ravil, der mir zuvor

„geholfen" hatte, kam rechts von mir ins Blickfeld. Er hatte gerade einen weiteren *Fescod* erledigt und rannte jetzt unter den Bäumen hindurch auf einen in der Ferne zu.

Ein pulsierendes Licht auf meinem Monitor machte mich auf ein Lebewesen aufmerksam, das sich im Blätterdach des Baumes über mir versteckte. Es war zu klein für einen *Fescod*, aber groß genug, um potenziell Schaden anzurichten. Es war auch nicht allein. Eine Gruppe von ihnen hatte sich oben versammelt und sah aus, als wollte sie den sich nähernden Ravil angreifen.

Als der Ravil näher kam, stürzte sich eine geschmeidige, grünliche Gestalt auf ihn – ein *Yirzi*, eine weitere intelligente Spezies von Tragul. Diese Kerle bildeten nur kurzlebige Bündnisse, und das auch nur für unmittelbare, greifbare Vorteile – wie Geld. Im Moment standen sie *nicht* auf unserer Seite.

Der Ravil war in Gefahr.

Ich warf eine meiner gebogenen Klingen auf den *Yirzi*, ein grünhäutiges Wesen mit zwei Armen und vier Beinen. Die durch die Luft sausende Waffe schnitt ihm einen Arm ab. Ein Lasermesser blitzte in der Faust des abgeschnittenen Arms auf, als er vor den Stiefeln des Ravils auf den Boden fiel. Die Waffe war eindeutig nicht für den Einsatz gegen *Fescods* gedacht. Laser waren viel wirksamer gegen uns – Menschen und Ravils.

Die *Yirzi* müssen sich mit den *Fescods* verbündet haben, zumindest für die Dauer dieser Schlacht. Als Kriminelle und Opportunisten nahmen *Yirzi* nicht lange Partei, sondern kämpften für denjenigen, der mehr zahlte, und blieben niemandem treu.

Zwei weitere grüne Gestalten sprangen vom Baum auf den Ravil.

Ich brachte mich in Position, um meine andere Klinge auf einen von ihnen zu werfen, aber der Ravil machte selbst kurzen Prozess mit ihnen und benutzte seine kurzen, scharfen Dolche.

Ich musste zugeben, er war ein beeindruckender Anblick im Kampf. Seine hervortretenden Muskeln wogten vor Kraft. Eine Schicht Schweiß glättete das samtartige Fell auf seinen breiten Schultern und kräftigen Armen, die mit komplizierten Tätowierungen bedeckt waren. Er hatte einen starken, prächtigen Körper, und er genoss es offensichtlich, ihn bis an die Grenzen zu fordern.

Der Ravil stieß den toten *Yirzi* beiseite und hob meine Klinge auf. Mit einem kurzen Winken und einem *verdammten Lächeln*, als hätte er nicht gerade einen potenziell tödlichen Angriff abgewehrt, warf er meine Klinge zu mir zurück und stürmte dann auf zwei weitere *Fescods* zu, die in seine Richtung rollten.

„Sechzehn-null-acht", las ich laut die Nummer vor, die auf seiner Brustplatte in drei Sprachen geschrieben stand – ravilisch, voranisch und in arabischen Ziffern zum Nutzen von uns Menschen.

„Leutnant Agan Drankai", informierte mich der Computer meines Anzugs. „Der Anführer des Ravil-Zugs bei dieser Mission."

Der Anführer?

Kein Wunder, dass die anderen oft so unglaublich leichtsinnig waren, wenn sie so einen Hitzkopf als Vorbild hatten.

„ICH HABE GEHÖRT, dass Menschen Weibchen erlauben, in der Armee zu dienen", kicherte einer der Ravils.

Alle zwölf Soldaten meiner Einheit und die meisten des Ravil-Zugs hatten die Lichtung mit den riesigen toten Körpern der *Fescods* und einigen der *Yirzi* übersät zurückgelassen. Unsere Abholung war erst in einer Stunde geplant. Wir versammelten uns an einem breiten, orangefarbenen Fluss, der träge durch den Dschungel floss, nicht weit vom vorherigen Schlachtfeld entfernt.

„Es ist nicht die Aufgabe einer Frau zu kämpfen", spottete ein anderer Ravil. Ich erkannte die Nummer auf seinem Brustpanzer als die von Leutnant Agan Drankai. „Frauen wären auf einem Schlachtfeld nur eine Ablenkung." Er schüttelte mit einer Grimasse tiefer Missbilligung den Kopf.

Nun, Leutnant Drankai entpuppte sich nicht nur als Heißsporn, sondern auch als offener Frauenfeind.

Ich wusste, dass die Kultur der Ravils klar definierte Geschlechterrollen hatte. Als Spezies zeigten sie auch eine extreme Besitzgier gegenüber ihren Frauen. Anders als die Menschen lehnten die Ravils eine Ehevereinbarung mit Voraniern ab und weigerten sich, ein Programm zu unterstützen, das Ravil-Frauen ermutigen würde, voranische Männer zu heiraten.

All das war für mich in Ordnung. Was mich störte, war, dass Agan unverblümt die Bräuche und Erwartungen seiner Spezies auf alle anderen projizierte.

Als zierliche Frau, die eine Karriere beim Militär gewählt hatte, hatte ich meinen Anteil an herablassenden Blicken und bevormundenden Kommentaren erlebt. Leider gab es immer noch einige Männer auf der Erde, die mich behandelten, als würde ich nicht dazugehören, selbst, nachdem ich für unsere neueste und prestigeträchtigste gepanzerte Einheit ausgewählt worden war und mich bei den vielen Einsätzen seitdem bewährt hatte.

Von einem männlichen Außerirdischen zu hören, dass ich nicht dazugehörte, war genauso ärgerlich.

„Hey, Pixie, soll ich ihn für dich verprügeln?", stieß Ekon, ein Soldat aus meiner Einheit, meinen Anzug mit dem Ellbogen an.

„Danke, aber das kann ich selbst erledigen", antwortete ich zähneknirschend.

In meinem Anzug konnte ich mich problemlos gegen ein

paar Ravils gleichzeitig behaupten, mit all ihrer Muskelkraft und Prahlerei.

Ich wollte schon immer bei der Infanterie sein, direkt an vorderster Front im Einsatz. Meine Technik im Nahkampf war hervorragend. Allerdings hatte mich der reine Mangel an Muskelkraft oft daran gehindert, mich mit größeren Männern zu messen.

Als die Kampfanzüge endlich für den Einsatz zugelassen wurden, hatte ich buchstäblich vor Freude gequiekt. Ich hatte mich für ihre allerersten Feldversuche beworben und nie zurückgeschaut.

Der Anzug hatte mir endlich ermöglicht, das zu tun, was ich immer wollte. Wenn ich ihn trug, war ich über zwei Meter groß, genau wie alle anderen in meiner speziellen Einheit der gepanzerten Infanterie. Dank seiner leistungsstarken Motoren und des Exoskeletts war ich auch genauso stark wie jeder der Jungs.

Ich könnte definitiv die Hölle aus einem arroganten Idioten wie Agan herausprügeln. Außer, dass Leute wie er die Mühe nicht wert waren. Unser Transport würde bald genug hier sein, und ich müsste ihn wahrscheinlich nie wieder sehen.

Agan, den Arsch, ignorierend, ging ich zum Wasser hinunter und spülte den Schmutz der Schlacht von den Handschuhen und dem Helm meines Anzugs ab.

„Hey, Elf!", rief mich jemand bei meiner Helmnummer. Ein Schlag auf meine Schulter war stark genug, um mich trotz der Stabilisatoren des Anzugs ins Wanken zu bringen. „Danke, dass du mir da draußen geholfen hast." Agan nickte mit dem Kopf zum Dschungel zurück.

Sonnenstrahlen streiften das glatte Fell auf seinem Oberkörper und hoben sein überwachsenes Haar hervor, dessen Enden sich hinter seinen Ohren und in seinem Nacken kräuselten. Mit ein paar Zentimetern mehr Länge wäre sein dickes, welliges Haar schön, um meine Finger darin zu vergraben...

Ich schüttelte den Kopf bei diesem zufälligen Gedanken. Der

einzige Grund, Agans Haar zu packen, wäre, um zu versuchen, etwas Verstand in seinen engstirnigen Kopf zu schütteln.

Hastig passte ich schnell die Lautsprecher des Anzugs an, um meine Stimme tiefer klingen zu lassen. Jemandem wie ihm mein Geschlecht zu offenbaren, könnte nach einer Konfrontation fragen, und ich hatte keine Lust, nach einer langen Schlacht mit dem Feind gegen einen Verbündeten zu kämpfen.

„Keine große Sache." Ich winkte ihn ab. „Du hast *irgendwie* das Gleiche für mich getan." Ich bezog mich darauf, dass er den *Fescod* getötet hatte, den ich gerade selbst ausweiden wollte, ohne jegliche Hilfe von ihm zu benötigen.

Mein Sarkasmus ging natürlich völlig an ihm vorbei.

„Klar doch." Er nickte mit ernstem Gesichtsausdruck. „Wir sind jetzt wie Brüder, du und ich – Kampfbrüder."

Er kniete am Flussufer und schöpfte eine Handvoll Wasser, um seine Arme und seinen Nacken abzuspülen.

Verborgen hinter dem dunklen Glas meines Helms folgte mein Blick den Wasserbächen, die zwischen den harten Kanten seiner Muskeln hinabrannen und im glatten Samt des kurzen Fells auf seiner Haut glitzerten.

Nicht gerade „brüderliches" Verhalten meinerseits, ihn so anzustarren.

Ich riss meinen Blick schnell weg.

„Lust auf ein Bad?", fragte Agan.

„Ein Bad? Oh, nein. Ich bin okay. Ehrlich." Kopfschüttelnd trat ich einen Schritt vom Wasser zurück.

Mehr Menschen und Ravils kamen zum Ufer. Rick stieg ins Wasser und rammte einen Metallpfahl in den Flussboden. Der Pfahl sendete ein Signal aus, das alle Lebensformen abschrecken sollte.

„Das Wasser ist in einem Umkreis von dreißig Metern um diesen Pfahl sicher." Rick nahm seinen Helm ab und fuhr sich mit der Hand über die kurzen schwarzen Stoppeln auf seinem Kopf. Er strahlte mit einem breiten Lächeln. „Wer kommt mit?"

„Ich bin dabei!", rief Ekon und stieg aus seinem Anzug. Das helle Licht der Tragul-Sonne schimmerte auf seiner dunklen Haut, als er den dünnen, weißen Bodysuit abstreifte, den wir alle unter den harten Rüstungsschalen trugen.

„Ich auch!", riefen Matteo und der Rest unserer Einheit, die ebenfalls aus ihrer Rüstung kletterten und einer nach dem anderen die dünnen Bodysuits ablegten.

Plötzlich war ich von nackten Männern umgeben – Ravils und Menschen gleichermaßen. Die Krieger rannten splitternackt an mir vorbei und sprangen mit wildem Geplantsche und fröhlichem Geschrei ins Wasser.

„Bist du sicher, dass du nicht mitkommen willst?", fragte Agan und warf seine Brustplatte auf den roten Sand am Flussufer. Seine Hände bewegten sich bereits zu den Verschlüssen seiner Hose.

„Ich? Nein... ich, ähm..." Ich trat noch einen Schritt zurück. „Ich bleibe lieber hier." Ich ließ mich auf den nächsten Felsen plumpsen und versuchte vergeblich, meinen Blick abzuwenden, während er seine Stiefel abstreifte und dann begann, seine Hose auszuziehen.

Die Jungs meiner Einheit hatten mich schon oft in BH und Slip gesehen in den drei Jahren, seit wir ein Team geworden waren. Wir mussten auf den verschiedenen Transportschiffen in engen Quartieren schlafen, wo Privatsphäre praktisch nicht existierte.

Wir waren vor fast elf Monaten in diesem Teil der Galaxie angekommen. Mittlerweile waren wir wie eine Familie geworden. Die Jungs meiner Einheit waren wirklich wie Brüder für mich. Ich hätte nicht zweimal darüber nachgedacht, mich bis auf BH und Slip auszuziehen, um mit ihnen im Fluss zu baden.

Die Anwesenheit der Ravils änderte jedoch alles.

Vor allem der Gedanke, meine Rüstung vor Agan abzulegen, fühlte sich besonders beunruhigend an.

„Danke. Mir geht's gut." Ich schüttelte den Kopf in meinem

Helm und starrte überall hin, nur nicht auf seinen nun völlig nackten Körper.

„Wie du willst, Elf." Agan klopfte mir erneut auf die Schulter. „Wenn du in der Stadt Voran auf Neron bist, such mich auf. Falls ich da bin, trinken wir was zusammen. In Voran gibt's wenig weibliche Gesellschaft. Zum Glück hat unsere Basis dort eine weibliche Unterhaltungseinheit. Ravil-Frauen sind die besten im Universum. Warst du schon mal mit einer zusammen?"

„Nein." Seine Worte ließen mich innerlich in meiner Rüstung zusammenzucken.

Ich hatte von den Ravil-Unterhaltungseinheiten gehört, die ihre Armeestützpunkte außerhalb von Tragul begleiteten. Der einzige Zweck dieser Einheiten schien zu sein, Soldaten fernab ihrer Heimatwelt zu unterhalten. Nach den Kommentaren, die ich gehört hatte, vermutete ich, dass die Einheiten ähnlich den Armeebordellen waren, die einige Nationen vor langer Zeit auf der Erde hatten – ein tragischer Teil der menschlichen Geschichte.

Agan hatte offensichtlich angenommen, dass ich ein Mann war, und ich hatte keine Lust, ihm jetzt zu beweisen, dass er falsch lag. Ich wollte einfach so wenig wie möglich mit diesem Mann zu tun haben.

„Du solltest Ravil-Frauen kennenlernen. Ich stelle dir ein paar vor." Mit einem weiteren Schlag, der durch meinen ganzen Anzug vibrierte, rannte Agan zum Wasser. Sein langer Schwanz mit dem Büschel langer Haare an der Spitze schwang durch die Luft.

„Pixie", erschien Rick an meiner Seite, nackt wie alle anderen. „Willst du ihm sagen, dass du ein Mädchen bist?" Er grinste und deutete mit seinem Kinn in Agans Richtung. „Oder soll ich das machen?"

„Nein, lass es einfach." Ich winkte ab. Ein Mann wie Agan würde es wahrscheinlich nicht gut aufnehmen, dass ich eine

Frau bin, und ich hatte sehr wenig Geduld für verurteilende Arschlöcher. Es gab keinen Grund für zusätzliche Spannungen, besonders da wir sowieso vielleicht nie wieder zusammen auf eine Mission gehen würden. „Was er nicht weiß, macht ihn nicht heiß." Ich zuckte mit den Schultern des Anzugs.

„Wie du willst." Rick lachte und rannte an mir vorbei ins Wasser.

Für einen Moment starrte ich ausdruckslos auf Ricks nackten Hintern, der verdächtigerweise genauso gut gebräunt war wie der Rest von ihm. Dann wanderte mein Blick zum Fluss, und ich ertappte mich dabei, wie ich nach Agan unter den großen, goldbraunen Körpern der Ravils suchte.

Er tauchte aus dem Wasser auf und schüttelte die Tropfen aus seiner dunkelblonden Mähne. Die Sonne verfing sich in den Rinnsalen, die an seinem nassen Fell herunterliefen und ihren Weg zwischen den Erhebungen und Tälern in der bemerkenswerten Landschaft seiner gut definierten Muskeln am Oberkörper bahnten.

Es war äußerst bedauerlich, dass ein so unangenehmer Mann wie er einen so perfekten Körper besaß – wirklich zum Heulen.

KAPITEL 2

EMMA

„Abholung in zehn Minuten bereit." Die Ankündigung kam durch das Kommunikationssystem meines Anzugs.

Ich drehte die Lautsprecher voll auf, erhob mich von meinem Felsen und winkte in Richtung des Flusses, in dem sowohl Ravils als auch Menschen schwammen.

„Hey, Jungs!", rief ich ihnen zu und signalisierte, dass es Zeit war, aus dem Wasser zu kommen.

Plötzlich ertönte ein Alarm durch meinen Helm. Ein blinkendes rotes Licht zeigte die Anwesenheit von jemandem in der Gegend an. Ich öffnete die Karte auf dem Hologrammbildschirm in meinem Helm. Dünne rote Umrisse begannen darauf aufzutauchen. Nach ihren Formen und Größen zu urteilen, näherte sich uns eine weitere Einheit von *Fescods*, begleitet von einer großen Anzahl von *Yirzi*.

„*Fescods!* Sie kommen auf uns zu!", schrie ich lauter.

Die Männer meiner Einheit rannten aus dem Wasser, genau

wie die Ravils – beide brauchten ein paar Sekunden, um ihre Kleidung und Waffen zu greifen. Bis dahin war niemand außer mir da, um sich den grauen Klumpen aus zähem Fleisch zu stellen, die bedrohlich aus dem Dschungel ans Flussufer rollten.

Ich ließ meine Klingen herausgleiten und stürmte auf sie zu, um den Männern die Zeit zu geben, die sie brauchten, um sich vorzubereiten. Schneidend und zustechend rückte ich langsam in Richtung der Baumgrenze vor und drängte die *Fescods* zurück in den Dschungel, weg vom Fluss und den nackten Männern.

Mitten in der Aktion zu sein, fühlte sich gut an. Hier gab es keine Angst, keine Nervosität, nur scharfe Konzentration, während ich meinen nächsten Zug berechnete. Alles andere verschwand.

Sobald ich den Dschungel betrat und die *Fescods* verfolgte, sprangen *Yirzi* von den Bäumen herunter.

Ich aktivierte die Laserwaffen, die an den Unterarmen des Anzugs befestigt waren, und fuhr auch die Läufe der automatischen Waffen auf meinen Schultern aus. Die 360-Grad-Feuerabdeckung durch die Waffen des Anzugs war praktisch, wenn man von allen Seiten angegriffen wurde, wie es jetzt bei mir der Fall war. Das Feuer hatte keine Wirkung auf *Fescods*, aber es hielt die *Yirzi* in Schach.

Sobald die Ravils mich einholten, schaltete ich die Waffen aus, um nicht versehentlich einen meiner Verbündeten zu erschießen.

Mit wenig Kleidung und minimaler Ausrüstung waren die Ravils schneller kampfbereit als die Männer meiner Einheit. Viele von ihnen hatten sich nicht einmal die Mühe gemacht, ihre Hosen wieder anzuziehen, sondern nur ihre Messer gegriffen, bevor sie mir zu Hilfe eilten.

Gemeinsam bewegten wir uns weiter entlang des Flussufers und tiefer in den Dschungel hinein, wobei wir den Feind in die Richtung zurückdrängten, aus der er gekommen war.

Agan lief an mir vorbei und bahnte sich den Weg ganz nach vorne an die Spitze.

Musste er immer und überall der Erste sein? Ich schüttelte den Kopf.

„Pixie! Wo bist du?", erreichte mich Ricks besorgte Stimme über das Kommunikationsgerät.

„Ich bin hier...", momentan orientierungslos durch das Geschehen um mich herum, brauchte ich ein paar Augenblicke, um mich zu orientieren. Dann bestätigte ich ihm meine Koordinaten, indem ich den Bildschirm in meinem Helm ablas.

„Der Transport ist hier." Dringlichkeit klang durch Ricks Stimme. „Alle sind an Bord gegangen. Wir müssen aus dem Weg gehen, um das Ravil-Schiff reinzulassen. Jetzt."

Ich drehte mich um und erhaschte in der Ferne den Anblick wehender Blätter und sich beugender Äste unter der Abluft der Triebwerke unseres Transporters.

„Wie viel Zeit habe ich?", fragte ich schnell.

„Zwei Sekunden."

Ich bräuchte viel mehr als das, um dorthin zu gelangen, wo der Transport über dem Dschungel schwebte, selbst wenn ich die Triebwerke des Anzugs einschalten und über das Blätterdach des Dschungels fliegen würde. Sie so viel länger warten zu lassen, würde bedeuten, dass die Ravils warten müssten, um an Bord ihres Schiffes zu gehen. Ungeschützt müssten sie den *Fescods* und den *Yirzi* länger als nötig gegenüberstehen – wegen mir.

„Geht", sagte ich zu Rick, während ich einen weiteren *Yirzi*, der von einem nahegelegenen Baum auf mich gesprungen war, in zwei Hälften schnitt. „Ich fahre mit den Ravils mit."

„Dann sehen wir uns an der Basis", antwortete Rick und fügte im Ton eines Freundes statt eines Vorgesetzten hinzu: „Und Pixie, bitte sei vorsichtig."

Ein weiterer *Yirzi* schwang sich in meine Richtung, hielt sich an einer dicken Liane fest und schoss mit seiner Laserwaffe auf die umstehenden Ravils.

„Das werde ich, Rick." Ich schnitt mit meiner Klinge durch die Liane und zertrat dann den Hals des *Yirzi* mit dem Stahlstiefel meines Anzugs. „Mach dir keine Sorgen um mich. Wir sehen uns an der Basis."

„Zum Schiff!", rief Agan und winkte mit seinen Armen in die Richtung, in die der menschliche Transport abhob. Das Ravil-Schiff nahm seinen Platz über der Lichtung ein, die Luft, die von seinen Propellern aufgewirbelt wurde, bog die Bäume und verzerrte das üppige Grün des Dschungels.

Als sein Volk sich in diese Richtung wandte, landete Agan ganz am Ende seines Zuges. Mir wurde klar, dass dies die ganze Zeit seine Strategie gewesen sein könnte. Zuerst war er an der Spitze, führte sein Volk in den Gegenangriff gegen die *Fescods*. Jetzt befand er sich am Ende, um sicherzustellen, dass alle sicher zum Transport gelangten.

Es war eine bewundernswerte Strategie für einen Anführer, das musste ich zugeben.

„Kommst du mit uns, Elf?", fragte er, während er vorbeieilte, um einem seiner Männer im Kampf gegen eine Gruppe von *Fescods* zu helfen.

„Ja." Ich nickte, schlug einem *Yirzi* ins grüne Gesicht und half dann einem Ravil auf, der neben mir zu Boden gestoßen worden war.

Im Gegensatz zu unserem schlanken Raumgleiter war das Schiff der Ravils ein klobiges Fluggerät mit Reihen massiver Nieten entlang des rostigen Rumpfes. Neben den drei riesigen, rotierenden Propellern auf der Oberseite stießen zwei Triebwerke am Boden durch ein Bündel von Auspuffrohren heiße Luft aus und versengten das Grün der Bäume darunter.

Während es über dem Dschungeldach schwebte, senkte sich eine lange Rampe zur Lichtung hinab. Ravils stürmten unter den Bäumen hervor und kletterten die strukturierten Sprossen der Rampe hoch ins Fluggerät.

Anstatt Platz auf der Rampe zu beanspruchen, startete ich die Triebwerke des Anzugs und flog über die Köpfe der kletternden Ravils hinweg.

Im Inneren des Fluggeräts aktivierte ich erneut die Waffen an meinen Unterarmen und schoss auf jeden *Yirzi*, den das System meines Anzugs unten erkannte. Meine Feuerkraft bot den Ravils die dringend benötigte Deckung, während sie auf der Rampe exponiert waren.

Durch das dichte Blätterdach entdeckte ich die letzten Ravils, die zum Transport eilten. Agan war der Allerletzte, der die Rampe erreichte.

Als sie sahen, dass wir abflugbereit waren, verstärkten die *Yirzi* ihr Feuer und schossen auf diejenigen, die die Rampe hochkletterten, und auf das Fluggerät selbst. Ein Schuss traf den Rumpf in der Nähe meines Gesichts, und die hellen Funken fächerten sich über die Vorderseite meines Helms auf und blendeten mich für einen Moment.

Ein weiterer Schuss traf ein Blatt eines der Propeller. Der Aufprall rüttelte das Fluggerät heftig zur Seite.

„Bewegung! Bewegung!" schrie jemand.

Das Schiff neigte sich in der Luft und stieg über die Baumwipfel. Das Geräusch der hochgezogenen Rampe hallte durch den Metallkörper des Schiffes.

Agan war jetzt der Letzte auf der Rampe. Er kletterte zügig hoch und kam dem Eingang immer näher. Ein starker Wind wehte durch sein welliges Haar und schob seinen Schwanz zur Seite.

Ein Laserstrahl aus einer *Yirzi*-Waffe traf das Metall vor ihm und schleuderte einen Funkenregen in sein Gesicht. Ein weiterer streifte im selben Moment seine Schulter. Agan zuckte zurück, seine Füße rutschten weg. Seine Hände verfehlten die nächste Sprosse auf der Rampe, und er stürzte in die offene Luft darunter.

„Leutnant!" riefen die Ravil-Krieger entsetzt.

Einer von ihnen griff sofort nach einem Seil und befestigte es an seinem Gürtel. „Ich hole ihn!"

Ich stieß mich vom Türrahmen ab und sprang vor ihm hinaus.

Es war eine Entscheidung in einem Bruchteil einer Sekunde. Der Ravil mit dem Seil am Gürtel würde Agan niemals rechtzeitig erreichen und würde sein Leben für nichts riskieren. Mit meinem Anzug hatte ich eine viel bessere Chance, Agan zu retten und zu überleben.

In dem Moment, als meine Füße den Kontakt zum Fluggerät verloren, aktivierte ich die Triebwerke des Anzugs und schoss mit höherer Geschwindigkeit als sein freier Fall hinter Agan her.

Ich fing ihn in der Mitte seines Körpers auf, kurz vor dem Dschungeldach. Einen Moment, bevor wir durch die Baumwipfel gekracht wären, öffnete ich die Solarflügel des Anzugs.

Wir glitten über den Dschungel, unterstützt von den langen Solarpaneelen meines Anzugs, die als Flügel dienten. Die glänzende schwarze Oberfläche der Flügel nahm die Energie der Nachmittagssonne auf und lud die Batterien des Anzugs wieder auf. Der lange Kampf heute hatte ihre Energie fast erschöpft.

Agan bewegte sich in meinen Armen, und ich passte meinen Griff an. Die dunkle Masse des Ravil-Transportschiffs schwebte hoch über uns.

„Sie werden in Ordnung sein, Leutnant. Ich bringe uns zurück zum Transport—" Ich beendete meine Zusicherungen nicht.

Schnelles Laserfeuer von unten traf meinen Anzug und ließ Funkenfeuerwerke entlang der Oberfläche der Solarflügel aufblitzen. Die ausgefahrenen Paneele machten mich zu einem viel größeren Ziel, wurde mir klar. Der Anzugsmotor hatte genug Energie, um uns zum Fluggerät zurückzubringen. Ich versuchte, die Flügel einzufahren, aber nur einer glitt zurück in sein Fach auf meinem Rücken.

Der andere Flügel musste beschädigt worden sein, denn er blieb auf halbem Weg stecken. Das halb ausgefahrene Paneel schickte mich in einen Trudelsturz. Auf meinem Helmbildschirm blitzte eine rote Nachricht auf, die vor der Fehlfunktion warnte. Ein Alarm ertönte, als ich durch die Bäume krachte.

Ich schützte Agans Kopf mit meinem Arm und tat mein Bestes, um uns in der Luft zu halten, indem ich die Motorleistung nutzte, um gegenzusteuern und den Trudel zu verlangsamen. Das Laserfeuer vom Boden ging weiter, und ich nutzte die geringe Kontrolle, die ich über die Navigation des Anzugs gewonnen hatte, um uns so weit wie möglich von den *Yirzi* zu entfernen.

Wir flogen mit voller Geschwindigkeit durch Blätter, Ranken und Äste, verloren aber mit jeder Minute an Höhe.

Das Laserfeuer hörte schließlich auf, was mir sagte, dass wir weit genug von den *Yirzi* entfernt sein mussten. Allerdings kam der Boden schnell näher, während wir absanken. Es gab nichts, was ich dagegen tun konnte. Wir würden abstürzen.

Ich traf den Dschungelboden mit meiner Schulter und zwang den Anzug, die volle Wucht unseres Aufpralls auf den Boden abzufangen. Mein Rücken grub einen tiefen Graben in die weiche orange Erde von Tragul, während ich mich drehte und sicherstellte, dass Agan auf mir landete.

Schließlich kamen wir vollständig zum Stillstand.

Ich konsultierte das System meines Anzugs und stellte sicher, dass wir die *Fescods* und *Yirzi* weit hinter uns gelassen hatten. Das System erkannte keinen von ihnen in der Nähe.

„Leutnant Drankai?" Ich rollte Agan vorsichtig von mir herunter und hoffte, ich hätte ihn bei meinem Rettungsmanöver nicht umgebracht. Ich mochte den Kerl zwar nicht besonders, aber ich wollte auch nicht, dass er tot war.

„Nenn mich Sechzehn-Null-Acht," stöhnte er. „Oder einfach Agan. Ich bin nicht dein Vorgesetzter – wir sind nicht in derselben Armee."

Er wäre auch dann nicht mein Vorgesetzter, wenn wir zur selben Armee gehören würden. Er hatte denselben Rang wie ich. Ich war auch Leutnant.

„Bist du okay?" fragte ich, erleichtert, dass er lebte und bei Bewusstsein war.

Er setzte sich mit einem weiteren gedämpften Stöhnen auf. „Nicht sicher." Mit schmerzverzerrtem Gesicht untersuchte er seine Schulter, wo der Laserstrahl eine versengte Spur durch das Fell über den brillanten Farben seiner Tätowierungen gezogen hatte.

Zusätzlich zu der Wunde an seiner Schulter bedeckten eine Reihe von Kratzern, groß und klein, beide Arme. Außerdem gab es Risse in seiner Hose – an seinen Oberschenkeln und Hüften. Einige hatten bereits einen dunkelroten Blutrand.

„Wie geht es dir?", fragte ich. Um ehrlich zu sein, sah er nicht besonders gut aus.

„Als wäre ich gerade durch den Dschungel gestürzt", lachte er schnaufend und stand auf. „Danke, dass du mein Leben gerettet hast, Elf. Ich stehe in deiner Schuld."

„Keine Schuld. Ich bin froh, dass ich helfen konnte." Ich beobachtete Agan aufmerksam auf körperliche Nachwirkungen unseres Absturzes.

Trotz seines zerzausten Aussehens schien er jedoch keine größeren Verletzungen davongetragen zu haben. Seine Bewegungen waren genauso geschmeidig wie zuvor. Das selbstsichere Federn in seinem Schritt war nicht verschwunden.

„Wir sollten zum Transporter zurückkehren", sagte ich. „Ich kann uns fliegen-"

„In diesem Zustand?" Agan warf mir einen ungläubigen Blick zu.

Ich folgte seinem Blick und schaute über meine Schulter auf

den gebrochenen und verbogenen Rest meines linken Flügels. Eine Diagnose war überflüssig – der Flügel war offensichtlich unbrauchbar.

„Die Flügel sind zum Gleiten und Aufladen da. Ich brauche sie nicht zum Fliegen", versicherte ich Agan. „Es ist noch etwas Energie übrig."

Das verbogene Stück des Flügels, das noch herausragte, würde jedoch die Aerodynamik stören und die Navigation beeinträchtigen, wenn ich versuchen würde, in die Luft zu gehen.

Ich bewegte meine Schulter nach vorne und begutachtete den Schaden visuell.

„Ich muss das irgendwie entfernen-"

„So etwa?" Agan riss das Panel nach unten und brach es ab.

„Hey!" Ich taumelte von der Wucht seines Zuges auf meinen Füßen.

„Was denn?" Er warf das abgebrochene Stück beiseite. „Du hast gesagt, du willst es ab – jetzt ist es ab."

Ich hätte es anders entfernt, aber da das Endergebnis dasselbe war – das beschädigte Teil war nicht mehr im Weg – beschloss ich, nicht zu streiten.

Ich führte ein paar schnelle Überprüfungen der lebenswichtigen Systeme des Anzugs durch. Der Transport der Ravils war nirgends zu sehen, und ich hatte keine Kommunikationsverbindung dazu.

„Hast du eine Möglichkeit, den Piloten zu kontaktieren?", fragte ich Agan. „Um zu bitten, dass sie auf uns warten?"

Er schüttelte den Kopf.

„Nein. Aber ich würde sie nicht bitten zu warten, selbst wenn ich eine Möglichkeit hätte, mit ihnen zu kommunizieren. Ihr Propeller wurde getroffen. Das Flugzeug ist beschädigt. Sie können nicht in der Luft schweben und auf uns warten. Sie müssen so schnell wie möglich zur Basis zurückkehren."

Er hatte recht.

Ich überlegte einen Moment. Der Anzug war nicht für Langstreckenflüge gebaut. Seine Levitationsfunktion diente zur Unterstützung im Kampf mit taktischen Kurzstreckenflügen.

„Ich werde den Transport dann nicht einholen können. Er muss inzwischen weit voraus sein. Und meine Batterien müssen aufgeladen werden." Ohne die voll funktionsfähigen Flügel müsste ich irgendwie eine sonnige Lichtung im dichten Dschungel finden, um die Batterien aufzuladen. Jedes Licht würde funktionieren, aber mit nur einem verbleibenden Flügel und ohne direktes Sonnenlicht würde es viel länger dauern. Es half nicht, dass es später Nachmittag war und die Sonne sich schnell dem Horizont näherte.

„Wie lange halten die Batterien?" Agan klang skeptisch.

„Normalerweise einige Tage, aber ich habe heute die Feuerkraft ausgiebig genutzt, was viel Energie verbraucht." Das, kombiniert mit dem Fliegen, das ich bereits absolviert hatte, hatte die Brennstoffzellen erheblich erschöpft. „Ich brauche Sonnenlicht, um sie aufzuladen."

Ich legte meinen Kopf zurück und studierte durch den getönten Schild meines Helms das dichte Blätterdach des Dschungels hoch über uns.

„Es ist genug Energie vorhanden, damit ich über den Dschungel aufsteigen kann", überlegte ich laut. „Dann könnte ich möglicherweise den verbleibenden Flügel ausfahren, um die Strahlen der untergehenden Sonne einzufangen."

„Du würdest riskieren, unsere Position preiszugeben", bemerkte Agan pragmatisch. „Selbst wenn du es schaffst, mit einem Flügel in der Luft zu schweben."

Ich müsste die Maschinen des Anzugs benutzen, um zu versuchen, den fehlenden Flügel zu kompensieren, um den Anzug in der Luft zu stabilisieren, was natürlich auch viel Energie verbrauchen würde.

Agan hatte einen Punkt. Nur, dass ich jetzt riskierte, mit

einem nutzlosen Anzug ohne Strom im feindlichen Gebiet stranden zu bleiben.

„Was würdest du vorschlagen?", fragte ich ihn.

„Wir gehen zu Fuß weiter bis zum Einbruch der Nacht. Du lädst am Morgen auf." Agan zog ein gefaltetes Papier aus seinem Stiefel.

Ich schaute neugierig über seine Schulter, während er die Papierkarte auf den Boden legte. Es erstaunte mich, wie die Ravils seit über zwei Jahrzehnten einen umfassenden Krieg gegen *Fescods* führten, obwohl sie nur so primitive Mittel zur Verfügung hatten.

„Laut der Karte", fuhr Agan mit dem Finger eine Linie auf dem Papier nach, „wenn wir jetzt aufbrechen, sollten wir morgen gegen Mittag dort sein, mit ein paar Stunden Schlaf während der Nacht."

Ich rief die Karte auf dem Bildschirm in meinem Helm auf und legte die Visualisierung über seine Zeichnung. Es gab einige Unterschiede zwischen seiner Karte und meiner. Ich konnte nicht feststellen, ob diese aufgrund des Mangels an moderner Technologie bei den Ravils bestanden oder wegen des Vorteils ihrer persönlichen Aufklärung gegenüber unserer Satellitenüberwachung.

Die Abweichungen waren jedoch nicht groß. Die Hauptroute, die Agan als die zu reisende angab, stimmte auf beiden Karten überein.

„Wir müssen vielleicht nicht die gesamte Strecke zu Fuß gehen", schlug ich vor. „Sobald ich am Morgen aufgeladen habe und wir weit genug von *Yirzi* entfernt sind, können wir fliegen."

„Guter Punkt." Agan schlug mir erneut auf die Schulter. Vibration und hohler Klang hallten durch den Anzug.

Ich taumelte von der Wucht seines Schlags zurück, bevor ich mein Gleichgewicht wiederfand.

„Du musst wirklich damit aufhören", murmelte ich genervt.

„Komm schon, Elf." Er winkte mit einem Grinsen ab. „Tu

nicht so, als wärst du ein Schwächling. Ich habe gesehen, wie du schon härtere Schläge eingesteckt hast."

Diesmal klopfte er mir auf den Rücken und schickte eine weitere Vibrationswelle durch den Anzug. In der Rüstung zu stecken fühlte sich jetzt an, als säße man in einer Kirchenglocke, während sie läutet.

Den nächsten anderthalb Tag in der Gesellschaft dieses Typen zu verbringen, erschien mir jetzt schon wie Folter.

„Also gut." Ich richtete mich auf. „Je früher wir aufbrechen, desto früher kommen wir an."

Desto früher wäre ich auch Agan los.

KAPITEL 3

EMMA

„Siehst du irgendwelche feindlichen Elemente in der Gegend?", fragte Agan, nachdem wir uns etwa eine Stunde durch den Dschungel geschleppt hatten.

Abgesehen von einigen blutrünstigen Fischen im Fluss gab es in dem Gebiet, durch das wir wanderten, nur sehr wenige Raubtiere. *Fescods* und *Yirzi* stellten die größte Gefahr in diesem Teil des Planeten dar. Es schien jedoch, dass wir beide inzwischen hinter uns gelassen hatten.

Tragul war eine atemberaubend schöne Welt mit roten Sandstränden, blauem Himmel, orangefarbenen Flüssen und einem Ozean in der Farbe von Dschungelgrün. Mit seinem milden Klima und wenigen Raubtieren hätte das Land Ravie ein wunderbares interplanetares Touristenziel sein können, wäre da nicht der Krieg, der hier seit dreiundzwanzig Jahren tobte.

Ich überprüfte meinen Monitor.

„Nein, aktuell werden keine feindlichen Elemente in der Reichweite meines Systems erkannt."

„Gut. Das ist ein praktisches Gerät, das du da hast." Agan ließ seinen anerkennenden Blick über meinen Anzug gleiten und schaute dann über meine Schulter zu der Stelle, wo er den Flügel abgebrochen hatte. „Schade nur, dass wie jede Technologie auch diese ihre nervigen Einschränkungen hat."

Ich kämpfte gegen den Anflug von Ärger an, den seine Worte ausgelöst hatten. Ich liebte meinen Anzug; er war mehr als nur eine Waffe oder ein Ausrüstungsgegenstand. Meine Zuneigung zu ihm ähnelte dem Gefühl für mein allererstes Auto – sogar noch mehr, da der Anzug mir mehr als einmal das Leben gerettet hatte. Er hatte auch geholfen, Agans Leben zu retten, erst vor kurzem.

Wieder einmal entschied ich mich, nicht zu streiten. So ärgerlich es auch war, ich musste die ganze Nacht im Dschungel mit diesem Mann verbringen. Es gab keinen Grund, weitere Feindseligkeiten zwischen uns zu schaffen.

Ich biss die Zähne in meinem Helm zusammen und machte weiter, wobei ich mir mit einer meiner Klingen den Weg durch das Dickicht bahnte.

Nach weiteren Stunden des Stapfens durch den dichten Dschungel setzte die Erschöpfung ein. Trotz der Unterstützung durch die Kraft des Exoskeletts schmerzten meine Muskeln, und mein Geist war vor Erschöpfung benebelt.

Nach der Art, wie Agans Schultern hingen, vermutete ich, dass auch er müde werden musste.

„Irgendwelche *Fescods* oder *Yirzi* am Horizont?", fragte er erneut.

„Nein", bestätigte ich, nachdem ich den Monitor überprüft hatte. „Wir können hier für die Nacht anhalten."

Die Erschöpfung lastete schwer auf mir. Ich könnte buchstäblich umfallen und dort einschlafen, wo ich stand.

Agan inspizierte die Umgebung visuell.

„Hier ist es nicht sicher."

„Kein Ort auf diesem Planeten ist völlig sicher", fauchte ich, zu müde, um weiterhin perfekt diplomatisch zu sein.

„Nun, das ist der *einzige* Planet, den wir Ravils haben." Sein Ton wurde auch bissig. „Ich werde verdammt sein, wenn ich zulasse, dass ein Haufen Klumpen ohne Gehirn in ihren Körpern mich davon vertreibt."

Das war der Grund, warum wir alle überhaupt hier waren. Nachdem sie die *Fescods* von Neron vertrieben hatten, unterstützten die Voranier, eine technologisch fortschrittlichere Nation als die Ravils, aktiv den Widerstand der Ravils gegen die *Fescods* auf Tragul.

Der erste Kontakt zwischen Voraniern und Menschen wurde vor einem Dutzend Jahren hergestellt. Vor mehr als zwei Jahren wurde das erste Abkommen zwischen unseren Rassen unterzeichnet, das interplanetare Ehen zwischen Voraniern und Menschen ermöglichte. Aufgrund der geringen Anzahl von Frauen, die in Voran geboren wurden, hatte ihre Regierung Frauen von der Erde eingeladen, voranische Männer zu heiraten. Nur ein Jahr danach entstand ein Militärbündnis zwischen unseren Spezies.

Meine Einheit war die erste interplanetare Truppe von der Erde, die an den Friedenssicherungsmaßnahmen auf Tragul teilnahm. Ich war aufgeregt und fühlte mich geehrt, ein Teil davon zu sein. Nachdem ich alles, was ich über die Ravils und ihren jahrzehntelangen Kampf erfahren konnte, gelernt hatte, begrüßte ich die Chance zu helfen und hoffentlich etwas zu bewirken.

Seit fast elf Monaten kämpfte ich nun Seite an Seite mit vielen Ravils. Der kühne, rücksichtslose Mut, den sie alle teilten, war ein gemeinsames Merkmal ihrer Rasse, zusammen mit dem lodernden Selbstvertrauen. Agan schien von beidem einen Löwenanteil bekommen zu haben.

Dickköpfigkeit muss jedoch seine Spezialität sein.

„Ich schlafe nicht so nah an den Bäumen", beharrte er. „Wir

müssen hierhin", er zeigte auf eine Stelle auf seiner Papierkarte, die er wieder hervorgeholt hatte. „Da ist eine anständig große Lichtung, direkt an diesem Bach."

„Schön." Ich gab auf und ging in die Richtung, die er angezeigt hatte, während ich murmelte: „Was auch immer dich glücklich macht, *Eure Hoheit*."

Sowohl *Yirzi* als auch *Fescods* könnten überall angreifen, entweder im Dschungel oder am Bach. Aber da Agan das Schlafen unter Bäumen unheimlich fand, mussten wir weitergehen.

Nach weiteren zwanzig Minuten Marsch durch den Dschungel blieb er endlich stehen.

„Hier." Er betrachtete die Lichtung neben dem blass-orangefarbenen Bach, der in der Nähe plätscherte. „Ich sichere das Gelände."

Er nahm ein paar runde Sensoren von seinem Gürtel und begann, sie an den Baumstämmen rund um die Lichtung zu befestigen.

Ich überprüfte mein Überwachungssystem und entdeckte nichts Beunruhigendes.

„Sieht gut aus." Ich schleppte mich zur Mitte der Lichtung und wählte einen Platz für meine Schlafkapsel. Ich schleifte vor Erschöpfung meine Füße. Selbst die Stiefel meines Anzugs schienen viel schwerer als normal.

„Ich muss einen davon auf der anderen Seite anbringen." Agan schlenderte zum Bach, den letzten Sensor in der Hand.

„Lass mich das machen." Das System hatte nichts entdeckt, das größer als ein kleiner Fisch im Wasser war. Allerdings wusste ich, dass einige Fische auf diesem Planeten problemlos durch das Leder seiner Hose beißen konnten. „Die Fische könnten gefährlich sein-"

Er ließ mich nicht ausreden, sprang ins Wasser und überquerte den Bach mit zwei langen Sätzen.

„Ich bin schneller als die Fische!", prahlte er von der anderen Seite. „Und größer als sie, auch."

Er war groß, das musste ich zugeben. Wenn er neben mir stand, war Agan fast so groß wie mein Anzug. Ich bezweifelte, dass er überhaupt in meine Rüstung passen würde, wenn er es versuchte. Während ich das Exoskelett anpassen lassen musste, um mich im Inneren des Anzugs zu halten, mit reichlich Platz sowohl in der Höhe als auch in der Breite.

„Na gut dann." Ich winkte ab und gab es auf, dem Mann irgendwelche Vorsicht einzureden. „Mach, was du willst. Ich schlafe genau hier."

Ich zog die dünne Rolle meiner Schlafkapsel aus der Rüstung an meinem Oberschenkel und entfaltete sie zwischen den beiden Metalldreifüßen, die ich in den Boden gerammt hatte.

Das war der einfache Teil.

Jetzt stand ich vor dem Dilemma, was als Nächstes zu tun war. Ich mochte die Idee wirklich nicht, den Schutz aufzugeben, den mir meine Rüstung bot. Agan würde sicher ein Wörtchen oder zwei zu sagen haben, wenn er erfahren würde, dass sein „Kampfbruder" die ganze Zeit eine Frau gewesen war.

In der Rüstung zu schlafen wäre jedoch äußerst unbequem. Sie war für Aktivitäten in aufrechter Position konzipiert, nicht zum Ausruhen.

Außerdem musste ich wirklich auf die Toilette. Obwohl der Anzug mich im Notfall versorgen könnte, stellte es keinen Notfall dar, meine Identität vor einem arroganten Leutnant zu verbergen. Ich zog es vor, den Anzug in bestem Zustand zu halten, mit all seinen Funktionen in voller Kapazität für was auch immer wir morgen bewältigen müssten. Heute Abend gab es keinen guten Grund, warum ich nicht im Gebüsch pinkeln könnte.

Inzwischen war Agan zu meiner Seite des Baches zurückgekehrt.

„Ich schlafe hier an dieser Stelle", sagte er fröhlich, hackte ein paar belaubte Äste von einem Baum am Dschungelrand ab und warf sie in einem Haufen auf den Boden, um sich ein Schlafpolster zu machen, vermutete ich. „Du solltest besser aus dieser Blechbüchse herauskommen, Elf." Er nickte mir mit dem Kinn zu. „So toll diese Dinger im Kampf auch sind, ich habe gehört, dass man sich darin nicht gut ausruhen kann."

Zum ersten Mal stimmte ich ihm voll und ganz zu. Ich würde keine Ruhe finden, wenn ich im Anzug bliebe.

Ich nahm einen stärkenden Atemzug und entschied mich, herauszukommen.

Ich trennte den Helm ab, öffnete dann die Luke an der Vorderseite und kletterte aus der Rüstung. Ich machte alles bewusst langsam und gab Agan Zeit zu erkennen, wer ich war, und hoffentlich seine Wahrnehmung und sein Verhalten entsprechend anzupassen.

Doch als ich mich schließlich zu ihm umdrehte, war immer noch Schock über sein ganzes Gesicht geschrieben.

Er hatte offensichtlich angenommen, ich sei ein Mann, und ich hatte nichts getan, um ihm das Gegenteil zu beweisen, bis jetzt. Ich verstand seine Überraschung, als er eine kleine, dürre Blondine aus dem sieben Fuß großen Rüstungsanzug klettern sah, wenn er offensichtlich jemanden größeren und... nun ja, männlichen erwartet hatte.

„Hi", sagte ich und gab ihm ein kleines Winken.

Meine Geste schien ihn aus seiner fassungslosen Starre gerissen zu haben. Er fuhr mit seinen Fingern durch die dicken Wellen seiner Mähne.

„Was zum Teufel, Elf?", stieß er den Fluch scharf aus.

Je länger er mich anstarrte, desto mehr fühlte sich sein Schock wie eine Beleidigung an.

„Mein Name ist Emma", sagte ich in einem eiskalten Ton, der hoffentlich keine Zweifel daran ließ, dass seine Reaktion mich nicht beeindruckt hatte. „Meine Freunde nennen mich Pixie. *Du* kannst mich Leutnant Nowak nennen."

Er sah immer noch ärgerlich verblüfft aus und bemühte sich nicht einmal, seinen Gesichtsausdruck in etwas auch nur ansatzweise Höfliches oder politisch Korrektes zu zwingen.

„Dann stimmt es also?", gaffte er mich an. „Menschen lassen ihre Frauen für sich kämpfen?"

Nachdem ich den ganzen Tag um diesen unerträglichen Idioten herumgeschlichen war, verlor ich endlich die Geduld. Schließlich war er im Unrecht, nicht ich. Warum musste ich mich überhaupt bemühen, *seine* Gefühle zu schonen?

„Ach, um Himmels willen!", schrie ich und warf die Hände in die Luft. „Was *ist* eigentlich dein Problem? Ich bin Soldatin, Leutnant, genau wie du. Ich kämpfe für mein Land und meinen Planeten, genau wie du."

„Krieg ist keine Aufgabe für Frauen", murmelte er stur.

„Aber es ist *buchstäblich* mein Job!", meine Gereiztheit flammte zu Wut auf. „Ich habe Jahre damit verbracht, dafür zu trainieren. Ich habe mehr studiert als du, wette ich. Ich habe hart gearbeitet, und ich werde mir nicht die Urteile und Meinungen von irgendjemandem darüber anhören, was ich tun sollte oder nicht tun sollte, nur aufgrund meines Geschlechts. Definitiv nicht *deine*." Ich stach mit dem Finger durch die Luft in seine Richtung. „Du bist für deinen Job nicht besser geeignet als ich für meinen."

Er verengte seine Augen und musterte mich von oben bis unten.

„Wenn du wirklich glaubst, wir wären gleich, dann bist du blind", biss er heraus.

Ich verschränkte die Arme vor der Brust.

„Bin ich das?", ich hasste, wie hoch meine Stimme bei dieser Frage klang. „Ich habe den ganzen Tag Seite an Seite mit dir gekämpft. Ich habe mich da draußen nicht schlechter geschlagen als du, oder? Ich bin Soldatin, Leutnant, genau wie du. Wir haben sogar denselben Rang, um Himmels willen." Mein Blut erhitzte sich, wärmte mein Gesicht. Ich trat einen Schritt näher und musste meinen Kopf ganz nach hinten neigen, um Agans Augen so hoch über mir zu treffen. Ich weigerte mich, mich von seiner Größe oder irgendetwas anderem an ihm einschüchtern zu lassen. „Der einzige Unterschied, den ich zwischen dir und mir sehe, ist mein Mangel an *einem* einzigen Anhängsel." Ich warf einen deutlichen Blick auf seinen Schritt und fügte schnell hinzu: „Nun, *zwei*, wenn man deinen Schwanz mitzählt. Das und dein überdimensionales Ego natürlich."

„Es ist nicht richtig." Er stand da und schüttelte den Kopf. „Frauen sollen geschätzt und beschützt werden."

„Ach, wirklich?", ich zog eine Augenbraue hoch und versuchte nicht einmal, den Sarkasmus in meiner Stimme zu verbergen. „Ist es deshalb, dass ihr eure Frauen in diesen *Unterhaltungs-Einheiten* haltet? Ist das, wie ihr sie beschützt?"

„Ja." Er starrte mich mit einem ernsten Gesichtsausdruck an. „Eine Ravil-Frau müsste niemals einen Fuß in ein Kriegsgebiet setzen. Wenn sie in Gefahr ist, würde jeder Mann von Ravie sein Leben riskieren, um sie an einen sicheren Ort zu bringen."

„Der 'sichere Ort', ich machte Anführungszeichen mit meinen Fingern um diese beiden Wörter, „wo sie sich dann für die Unterhaltung männlicher Soldaten prostituieren müsste."

„Prostituieren?", er sah wirklich verwirrt aus.

„Sag mir nicht, dass in diesen Einheiten kein Sex stattfindet."

„Natürlich findet da Sex statt. Menschen haben Bedürfnisse."

„Und ich wette, dorthin gehst du auch, um deine *Bedürfnisse* zu befriedigen, oder?"

„Warum nicht?", er hob eine Augenbraue.

War er wirklich so ahnungslos? Sah er wirklich nichts Falsches an dieser Vereinbarung, oder tat er nur so, als wäre er blind, um mich zu reizen? Falls ja, es funktionierte. Wut brodelte heiß in mir auf.

„Also, das ist deiner Meinung nach die Rolle einer Frau im Leben?", wandte ich mich an ihn. „Dich zu vergnügen und zu unterhalten? Laut dir sollte ich nicht hier sein und meinen Job machen, selbst wenn ich ihn genauso gut mache wie du deinen. Eine Frau kann kein Soldat sein, einfach weil sie eine Frau ist? Merkst du nicht, dass das keinen Sinn ergibt?"

Er blinzelte mich einen Moment lang an und warf dann in einer Geste völliger Verzweiflung die Hände in die Luft.

„Scheiiiße!", brüllte er und zeigte mit beiden Händen auf mich. „Wie bist du überhaupt Soldatin geworden? Warum? Schau dich an, so klein und blond wie du bist. *Pixie* hat recht. Du bist buchstäblich halb so groß wie ich! Wie willst du meinem Feind gegenübertreten?"

„Ich *habe* dem Feind schon gegenübergestanden, erinnerst du dich?", schrie ich zurück und verlor die letzten Reste meiner Geduld. Der einzige Grund, warum ich ihm nicht auf der Stelle eine reinhaute, war, dass ich nicht glaubte, sein Gesicht erreichen zu können. Ein Schlag irgendwo anders wäre in diesem Moment nicht so befriedigend gewesen. „In einem Anzug bin ich wie jeder andere da draußen. Ich bin nicht schlechter als du. Verdammt, ich bin *besser* als du. Das habe ich bewiesen!"

Was er gesagt hatte, war für mich nicht neu. Nur hatte vor Agan noch nie jemand so offen ins Gesicht gesagt. Es war, als ob ihm gar nicht bewusst war, wie beleidigend er klang, was es noch schlimmer machte. Er versuchte nicht einfach, mich zu beleidigen, er glaubte wirklich, dass ich für meinen Job nicht geeignet war.

„Der Anzug ist ein Stück Technologie. Technologie versagt.", lief er auf der Lichtung auf und ab und sah beunruhigt aus. Das flauschige Ende seines Schwanzes peitschte aufgeregt um seine Stiefel. „Was wirst du tun, wenn er versagt, während du allein bist? Wer und was würde dich dann beschützen?"

„Wie wäre es mit meinen Fähigkeiten? Meinem Training? Meinem Verstand?", hielt ich meine Hand hoch und klappte energisch einen Finger für jeden Punkt, den ich aufzählte. „Es gibt mehr an mir als die Größe meiner Muskeln oder was zwischen meinen Beinen ist, verdammt!"

„Die Tatsache bleibt – du bist eine Frau.", stampfte er mit dem Fuß auf.

„Oh, Gott steh mir bei!", warf ich den Kopf zurück und nutzte meine ganze Selbstbeherrschung, um nicht auf ihn loszugehen und etwas Verstand in seinen dicken Schädel zu schütteln.

„Und eine Frau muss beschützt werden", fuhr er fort, „nicht in einem Männerkrieg kämpfen."

Ein Männerkrieg?

Was für ein sturer Arsch!

Es wurde deutlich, dass diese Diskussion sinnlos war. Offensichtlich könnten manche Menschen nie von etwas überzeugt werden, das außerhalb ihrer eigenen Sichtweise liegt.

„Was auch immer.", winkte ich ab und ging auf die Bäume zu. Der Zorn weigerte sich, in mir abzuklingen, und ich musste etwas Abstand zwischen ihn und mich bringen, um zu vermeiden, völlig die Beherrschung zu verlieren. „Ich mache jetzt besser eine Toilettenpause, bevor einer von uns einen Schlag ins *Gesicht* bekommt."

Agan zog prompt seine Messer aus den Scheiden an seinen Hüften und eilte mir nach.

„Ich komme mit dir."

„Was?"

„Um zu sehen, ob eine Gefahr besteht und um dich zu beschützen, während du... du weißt schon, pinkelst", erklärte er.

Das war mehr, als ich ertragen konnte. Meine verbliebene Fassung verschwand. Etwas in mir riss. Ich drehte mich auf dem Absatz um und riss den Lasergriff aus der Tasche am Ärmel meines Bodysuits.

„Du wirst gar nichts *sehen*", presste ich durch meine Zähne und aktivierte die Flammenklinge. „Mach einen Schritt, um mir zu folgen, und ich schwöre, ich schneide dich auf."

„Du wirst da draußen allein verletzlich sein", protestierte er. „Besonders in der Position, die Frauen beim Gang zur Toilette einnehmen."

Ich verdrehte mit einem Stöhnen die Augen.

War dieser Typ echt?

„Meine Toiletten-Position geht dich überhaupt nichts an." Ich stieß einen frustrierten Seufzer aus.

In meinen Jahren im aktiven Dienst hatte ich viel gefährlichere Dinge getan, als auf feindlichem Territorium zur Toilette zu gehen. Aber natürlich konnte Agan sich einen Dreck um meine Erfahrung oder meine Fähigkeiten scheren, unfähig, über mein Äußeres hinauszusehen.

„Hast du keine dringenderen Probleme, um die du dich sorgen musst? Außer meiner vermeintlichen Verwundbarkeit?", deutete ich mit dem Messer auf die versengte Wunde an seiner Schulter. Während unserer Wanderung waren Blutstropfen durch das verbrannte Fleisch gesickert. „Behandle das, während ich weg bin. Andernfalls werde ich es mit meiner Klinge kauterisieren, wenn ich zurückkomme. Es wird nicht hübsch sein", warnte ich und stampfte in die Bäume. „Ich bin sicher, mir fehlt die sanfte Berührung der Ravil-Frauen, an die du gewöhnt bist."

Ich blieb innerhalb des Radius des Alarmsystems meines Anzugs, während ich die ganze Zeit gegen meine heftige Reizbarkeit ankämpfte.

Zugegeben, Agans Verhalten hatte keinen besonders guten Eindruck hinterlassen, seit ich ihn zum ersten Mal gesehen hatte. Je besser ich ihn jedoch kennenlernte, desto weniger mochte ich ihn.

Warum stritt ich überhaupt mit ihm? Es sollte mir doch egal sein, was so jemand wie er über mich dachte. Warum *war* es mir nicht egal?

Ich holte tief Luft, nachdem ich meine Notdurft verrichtet hatte, und machte mich auf den Rückweg.

Ob ich wollte oder nicht, ich musste Agan noch mehrere Stunden ertragen. In meinem Anzug zu sein, würde es morgen einfacher machen. Sobald wir die Basis erreichten, müsste ich mir nie wieder Gedanken über ihn machen. Meine größte Sorge wäre dann nur noch, ihn nicht „versehentlich" zu erschießen, falls unsere Einheiten jemals wieder gemeinsam auf eine Mission gehen sollten.

Als ich auf die Lichtung zurückkam, saß Agan in der Mitte. Ein kleines, sauberes Lagerfeuer brannte fröhlich vor ihm. Mit einem seiner Dolche häutete er etwas Kleines, Schuppiges auf seinem Schoß.

Immerhin war seine Schulter jetzt frei von Blut. Die Wunde war zwar nicht verbunden, glänzte aber mit einer dünnen Schicht irgendeiner Salbe, die er aufgetragen haben musste.

„Was ist das?" Ich zeigte auf das eidechsenartige Wesen in seinen Händen.

„Abendessen", antwortete er mürrisch. „Hast du Hunger?"

„Nein. Danke." Ich hatte ein paar Notfallriegel in meinem Anzug, die ausreichen würden, bis wir morgen zur Ravil-Militärbasis zurückkehrten.

Ich ging zum Anzug hinüber und nahm eine Plastikflasche heraus, die zu einem schmalen, festen Zylinder aufgerollt war. Ich rollte sie auf, füllte sie mit Wasser aus dem Bach und löste ein paar Wasserreinigungstabletten darin auf, bevor ich trank.

„Hast du Durst?", fragte ich Agan. Auch wenn er ein arrogantes Arschloch war, war er momentan auch mein Kamerad. Wir waren gemeinsam auf dieser Mission, und sein Wohlbefinden war genauso meine Verantwortung wie meines die seine war.

„Nein." Er blickte nicht von dem Fleisch auf, das er gerade auf einen Stock spießte. „Ich habe schon etwas getrunken."

„Direkt aus dem Bach?"

Warum kümmerte er sich nicht um seine eigene Sicherheit? Statt sich zwanghaft um meine zu sorgen?

„Ja." Er warf mir einen genervten Blick zu. „Ich habe direkt aus dem Bach getrunken. Das Wasser ist hier sicher."

„Na gut." Ich kaute an meinem geschmacklosen Notfallriegel und beobachtete, wie er das Fleisch röstete. Bald verbreitete sich ein appetitlicher Duft von seinem kleinen Lagerfeuer.

„Nun, ich gehe jetzt schlafen." Ich kletterte in meine Schlafkapsel.

„Ich bleibe wach. Halte Wache."

Die Verärgerung regte sich wieder in mir.

Agan hatte sich aus Ästen ein Schlaflager gemacht. Offensichtlich hatte er vorgehabt, sich auszuruhen, bevor er erfahren hatte, dass ich eine Frau war. Hatte er sich jetzt die Rolle des Wächters zugewiesen, nur weil ich mich als jemand vom „schwächeren Geschlecht" entpuppt hatte?

Ich hasste, wie unsicher er mich fühlen ließ.

„Nein, wirst du nicht", sagte ich durch den verstärkten Stoff der Kapsel. „Du hast genug Sensoren aufgestellt, die für uns ‚wachen', ganz zu schweigen vom Alarmsystem meines Anzugs, das uns warnen würde, wenn sich jemand nähert. Wir beide müssen uns ausruhen."

Seine fehlgeleitete, zwanghafte Überfürsorglichkeit ging mir gewaltig auf den Keks. Das Einzige, was sich geändert hatte, war, dass er mein Geschlecht erfahren hatte. Und schon hatte sich Agan von meinem Kameraden in meinen Beschützer verwandelt.

„Schlaf etwas", murmelte ich, während ich es mir in der Kapsel bequem machte. „Ich werde deinen müden Arsch morgen nicht den ganzen Weg zur Basis schleppen."

KAPITEL 4

EMMA

*H*elles Licht drang durch den Stoff meiner Schlafkapsel und weckte mich auf. Es war schon spät am Morgen, wurde mir klar, während ich mir den Schlaf aus den Augen rieb.

Als ich aus der Kapsel kletterte, fand ich Agan, der an einem langen Stück Fleisch am erlöschenden Feuer kaute.

„Wie lange bist du schon wach?", fragte ich.

„Etwa eine halbe Stunde. Frühstück?" Er zeigte mit dem Daumen auf ein weiteres langes Stück Fleisch, das in der Nähe briet. Über einen Stock drapiert sah es sehr nach einer gehäuteten Schlange aus.

„Ähm, nein. Danke. Ich bin versorgt. Ich nehme das hier." Ich holte den letzten meiner Rationsriegel heraus und aß mein geschmackloses, aber hoch nahrhaftes Frühstück. „Warum hast du mich nicht geweckt?"

Er beendete sein Fleisch und löschte das Feuer.

„Du musstest dich ausruhen. Wir haben einen langen Marsch vor uns."

Mein Anzug, den ich in sitzender Position in der Nähe zurückgelassen hatte, erregte seine Aufmerksamkeit. Er hockte sich davor und untersuchte den Boden drumherum, was meine Neugier weckte.

„Was schaust du dir an?", fragte ich und ging neben ihm in die Hocke.

Mein Knie stieß versehentlich mit einem dumpfen Geräusch gegen den Anzug.

„Zurück!" Agan packte mich plötzlich um die Taille und zerrte mich vom Anzug weg.

„Was machst du da? Lass mich los!" Ich schlug ihm auf den massiven Bizeps. So schockiert und verwirrt ich auch war, ich hasste die Tatsache, wie leicht er mich wegzerrte, als wäre ich nicht größer als eine Katze.

„*Qhuk*-Würmer." Er nickte mit dem Kinn zum Anzug.

Lange silbrige Kreaturen schlängelten sich aus dem langen Spalt am Rücken meines Anzugs, wo früher der linke Flügel war. Sie verteilten sich auf dem Boden und krochen schnell in Richtung der Bäume am Rand der Lichtung.

„Aber die sind nicht gefährlich", sagte ich, verwirrt von Agans Reaktion. „Jedenfalls nicht tödlich."

Er hielt mich immer noch fest, auch als der letzte Wurm außer Sichtweite gekrochen war. Mit dem Rücken an seine Brust gepresst, bemerkte ich, dass ich seinen Unterarm umklammerte. Das kurze, seidige Fell darauf ließ seine Haut wie Samt anfühlen. Ich widerstand dem plötzlichen Drang, seinen Arm zu streicheln, und trat ihm stattdessen gegen das Schienbein.

„Lass mich los", sagte ich.

Endlich ließ er mich aus seinem Griff frei und erlaubte mir, von ihm wegzutreten.

„Was sollte das?", forderte ich zu wissen.

„Wenn sie erschreckt werden, sondern die *Qhuk*-Würmer eine eklige Substanz ab. Die ist klebrig und stinkt."

Ein schwacher Gestank wehte zu mir herüber.

„Klebrig?" Alarmiert eilte ich zu meinem Anzug.

Dicker, grünlich-brauner Schleim quoll aus dem Flügelschlitz und tropfte an der Seite meines Anzugs herunter.

„Oh nein...", stöhnte ich. „Das ist ekelhaft."

Ich machte Anstalten, es mit einem trockenen Blatt abzuwischen, das ich vom Boden aufgehoben hatte.

Agan hielt mich davon ab, indem er mein Handgelenk packte.

„Fass niemals frisches *Qhuk*-Wurm-Sekret an", warnte er. „Es verbrennt dir die Finger."

„Was macht es mit meinem Anzug?" Mehr als um meine Finger sorgte ich mich um die komplexen elektronischen Schaltkreise im Inneren des Anzugs, die möglicherweise den schleimigen Alienwürmern ausgesetzt waren.

„Nichts Gutes, fürchte ich", sagte Agan grimmig. „Die ätzende Chemikalie verflüchtigt sich innerhalb von Minuten. Aber das reicht aus, um Schaden anzurichten. Frisch aufgetragen kann die *Qhuk*-Substanz Kunststoffe schmelzen und sogar einige Metalle zerfressen."

Bei seinen Worten wuchs meine Sorge.

Sorgfältig jeden Kontakt mit dem Schleim vermeidend, befestigte ich den Helm wieder und schob eine Hand hinein, um das Diagnosesystem zu aktivieren.

Nichts passierte.

Der beschädigte Anzug mit toten Energiezellen war jetzt nur noch ein Hindernis für uns. Ihn durch den Dschungel zur Basis zu schleppen, machte wenig Sinn. Es würde uns nur verlangsamen und könnte uns sogar in Gefahr bringen. Ihn hier zurückzulassen, kam auch nicht in Frage. Es wäre nur eine Frage der Zeit, bis die *Yirzi* ihn finden würden. Dann hätten sie uneingeschränkten Zugang zu unserer Technologie.

„Du wirst ohne sie weitermachen müssen", erklärte Agan ruhig.

Seine teilnahmslose Stimme ging mir auf die Nerven. Es tat weh, mich von der Rüstung zu trennen, die so lange meine Waffe und mein Schutz gewesen war.

„Wäre der Flügel noch da gewesen, hätten sie es nicht nach innen geschafft", sagte ich verbittert.

„Du wolltest ihn doch loswerden!", wurde Agan defensiv.

„Es gab bestimmt einen besseren Weg, ihn zu entfernen. Einen, der kein klaffendes Loch für die Dschungelkreaturen hinterlassen hätte."

„Gibst du mir etwa die Schuld dafür?"

Ich rieb mir mit einer Hand die Augen. Es war verlockend, Agan alle Schuld zuzuschieben. Es würde sich so gut anfühlen, jetzt jemanden anzuschreien. Aber tief in meinem Inneren wusste ich, dass ich niemandem außer mir selbst die Schuld geben konnte. Dies war *meine* Ausrüstung, und ich war dafür verantwortlich.

„Nein." Ich schüttelte den Kopf und zog den Reißverschluss meines Bodysuits nach unten. „Es ist meine Schuld."

„Was machst du da?" Sein Blick folgte der Bewegung meiner Hand, als ich sie in die Öffnung meines Ausschnitts gleiten ließ.

„Ich kann sie nicht hier lassen." Ich holte die kleine weiße Kachel hervor, die ich an einer Kette um meinen Hals trug. „Geh zurück."

Ich rannte auf die Bäume zu, während ich die Erhebungen auf der Kachel in der Reihenfolge drückte, die den Selbstzerstörungsbefehl im Anzug aktivierte. Nachdem ich sichergestellt hatte, dass Agan mir in eine sichere Entfernung gefolgt war, drückte ich den letzten Knopf.

„Runter mit dir!" Agan stürzte sich auf mich, als die Druckwelle der Explosion durch die Luft fegte.

Wir krachten gemeinsam zu Boden, gerade hinter der Baumgrenze. Agan schirmte mich mit seinem breiten Rücken ab, aber ich spähte um seine Schulter herum, um zu sehen, wie der Anzug explodierte.

Er zerfiel in einen Schauer kleiner Metallfragmente, die für niemanden mehr rückentwickelt werden konnten. Die Splitter trafen das umgebende Blattwerk und regneten zu Boden.

Agan richtete sich auf seine Ellbogen auf und hing über mir, als der Donner der Explosion verstummte.

„Tut mir leid wegen deines Anzugs", sagte er, während sein Blick über mein Gesicht glitt.

Das samtige, rehbraune Fell, das seinen Körper bedeckte, war in seinem Gesicht noch kürzer. So kurz und glatt, dass es fast unsichtbar war, abgesehen von dem goldenen Schimmer, den die Morgensonne hervorbrachte. Die harte Linie seines Kiefers, der Nasenrücken und seine hohen Wangenknochen schienen von einem goldenen Glanz hervorgehoben.

Die Sonnenstrahlen durchdrangen die Blätter des Dschungels. Sie verfingen sich in seinem welligen, sandblonden Haar und den sorgfältig getrimmten Koteletten und malten sie mit Gold an. Von Sonnenlicht umrandet sah sein gutaussehendes Gesicht wie ein Bild in einem vergoldeten Rahmen aus.

Ein ziemlich umwerfendes Bild noch dazu...

Woher kam dieser Gedanke? Was sollte das? Wie konnte ich einen Mann so sehr nicht leiden und gleichzeitig sein Aussehen so tief bewundern?

„Du bist so...", sagte er sanft und erforschte mein Gesicht, seine Augen so brillant grün wie das Dschungellaub um uns herum. Die erdbraune Farbe seiner Augenbrauen verdunkelte sich zu einem satten Schokoladenton an seinen langen, dichten Wimpern. „....felllos", platzte es aus ihm heraus, eine seiner wohlgeformten Augenbrauen zuckte hoch. „Deine Haut ist komplett haarlos."

Seine Worte rissen mich aus meiner plötzlichen Träumerei.

Agan war ein Arsch, erinnerte ich mich selbst. Vielleicht ein sehr gut aussehender, aber dennoch ein frauenfeindlicher

Arsch, der glaubte, Frauen wären in einem Bordell besser aufgehoben als auf einem Schlachtfeld.

„Mach dir keine Sorgen um meinen Anzug." Ich machte Anstalten, mich unter ihm hervorzuwinden. „Kein Krieg ist ohne Verluste, oder?"

Meinen Anzug zu verlieren war niederschmetternd. Dies war der zweite Anzug, den ich während meiner gesamten Karriere verloren hatte. Nach dem ersten hatte ich mir gesagt, mich nicht mehr an sie zu binden. Aber das war schwer. Ich lebte praktisch in dem Ding. Es schützte mich und machte mich stärker. Und jetzt war es weg...

Ich konnte nicht glauben, dass ich mich auch nur für eine Sekunde von diesen wunderschönen grünen Augen und dem Bewusstsein von Agans großem, hartem Körper auf mir ablenken ließ.

„Wir müssen los." Ich bewegte mich noch mehr, da er nicht von mir runterging und ich mich nicht selbst befreien konnte. Die Erinnerung daran, wie viel schwächer ich ohne meinen Anzug war, war deprimierend.

„Natürlich." Endlich stand er auf.

Ich zog eine Lunge voll Luft ein und kletterte auf die Füße.

„Nun, ich hoffe, du hast gut geschlafen, da wir jetzt den ganzen Weg zur Basis zu Fuß marschieren müssen. Ohne den Anzug kann keiner von uns fliegen." Ich unterdrückte einen Seufzer.

Agan hatte bereits seinen Gürtel an, seine Messer in den Scheiden, seinen Brustpanzer an Ort und Stelle.

„Mal sehen." Er holte seine Karte heraus und konsultierte sie kurz. „Dies ist die Lichtung..." Er zeigte auf den Punkt auf der Karte, der den Ort darstellte, an dem wir die Nacht verbracht hatten. „Wir müssen dem Bach noch etwa eine Stunde folgen."

Ohne meinen Anzug war Agans Karte die beste Option, die wir hatten, um uns in diesem Dschungel zu orientieren. Der angeborene Richtungssinn der Ravils war generell dem der

Menschen überlegen. Außerdem war er auf dieser Welt zu Hause. Ich beschloss, ihm zu vertrauen.

„Dann lass uns gehen." Ich stellte sicher, dass mein Lasermesser noch in der Tasche an meinem Ärmel steckte. Das Material meines Bodysuits umschloss es eng und nahm die längliche Form des Griffs an.

„Wir werden in ein paar Stunden für das Mittagessen anhalten", sagte Agan und ging in den Dschungel. Seine Gedanken waren offensichtlich von meinem zerfallenen Anzug weitergezogen.

Da mein letzter Notriegel jetzt aufgebraucht war, würde meine nächste Mahlzeit eine dieser Echsen oder schlangenartigen Dinger sein müssen, die Agan gegessen hatte. Nicht, dass es mich störte – ich hatte bei früheren Missionen und Ausdauerübungen schon Schlimmeres gegessen.

„Ich will so viel Strecke wie möglich schaffen, bevor wir anhalten müssen", ging Agan vor mir her. „Da wir jetzt ja langsamer vorankommen."

Die letzte Bemerkung fühlte sich wie ein Seitenhieb gegen mich an. Es tat weh, aber ich konnte nicht widersprechen. Meine Gehgeschwindigkeit war ohne meinen Anzug einfach nicht dieselbe. Ich sagte nichts und konzentrierte mich stattdessen darauf, Schritt zu halten.

„Du bist heute Morgen ungewöhnlich still", bemerkte Agan nach einer Weile.

Er ging einen halben Schritt vor mir und schaute häufig über seine Schulter nach mir.

„Ich konzentriere mich auf die Umgebung, da du es anscheinend nicht tust", schnauzte ich ihn an.

„Was meinst du damit?" Er runzelte die Stirn und ließ seinen Blick schnell umherschweifen.

„Du bist abgelenkt. Du beobachtest ständig *mich* statt den Dschungel."

„Das ist zu unserem Schutz-", begann er, nicht sehr überzeugend.

„Quatsch", unterbrach ich ihn. „Es ist, weil du denkst, dass ich als Frau biologisch ungeeignet für Kriegsführung und unfähig zur Selbstverteidigung bin, deshalb musst du ein Auge auf mich haben, damit ich mich nicht verletze oder schlimmer noch, uns beide in Schwierigkeiten bringe."

„Na ja, ja." Er kratzte sich an einem seiner gepflegten Koteletten. „Das auch."

Die Art, wie er es so unverblümt zugab, brachte mein Blut erneut zum Kochen. Ich spürte, wie sich ein weiterer sinnloser Streit anbahnte, und suchte nach einem Ausweg.

„Weißt du was? Deine Beleidigungen sind mir egal." Ich hob mein Kinn. „Offensichtlich kannst du sowieso nicht über deinen super engen Horizont hinausschauen."

„Ach ja? Was ist mit deinem eigenen engen Blickfeld?" Er warf mir einen vorwurfsvollen Blick zu.

Mein enges Blickfeld?

„Oh, ich betrachte die Welt definitiv aus einer breiteren Perspektive als du", protestierte ich. Der Streit schien nicht mehr vermeidbar zu sein. „Ich projiziere nicht meine eigenen Erfahrungen und Erwartungen auf andere Kulturen. Ich behalte meine Urteile für mich."

„Tust du das?" In seiner Stimme lag etwas Spöttisches, das mich innehalten ließ. „Ich muss widersprechen", sagte er. „Erst gestern hast du unsere Ravil-Mädchen beleidigt, indem du sie Prostituierte genannt hast."

„Es ist keine Beleidigung, wenn ich die Dinge beim Namen nenne." Ich verurteilte die Ravil-Frauen nicht dafür, dass sie unter ihren Umständen das Beste aus ihrer Situation machten. Meine Kritik richtete sich gegen die Ravil-Männer, die ihrer weiblichen Bevölkerung kaum andere Möglichkeiten ließen, ihren Lebensunterhalt zu verdienen.

„Das ist nicht, was unsere Frauen sind", erwiderte Agan.

„Und wenn 'die Dinge beim Namen nennen' keine Beleidigung ist, wieso ist es dann beleidigend, wenn ich dich eine Frau nenne?"

„Es ist nicht das Wort, das falsch ist", erhob ich meine Stimme trotz meiner besten Absichten, ruhig, logisch und objektiv zu bleiben. „Es ist die Tatsache, dass du mir sagst, was ich tun oder lassen sollte. Laut dir ist der Platz einer Frau in einer eurer Unterhaltungseinheiten, und sie ist nur gut für Sex-"

„Das habe ich nie gesagt!", fuhr er mich an und erhob ebenfalls seine Stimme. Dieses Gespräch schien auch seine Geduld zu strapazieren. „Es gibt viele Dinge, die Frauen in den Unterhaltungseinheiten machen."

„Zum Beispiel?"

„Einige von ihnen sind talentierte Tänzerinnen und Musikerinnen..."

„Also." Ich kniff die Augen zusammen. „Die einzige angemessene Beschäftigung für mich wäre in deinen Augen, für Männer wie dich zu singen oder zu tanzen?"

Er antwortete nicht, und ich bohrte nach: „Stimmt's?"

„Ich weiß nicht. Lass mich überlegen." Er musterte mich ausgiebig von oben bis unten.

In seinen Augen flackerte etwas Neues auf, das ich vorher noch nicht gesehen hatte. Glühend heiß, machte es mich unangenehm warm in meinem dünnen Bodysuit. Meine Haut überzog sich mit Gänsehaut, als sein Blick an meinem Körper hinabwanderte.

Obwohl er mich vom Hals bis zu den Knöcheln bedeckte, ließ das anhaftende Material des Anzugs jede Kurve, die ich hatte, zur Geltung kommen – meine durchtrainierten Arme und muskulösen Oberschenkel, meine bescheidenen Hüften und etwas ausgeprägteren Brüste. Ich hatte diese Art von Bodysuit seit Jahren getragen. Nie zuvor hatte ich mich jedoch so nackt gefühlt, während ich vollständig bekleidet war.

Ein Mundwinkel von Agan hob sich und ließ einen scharfen Eckzahn unter seiner Oberlippe hervorblitzen. Es gab seinem schiefen Grinsen ein raubtierhaftes Aussehen – gutaussehend, aber gefährlich. Selbstsicherheit stand ihm gut, machte ihn körperlich noch attraktiver, und er wusste das vermutlich.

„Kannst du tanzen?", fragte er.

„Ach, verflucht nochmal." Ich wandte mich schnell ab, um die Röte zu verbergen, die unter seinem Blick mein Gesicht erwärmt hatte.

„Hey, das war ein Scherz!", lachte er, was ihn nur noch besser aussehen und mich noch wütender machte. „Du explodierst so leicht. Es ist unmöglich, dich nicht zu reizen."

„Sei einfach... still. Okay?" Ich ging voraus und schüttelte den Kopf. „Nichts Gutes kommt dabei heraus, wenn du sprichst."

Er erhöhte sein Tempo und hielt mühelos mit mir Schritt. Wir gingen am sandigen Ufer des Baches entlang, der leider breit genug war, dass wir nebeneinander gehen konnten.

Ich blieb still und spürte noch immer die Nachwirkungen seines Blickes, der über meinen Körper gewandert war und eine warme, kribbelnde Empfindung in seinem Kielwasser ausgelöst hatte. Ich hoffte verzweifelt, dass die Wirkung, die er auf mich hatte, bald nachlassen würde. Andernfalls würde der Rest der Reise ziemlich unangenehm werden.

„Es könnte langweilig werden, wenn wir schweigend wandern", sagte er ein paar Minuten später.

„Glaub mir, ich ziehe völlige Stille einem Gespräch mit dir vor. Tut mir leid, aber du gehst mir einfach gegen den Strich."

„Ist das so?" Er grinste wieder. „Ich kenne jede Menge *richtige* Arten, eine Frau zu berühren. Willst du mal versuchen-"

„Oh Gott, nein!", stöhnte ich und wedelte mit beiden Händen abwehrend. „Bitte, fang nicht damit an. Ich ertrage lieber deine Beleidigungen als deine Anzüglichkeiten-"

Wir folgten der Kurve des Bachs und duckten uns unter einer Gruppe von Bäumen hindurch, die sich über das Wasser neigten. Das leise Knacken von Zweigen hoch über uns erregte plötzlich meine Aufmerksamkeit. Dann fiel ein großes, feines Netz auf uns beide herab.

Agan fluchte leise und zog die Dolche aus seinem Gürtel.

„Alles okay, Elf?"

Das Netz zog sich enger, drückte seine Arme an seinen Körper und quetschte uns beide zusammen.

„Was zum..." Ich kämpfte darum, meine rechte Hand zu befreien, damit ich an das Lasermesser in meiner linken Armtasche kommen konnte.

Eine Gruppe von *Yirzi* kletterte eilig die Bäume herunter und unterhielt sich lebhaft in ihrer Sprache: „Haben sie!" Einige von ihnen hielten lange, silberne Pistolen in den Händen.

Agan schnitt durch das dünne, aber starke Seil des Netzes und befreite seinen Arm. „Wir kommen hier raus", versicherte er mir.

Einer der näherkommenden *Yirzi* hob seine Waffe und schoss ohne Vorwarnung.

„Agan!", schrie ich, als sein Körper schlaff gegen meinen sackte.

Panik stieg in mir hoch und durchbrach meine besten Bemühungen, ruhig zu bleiben und rational zu denken.

Ein weiterer *Yirzi* richtete seine Pistole auf mich und feuerte.

„Du-", begann ich zu schreien, als ein stechender Schmerz die Seite meines Halses durchbohrte. Zähe, klebrige Furcht durchflutete mich. Meine Zunge verweigerte den Dienst, und ich konnte den Satz nicht beenden.

Dunkelheit legte sich von allen Seiten über mein Sichtfeld. Dann verschwand die Welt.

KAPITEL 5

EMMA

„Bleiben Sie jederzeit hinter dem Glas."

Die Bedeutung der Worte kam sofort durch meinen Übersetzer, aber es dauerte noch ein paar Sekunden, bis ich begriff, dass sie auf Voranisch gesprochen worden waren – der Sprache von Voran, dem Land auf Neron, dem Tragul am nächsten gelegenen bewohnten Planeten.

Die Erinnerungen an den Hinterhalt am Bach durchfluteten mich. Dann kam die Erleichterung, noch am Leben zu sein. Waren Agan und ich von den *Yirzi* durch Voranier gerettet worden? Wenn ja, sollten wir in Sicherheit sein. Sie waren schließlich unsere Verbündeten.

„Glaubst du, es wird diesmal funktionieren?" Das wurde in der Klicksprache der *Yirzi* gesagt und jagte mir einen Schauer des Alarms durch den Körper.

Warum waren die Voranier hier mit *Yirzi*? Das ergab keinen Sinn.

Langsam öffnete ich die Augen.

Ich lag auf der Seite, meine Wange an den kalten gefliesten Boden gepresst. Ohne meine Position zu ändern, nahm ich mir einen Moment Zeit, um mich zu orientieren.

Ich war allein in einem Käfig, dessen Gitterstäbe im Boden verankert waren. Von Agan war nichts zu sehen.

Agan.

Das Bild der brillant grünen Augen dieses selbstgefälligen Goldschopfs blitzte in meiner Erinnerung auf. Es war verlockend, ihm die Schuld dafür zu geben, dass er mich so abgelenkt hatte, dass ich vergessen hatte, unsere Umgebung zu überprüfen, bevor wir unter die Bäume am Bach gegangen waren.

Wir trugen allerdings beide gleichermaßen die Schuld. Ich hätte mich nicht von seinen hübschen Augen, seinem frechen Grinsen und seiner unerträglichen Attitüde ablenken lassen dürfen. Noch nie hatte ein Mann mich während einer Mission so die Vorsicht vergessen lassen. Es war meine Schuld, dass ich es diesmal zugelassen hatte.

Und jetzt waren wir hier...

Wo genau waren wir eigentlich?

Ich sah mich noch einmal um.

Zwei *Yirzi* standen direkt vor den Gitterstäben meines Käfigs in einem großen, weißen Raum. Ich schloss schnell meine Augen, noch nicht bereit zu verraten, dass ich das Bewusstsein wiedererlangt hatte. Ihre Unwissenheit könnte mir von Vorteil sein.

„Wer weiß, ob es funktionieren wird." Einer der *Yirzi* zuckte mit den Schultern. „Er hat schon oft Mist gebaut."

Die beiden schienen zu beschäftigt mit irgendetwas, um mir Aufmerksamkeit zu schenken. Ich öffnete erneut die Augen. Die *Yirzi* konzentrierten sich auf das, was hinter einer großen Glaswand geschah, die den Raum in zwei Teile teilte.

Es war bei dieser Spezies nicht leicht zu erkennen, ob sie kamen oder gingen. Zwei ihrer vier Füße zeigten nach vorne und zwei nach hinten. Ihre Arme konnten an den Ellbogen in beide Richtungen gebeugt werden. Und ihre Köpfe drehten sich um dreihundertsechzig Grad. Um die Richtung zu ändern, mussten die *Yirzi* einfach nur ihre Köpfe drehen. Außerdem schwankten ihre Augen auf hohen Antennen über ihren Köpfen, wodurch die *Yirzi* problemlos nach hinten blicken konnten, wenn ich ein Geräusch machte.

Glücklicherweise blieb ihre Aufmerksamkeit fest auf etwas gerichtet, das hinter dem Glas geschah.

Mein Oberarm, der auf den Boden gedrückt war, schmerzte. Ich tastete so leise wie möglich danach und war überrascht, das Lasermesser noch in meiner Ärmeltasche zu finden. Die *Yirzi* wussten entweder nicht, wo sie nach Waffen an mir suchen sollten, oder sie hielten den Vorsprung für einen Teil meines Bodysuits. So oder so, eine Waffe bei mir zu haben, egal wie klein, hob meine Stimmung und gab mir Hoffnung.

Langsam bewegte ich mich zur Tür meines Käfigs. Sie hatte ein ziemlich primitives Schloss mit einem Riegel, den ich mit meinem Laser durchschneiden konnte.

Ich zog das Messer aus meiner Tasche und erhob mich vorsichtig auf die Knie.

In dieser Position konnte ich die Szene hinter dem Glas sehen.

Agan saß auf dem Boden, umgeben von mehreren Maschinen und Geräten. Sein Kopf hing zwischen seinen breiten Schultern; er schien nicht völlig bei Bewusstsein zu sein.

Ein männlicher Voranier in Laborkittel stand direkt außerhalb des roten Kreises, der auf dem Boden um Agan gezeichnet war.

Früher fand ich Voranier furchteinflößend. Ihre langen Hörner, das struppige dunkelgraue Fell, die pfeilspitzenförmigen Schwanzenden und die Hufe hätten direkt aus einem Albtraum stammen können. Als ich ihnen zum ersten Mal persönlich begegnete, musste ich mich anstrengen, nicht zu schreien und wegzulaufen.

Die wenigen Voranier, die ich im vergangenen Jahr ein wenig kennengelernt hatte, entpuppten sich als freundliche Leute. Als Spezies mochten sie Blumen und leuchtende Farben sehr. Ich liebte es, ihren Planeten Neron zu besuchen, wann immer ich die Chance hatte. Die Stadt Voran war ein aufregender und wunderschöner Ort. Die Gebäude sahen aus wie üppige Innengärten, die hinter runden Glaskuppeln verschiedener Größen verborgen waren.

Der Voranier hinter dem Glas in diesem Raum strahlte jedoch eine andere Stimmung aus. Der kalte Blick in seinen burgunderroten Augen war alles andere als freundlich, als er Agan anstarrte.

Er drückte etwas auf einem flachen, durchsichtigen Rechteck in seinen Händen, und ein silberner Kegel senkte sich von der Decke. Ein breiter Strahl lila Licht schien auf Agan herab und umhüllte ihn in einem mehrfarbigen Schimmer.

Mit einem kurzen Fluch unter meinem Atem zündete ich schnell mein Messer und schob die Laserklinge zwischen den Käfigstab und die Tür, direkt auf den Riegel zielend. Was auch immer der Voranier vorhatte, ich befürchtete, dass es für Agan nicht gut ausgehen würde.

Das summende Geräusch des Strahlkegels erfüllte den Raum und übertönte das leise Zischen meines Messers, während es durch das Metall des Riegels schnitt.

Die Luft um Agan herum flimmerte plötzlich und verzerrte meinen Blick auf ihn.

Dann... verschwand er.

„Was zum...", keuchte ich und unterdrückte einen Schrei des Schocks.

Der *Yirzi* rief aufgeregt.

Ich verdoppelte meine Anstrengungen mit dem Schloss. Sobald der Laser durch das Metall geschnitten hatte, stieß ich die Tür mit Kraft auf und rammte sie in die Beine eines der *Yirzi*.

Er schrie auf, während der andere eine Waffe zog.

Ich blieb tief in der Hocke, trat mit dem Fuß aus und fegte den ersten *Yirzi* von allen vier Beinen. Als er zu Boden krachte, riss ich seine Waffe hinter seinem Gürtel hervor und benutzte seinen Körper als Schutzschild vor den Schüssen des anderen.

Der am Boden packte mich an der Kehle, und ich schoss ihm in den Kopf, direkt zwischen seine Augenantennen.

„Du Schlampe!" Der zweite *Yirzi* sprang in meine Richtung. Ich drückte ab und traf ihn in die Brust. Er fiel zu Boden, jaulte einmal auf und wurde dann still.

Der Blick des Voraniers richtete sich hinter dem Glas auf mich, als ich auf die Füße sprang. Ich suchte an der Glaswand und fand eine Tür auf der rechten Seite. Ich trat sie ein und richtete die Waffe auf den Voranier im Inneren.

„Wo ist Agan?", verlangte ich zu wissen. „Der Ravil? Was haben Sie mit ihm gemacht?"

Die weinfarbenen Augen des Mannes wanderten schnell zwischen mir, den Wänden und dem Boden hin und her.

„Nicht schießen." Er wedelte mit beiden Händen in meine Richtung, die Handflächen mir zugewandt in einer beschwichtigenden Geste, das klare Rechteck zwischen Daumen und Finger geklemmt.

„Wo ist er?", fragte ich und trat näher, während er zurückwich. „Bringen Sie ihn sofort zurück!"

Sobald mein Fuß den roten Kreis auf dem Boden betrat, senkte der Voranier das Rechteck in seinen Händen und richtete es auf mich.

„Oh nein, das werden Sie nicht!", rief ich und erriet seine Absicht, auch mich mit dem lila Licht anzustrahlen.

Ich sprang aus dem Kreis und schoss, zielte auf seine Hand. Der Schuss streifte seinen Handrücken, und Funken flogen. Der Gestank von verbranntem Fell stieg in die Luft.

Der Mann ließ das Gerät auf den Boden fallen und stürzte zur Rückwand. Eine Tafel bewegte sich, als er mit der Schulter dagegen stieß. Sie glitt zur Seite und gab einen offenen Tunnel dahinter frei. Der Voranier verschwand prompt darin, und die Tafel glitt wieder an ihren Platz.

„Hey!", rief ich, schoss wieder und stürzte hinter ihm her.

Der Schuss hinterließ eine Brandmarke auf der Tafel. Ich trat gegen die Wand, hinter der der Voranier verschwunden war, aber sie bewegte sich nicht.

Entmutigt griff ich nach dem klaren Rechteck, das er zurückgelassen hatte, und untersuchte es. Punkte und bunte Linien glitzerten darin, aber ich hatte keine Ahnung, was sie bedeuteten.

Wie sollte ich Agan jetzt finden?

Eine Bewegung auf dem Boden fiel mir ins Auge. Etwas Kleines mit einem Schwanz huschte in meine Richtung.

Eine Ratte?

Ich quiekte vor Entsetzen und Ekel, hätte fast das voranische Gerät fallen lassen, und sprang auf eine nahegelegene Ausrüstungskiste.

Klar, ich war Soldatin – in und außerhalb eines Kampfanzugs – aber ich würde lieber einer Horde *Fescods* im Nahkampf gegenübertreten, als eine Ratte über meine Füße krabbeln zu lassen. Ekelhafte Kreaturen.

„Elf!", drang Agans schwache Stimme von irgendwo unter mir zu mir. „Ich bin's!"

„Agan?" Ich stieg vorsichtig von der Kiste herunter und kauerte mich auf den Boden.

Das Ding, das ich für eine Ratte gehalten hatte, sah genauso aus wie mein derzeitiger Kampfgefährte, nur viele, viele Male kleiner.

Ich blinzelte, weil ich es einfach nicht glauben wollte.

„Bist du das wirklich?" Ich stupste mit dem Finger an seinen Kopf, um sicherzugehen, dass es kein Hologramm oder so was war.

„Hey!" Er schlug mit seinem Arm nach meiner Hand.

Unglaublich, die gesamte massive Gestalt von Leutnant Drankai war jetzt nicht größer als die Länge meiner Hand.

„Das ist unmöglich…" Völlig verblüfft konnte ich nicht aufhören, ihn anzustarren. Alles war geschrumpft – sein Körper, seine Kleidung, sogar seine Stiefel waren jetzt niedliche Miniaturversionen ihrer früheren Selbst. „Wie ist das passiert?"

„Hast du nicht gesehen, *wie*?", schnappte er, offensichtlich gereizt.

Na, wenigstens hatte sich seine Persönlichkeit nicht sehr verändert. Seine kleinere Größe machte ihn nur noch mürrischer.

„Ich habe es gesehen, aber… ich habe keine Ahnung, *wie* das überhaupt möglich ist." Ich beugte mich zur Seite, um seinen Rücken besser zu sehen. Sein Schwanz peitschte wild hin und her, ein Zeichen für seinen Ärger. Alles an seinem Aussehen blieb weitgehend unverändert, außer dass es jetzt… winzig war. „Wie fühlst du dich?"

„Blendend." Die deutlich reduzierte Lautstärke seiner Stimme minderte den dicken Sarkasmus in seinem Ton nicht. „Mach mich jetzt wieder normal."

„Ich?"

„Wer sonst?", forderte er. „Jetzt wo du dieses Arschloch von einem Wissenschaftler verjagt hast."

„Oh, also ist das alles meine Schuld, ja?"

„Elf!", schrie er, machte dann eine Pause. Er holte tief Luft, schloss für einen Moment die Augen, als würde er seine Geduld zusammennehmen. „*Emma*", sagte er schließlich mit viel gleichmäßigerem Tonfall. „Bitte, könntest du rückgängig machen, was dieser Depp mir angetan hat? Jetzt?"

Er versuchte sichtlich, sein Temperament zu zügeln. Ich fand diesen bescheidenen Agan ansprechender. Eigentlich hätte ich ihn gerne betteln lassen, um noch mehr von seiner Arroganz abzubauen. Leider hatten wir nicht viel Zeit. Wer wusste schon, wie weit der Voranier gerannt war und wie viele weitere *Yirzi* sich in diesem Gebäude befanden?

Außerdem tat mir der große Kerl irgendwie leid. Er war hier eindeutig nicht in seinem Element. Er hatte sich tatsächlich an meinen Namen erinnert und sogar „bitte" gesagt.

„Na gut", willigte ich ein. „Wie meinst du, soll ich das anstellen?"

„Mach einfach, was der Voranier gemacht hat." Agan winkte mir zu und lief zurück zu der roten Kreismarkierung auf dem Boden. „Nur umgekehrt."

„Ähm, ich habe aber keine Ahnung, was er gemacht hat." Ich starrte auf das durchsichtige Gerät in meiner Hand.

„Drück einfach irgendwas auf diesem Ding", drängte Agan. „Beeil dich, bitte."

„*Irgendwas?*" Auf der Oberfläche des Rechtecks gab es mehrere Erhebungen, die vermutlich zum Drücken gedacht waren. „Wie zum Beispiel was genau?"

„Irgendetwas."

Er war eindeutig verzweifelt.

„Was, wenn dich das noch kleiner macht?", sorgte ich mich und drehte das Gerät zwischen meinen Fingern. „Agan, ich habe keine Ahnung, was ich hier mit diesem Ding mache. Was, wenn du so klein wirst, dass du durch die Ritzen zwischen den Bodenfliesen fällst? Wie soll ich dich dann da rausholen?"

Er hielt einen Moment inne und überlegte.

Das Knallen der sich öffnenden Tür lenkte meine Aufmerksamkeit auf den Raum außerhalb des Glases. Eine Gruppe von *Yirzi* stürmte herein, jeder mit einer Laserwaffe bewaffnet. Schnell schob ich das durchsichtige Gerät in eine Tasche an meinem Oberschenkel.

„Keine Zeit mehr zum Nachdenken, Leutnant." Ich hob Agan vom Boden auf und duckte mich hinter ein Laborgerät, um den Laserstrahlen auszuweichen, die durch die offene Glastür auf uns abgefeuert wurden.

„Elf!" Agan kämpfte gegen meinen Griff. „Lass mich sofort los!"

„Keine Chance." Hinter dem Glas gefangen, suchte ich verzweifelt nach einem Ausweg. „Das Risiko, dich zu verlieren und, du weißt schon... auf dich zu treten, ist zu groß."

„Scheiße!", tobte er, seine Frustration war offensichtlich. „Das ist einfach-"

„Ruhe." Ich nutzte die verschiedenen Möbelstücke und Geräte als Deckung und bewegte mich näher zur Glastür.

Eine weitere größere Gruppe von *Yirzi* tauchte am Eingang des Raumes außerhalb des Glases auf. In wenigen Augenblicken würden Agan und ich hier hoffnungslos gefangen sein.

Da der einzige Ausgang die Tür war, beschloss ich, mich aus dem verglasten Bereich herauszuschießen, bevor er vollständig von den ankommenden *Yirzi* blockiert werden würde.

„Halt dich fest, Leutnant!" Ich verstärkte meinen Griff um Agan, hob die Laserwaffe in meiner anderen Hand und schoss auf jeden, der in der Tür erschien, während ich näher kam.

Einer der *Yirzi*, auf den ich geschossen hatte, stürzte in meiner Nähe zu Boden, seine Waffe rutschte in meine Richtung. Eine zweite Waffe könnte ich jetzt wirklich gebrauchen.

Ich blickte auf Agan, der in meiner linken Hand einge-quetscht war. Das Risiko, ihn zu verlieren oder versehentlich zu verletzen, wenn ich ihn absetzen würde, war real. Kurz über-legte ich, ihn in eine der zahlreichen Taschen meines Bodysuits zu stecken. Allerdings war das Material so konzipiert, dass es den Inhalt der Taschen eng umschließt. Es war nicht dafür gemacht, lebende Wesen zu tragen. Ich befürchtete, Agan könnte ersticken. Außerdem riskierte ich, ihn in einer Tasche zu zerquetschen, wenn ich fallen oder mich am Boden rollen würde.

Eine weitere Explosion traf das Glas über meinem Kopf.

„Das reicht jetzt, verdammt!" Ich riss den Reißverschluss meines Bodysuits runter, schob Agan in meinen BH zwischen meine Brüste und bückte mich schnell, um die zweite Waffe aufzuheben.

„Leutnant Nowak!" brüllte Agan empört.

„Ruhe." Ich schoss mich aus der Glasfalle heraus und stellte mich den verbliebenen *Yirzi* im Raum. „Und bleib still sitzen."

Mit zwei Waffen war ich doppelt so effizient bei der Abwehr der Angreifer, die auf uns zukamen.

„Zu deiner Rechten," erreichte mich Agans Stimme wieder. Er klang diesmal deutlich gefasster.

Ich drehte mich nach rechts und entdeckte einen *Yirzi*, der sich hinter einer Kiste an der Glaswand versteckte, seine Waffe auf mich gerichtet. Ich schoss und er fiel zu Boden.

„Danke." Ich blickte nach unten. In meinem Dekolleté eingebettet, hielt sich Agan am offenen Reißverschluss auf beiden Seiten meines Ausschnitts fest und schaute heraus wie ein Kapitän eines Schiffes, der Ausschau hält.

„Dort! Hinter dem Käfig." Er deutete nach links, und ich duckte mich hinter eine hohe Kiste in der Nähe, als ein weiterer

Laserstrahl an mir vorbeizischte. Er kam von der Waffe des *Yirzi*, vor dem Agan mich gewarnt hatte.

Es erwies sich als praktisch, ein weiteres Paar Augen zu haben, das auf mich achtete, auch wenn es sich um sehr *winzige* Augen handelte.

Der Gedanke entlockte mir ein unpassendes Kichern.

„Emma!" Agans Stimme riss mich aus meiner unpassenden fröhlichen Stimmung. „Lauf!"

Der Eingang zum großen Raum war vorerst frei, und ich sprintete darauf zu. Da ich den Grundriss dieses Gebäudes nicht kannte, hielt ich im Flur dahinter an, den Rücken an die Wand gepresst. „Wohin jetzt?"

Mit erhobenem Gesicht saugte Agan etwas Luft durch seine Nase ein.

„Da lang." Er zeigte nach links, und ich rannte in diese Richtung los.

„Bist du sicher?" fragte ich, ohne mein Tempo zu verlangsamen.

„Der Geruch des Dschungels kommt von dort," erklärte er.

Mein Laufen ließ ihn hüpfen, und er hielt sich fest an den offenen Seiten meines Bodysuits fest.

Der Korridor endete abrupt. Abgenutzte Pflastersteine ersetzten den weißen Fliesenboden unter meinen Füßen.

„Was ist das für ein Ort?" Ich rannte den Weg entlang, zwischen den verwitterten Steinmauern und unter der eingestürzten Decke.

Das üppige Grün des Dschungels wogte am Ende des Weges im Wind, und ich stürzte direkt hinein.

Einmal aus dem Gebäude heraus, drehte ich mich um und betrachtete die zerbröckelnden Mauern einiger alter Ruinen.

„Das sieht nicht wie ein Labor aus. So seltsam."

„Nicht seltsam," sagte Agan. „Es gibt Hunderte von alten Stadtruinen in diesem Teil des Dschungels. Die *Yirzi* und der Voranier müssen sie als Tarnung nutzen. Eigentlich clever –

niemand würde in so einer Ruine nach einem modernen Labor suchen." Er rutschte etwas hin und her, um es sich zwischen meinen Brüsten bequemer zu machen. „Lauf weiter, Emma," drängte er. „Wir sind noch nicht weit genug, um anzuhalten."

„Aber wohin?" Ich drehte mich im Kreis und versuchte vergeblich, mich zu orientieren. Dieser Teil des Dschungels sah völlig unbekannt aus.

„Kannst du um dieses Gebäude herumgehen?" Agan bückte sich und zog seine Karte aus seinem Stiefel. Sie war genauso geschrumpft wie er. „Bleib außer Sichtweite, aber nah genug an den Ruinen, damit ich sie auf der Karte identifizieren kann.

Ich tat, was er sagte, versteckte mich hinter Baumstämmen und lugte nur lange genug hervor, damit Agan einen weiteren Blick auf das Gebäude werfen konnte.

„Dieses hier", sagte er schließlich selbstsicher und zeigte auf eine Stelle auf der Karte.

Ich machte mir nicht einmal die Mühe, darauf zu schauen. Bei der derzeitigen Größe der Karte würde ich ohne eine starke Lupe sowieso nichts erkennen können.

„Gehen wir dann zurück zur Basis?", fragte ich.

Es schien klug zu sein, unseren Weg zurück in Sicherheit fortzusetzen. Trotzdem brauchte ich Agans Bestätigung, dass er damit einverstanden war, das Labor zu verlassen – und möglicherweise die einzige Verbindung zur Lösung seines Problems.

„Ja", antwortete er grimmig. „Ich muss dich in Sicherheit bringen."

Technisch gesehen würde ich diejenige sein, die das „Bringen" übernahm, da er an meiner Brust festgeschnallt war, nicht umgekehrt. Ich würde schließlich seinen Hintern zur Basis tragen.

Als ich jedoch seinen niedergeschlagenen Gesichtsausdruck sah, hielt ich dieses Mal meine bissigen Bemerkungen zurück.

„Wir werden unsere Vorgesetzten über dieses Labor informieren", sagte ich und suchte nach einer Möglichkeit, ihn aufzumuntern. „Irgendjemand sollte in der Lage sein, den voranischen Wissenschaftler zu identifizieren und ihn zu zwingen, das rückgängig zu machen, was er getan hat."

„Richtig." Agan nickte, sah nicht sehr überzeugt aus, aber entschlossen und gefasst. „Lass uns gehen."

„Ich kann auf der Karte nicht viel erkennen, also musst du der Navigator sein. Sag mir einfach, welchen Kurs ich einhalten soll."

Er konsultierte erneut die Karte und teilte mir unsere genauen Koordinaten und dann die Richtung mit, in die wir reisen mussten.

„Jetzt setz mich ab, Elf", befahl er und steckte die Karte weg. „Ich werde laufen."

„Auf keinen Fall, Mann." Ich schüttelte den Kopf. „Das Letzte, was ich jetzt brauche, ist eine Schlange, die dich verschluckt, oder ein Vogel, der dich schnappt."

„Ich bestehe darauf, dass du mich absetzt, Leutnant Nowak." Seine Stimme wurde knapp.

Ich begann unseren Weg und konzentrierte mich darauf, durch den dichten Dschungel zu navigieren und dabei den Kurs einzuhalten, den er mir genannt hatte. „Du wirst uns verlangsamen, wenn du läufst."

Das brachte ihn zum Schweigen, aber nur für ein oder zwei Minuten.

„Könntest du mich nicht wenigstens in deiner Hand tragen?", fragte er in einem etwas weniger autoritären Ton. „Oder ich könnte auf deiner Schulter sitzen?", schlug er hoffnungsvoll vor.

Wenn ich an seine frühere Prahlerei und sexuellen Anspielungen dachte, hätte ich erwartet, dass er seine Position in meinem BH voll ausnutzen und mich unaufhörlich necken würde. Dass er nichts dergleichen tat, zeigte mir, wie verunsichert er sich fühlen musste.

Agan war offensichtlich sehr stolz auf seine frühere Größe

und Stärke gewesen. Auf die Größe der echsenartigen Kreatur reduziert zu werden, die er gestern Abend zum Essen hatte, konnte für ihn nicht leicht sein. Er wirkte ängstlich, besorgt und... zurückhaltend.

Das fand ich ansprechender als seine frühere unverschämte Haltung.

„Lass mich hier raus." Er stützte sich mit seinen Händen oben auf meinen Brüsten ab und drückte sich hoch, mit der klaren Absicht, aus meinem Dekolleté zu klettern.

„Nö." Ich hob meinen BH an den Trägern hoch und hüpfte zweimal auf der Stelle, wodurch er wieder zurückrutschte. „Du bleibst, wo du bist, Leutnant. Ich brauche beide Hände, um durch dieses Dickicht zu wandern. Jeder Ast hier würde dich leicht von meiner Schulter stoßen – diese Option fällt also auch weg."

Mit einer Waffe in der einen Hand und der anderen, um Ranken und Äste aus meinem Weg zu räumen, bewegte ich mich weiter vorwärts.

„Das könnte locker als Belästigung zählen, Elf." Agan schmollte und wand sich unglücklich, eingeklemmt zwischen meinen Brüsten. „Ich werde es als solche melden, wenn du mich nicht rauslässt. Setz mich ab. Das ist ein Befehl!"

Schade, dass seine Stimme nach dem Schrumpfen nicht dünn und quietschend geworden war. Ich wette, er hätte sich nicht getraut, mir mit einer piepsigen kleinen Stimme Befehle zu erteilen. Leider behielt sie dieselbe tiefe Tonlage und das gleiche Timbre, nur deutlich leiser.

„Du kannst mir keine Befehle geben", erinnerte ich ihn. „Wir sind nicht in der gleichen Armee. Wir haben auch den gleichen Rang."

„Richtig", knurrte er. „Nur dass ich über zwei Jahrzehnte gebraucht habe, um meinen Rang auf dem Schlachtfeld zu verdienen, und du deinen als Abschlussgeschenk bekommen hast."

„Hey!" Ich stolperte fast über einen Ast. „Was soll das heißen? Als ob meine Jahre an der Akademie nichts bedeutet hätten?" Das war eine Diskussion, die keiner von uns gewinnen würde, aber ich war zu genervt von diesem Mann, um es einfach so stehen zu lassen. „Hast du eine Ahnung, wie viel ich lernen musste, um das komplexe Stück Maschinerie, das der Rüstungsanzug ist, effizient zu bedienen?"

„Im Klassenzimmer zu sitzen ist nicht dasselbe, wie in Schützengräben zu liegen", entgegnete er und stützte sein Kinn auf seine Hand, den Ellbogen an die Seite meiner Brust gestützt. „Und eine Maschine zu bedienen, egal wie komplex, ist nicht dasselbe, wie vierzig Männer Tag für Tag in die Schlacht zu führen."

Ich wollte seine Leistungen nicht kleinreden. Ich wünschte nur, er würde meine auch nicht herabsetzen.

Wut flammte in mir auf und brachte das Schlimmste in mir zum Vorschein.

„Nun, du führst im Moment niemanden an, oder?" schnauzte ich. „Du wirst in meinem BH herumgetragen. Oh Schreck!" Ich keuchte theatralisch. „Der mächtige Leutnant Drankai ist darauf reduziert worden, Hilfe von einer winzigen, schwachen Frau anzunehmen."

„Es ist ziemlich gemein und unpassend von dir, dich über meine Situation lustig zu machen", schmollte er. „Nachdem du mir deine Hilfe *aufgezwungen* hast, noch dazu."

„Aufgezwungen? Ich frage mich, was du mit *mir* gemacht hättest, wenn die Rollen vertauscht wären und *ich* jetzt so klein wäre wie du. Sag mir nicht, dass du mich nicht ohne ein Wort in eine Tasche gesteckt hättest, ganz zu schweigen davon, mich nach meiner Meinung zur besten Rettungsmethode zu fragen."

„Das wäre eine völlig andere Situation gewesen. Frauen sollen gerettet werden."

Ich stöhnte nur als Antwort, sprachlos.

Was hatte ich von einem Mann wie Agan erwartet? Ein

„Danke" wäre offensichtlich zu viel für ihn, denn das würde bedeuten zuzugeben, dass er überhaupt meine Hilfe brauchte.

Es störte mich, dass er viel dankbarer war, bevor er erfahren hatte, dass ich eine Frau bin. Ich war immer noch dieselbe Person, die er zuvor „Bruder" genannt hatte, aber er behandelte mich jetzt anders, nur weil ich nicht das Geschlecht hatte, das er erwartet hatte.

„Weißt du was", schnaubte ich und stampfte vorwärts. „Beschwer dich ruhig. Melde mich doch wegen sexueller Belästigung, wenn wir zurückkommen. Wenigstens sorge ich so dafür, dass du in einem Stück zu deiner Basis zurückkommst und lange genug lebst, um all deine Berichte einzureichen."

Ich stolperte fast über einen schleimigen Baumstamm auf dem Dschungelboden. Mit rudernden Armen griff ich nach einer Liane und stieg dann vorsichtig über den Stamm.

„Worüber beschwerst du dich überhaupt?", murmelte ich. „Ich habe einen gemütlichen C-Cup, nicht zu viel, um dich zu ersticken, aber mit genug Puffer, um dein zerbrechliches kleines Ich sicher und bequem zu halten." Ich kletterte über den dicken Stamm eines weiteren umgestürzten Baumes. „Ich bin diejenige, die hier die ganze Arbeit macht. Du sitzt einfach da und nun sei still."

KAPITEL 6

Ich erreichte den Bach und lief ein paar Stunden an ihm entlang, bis es Zeit für eine Pause war.

Kaum hatte ich Agan am Ufer des Baches abgesetzt, steuerte er auf die Bäume zu.

„Wohin gehst du?", fragte ich und machte einen Schritt hinter ihm her.

Er warf mir über die Schulter einen misstrauischen Blick zu. „Toilettenpause."

„Bleib in der Nähe." Ich unterdrückte den Drang, ihm zu folgen.

Sorge vibrierte durch meinen Körper. Vor dem Hintergrund der Baumstämme sah er so winzig aus. Eine Schlange oder ein Vogel könnte ihn leicht schnappen. Und diese ekligen Würmer? Anscheinend hingen die gerne an diesem Bach herum. In seinem jetzigen Zustand würden sie im Vergleich zu ihm gigantisch aussehen.

Musste er wirklich so weit gehen? Jungs konnten doch überall pinkeln, oder? Wenn er es einfach hier am Baumstamm gemacht hätte, hätte ich ihn wenigstens im Auge behalten können.

„Geh nicht zu weit", warnte ich erneut, und meine Sorge stieg noch höher, als er im Dschungel verschwand und aus meinem Blickfeld geriet.

„Ja, *Mama*", spottete Agans Stimme hinter den Bäumen.

Ach, zum Teufel mit ihm! Eine Schlange würde sowieso an ihm ersticken. Diesen Typen würde niemand runterkriegen.

Ich nahm meine Mini-Feldflasche aus der Tasche an meiner Hüfte, rollte sie aus und füllte sie mit Wasser aus dem Bach. Ich zögerte nur kurz, bevor ich trank. Ich hatte keine Reinigungstabletten mehr dabei, aber Agan hatte letzte Nacht weiter hinten aus genau diesem Bach getrunken und schien in Ordnung zu sein, kein Durchfall. Er hatte mir nicht in den Ausschnitt gekackt oder so.

Ich zuckte bei dem Gedanken zusammen.

Dann lachte ich.

Dann schüttelte ich den Kopf.

Das hier hatte sich bei weitem zur verrücktesten Mission entwickelt, auf der ich je gewesen war.

„Durstig?", bot ich Agan meine Feldflasche an, als er zum Glück heil und gesund zurückkehrte.

„Danke, geht schon." Er ging zum Wasser hin. Mit einem Sprung auf einen kleinen Stein im Bach hockte er sich hin und tauchte seine Hände ins Wasser. Er formte sie zu einer Schale und führte etwas davon an seinen Mund zum Trinken.

Ich beobachtete ihn genau und traute mich kaum zu atmen. Diese Fische, die er früher abgetan hatte, würden ihn jetzt nicht nur beißen, sondern gleich ganz verschlingen.

Das ungute Gefühl in mir wurde stärker, je länger er auf diesem Stein blieb. Schließlich wurde die Angst unerträglich.

„Agan, komm bitte her", flehte ich. „Ich habe jede Menge Wasser."

„Es ist doch aus demselben Bach, oder? Da ist kein Unterschied."

„Ja, aber..." Ich verstand, dass er seine Unabhängigkeit wohl noch eifriger verteidigte, jetzt, wo er kleiner geworden war, aber ich konnte nicht anders. Die Angst um ihn ließ mir keine Ruhe. „Ach komm schon, geh da einfach weg", flehte ich. „Ich halte das nicht mehr aus. Was, wenn dich ein Fisch schnappt?" Mir war klar, dass ich wie eine überfürsorgliche Mutter klang, aber die Sorge überwältigte mich.

„Du glaubst nicht, dass ich auf mich selbst aufpassen kann?" Er richtete sich auf dem Stein auf und stemmte die Hände in die Hüften.

„Natürlich kannst du das, aber... Alles ist so viel größer im Vergleich zu dir, jetzt." Ich glaubte, ich hätte das Schimmern von Fischschuppen im Wasser in seiner Nähe gesehen. Dann ließ ein Vogelkreischen von irgendwo über uns meine Sorge in Panik umschlagen. „Das reicht, komm her, sofort!"

Ich stürzte auf ihn zu, aber er sprang vom Stein auf den Boden und wich meinen Händen geschickt aus.

„Kein Grund, wieder handgreiflich zu werden, Elf", sagte er und stampfte an mir vorbei. „Und du hast kein Recht, mir Befehle zu erteilen. Wir haben denselben Rang." Er warf mir meine eigenen Worte an den Kopf.

Das brachte mich zum Nachdenken.

Ich konnte mich leicht in Agans Lage versetzen. Als zierliche Frau hatte ich genug Erfahrungen damit gemacht, von viel größeren Männern dominiert zu werden, oft ohne, dass sie überhaupt merkten, was sie taten. Sowohl in meinem Privat- als auch in meinem Berufsleben war ich herumgeschubst, herumkommandiert und mit männlicher Überfürsorglichkeit konfrontiert worden, die ans Bevormundende grenzte.

Jetzt hatte ich mich Agan gegenüber genauso verhalten.

„Tut mir leid." Ich setzte mich auf das sandige Ufer neben ihn. „Ich habe andauernd Grenzen überschritten, nicht wahr?"

„Schon gut." Er löste seinen Gürtel und nahm die Dolchscheiden ab. „Manches davon erinnert mich an die Art, wie ich dich behandelt habe, als ich größer war. Ich verstehe deine Sorge und deine Frustration."

„Immerhin hast du mich nicht in dein Hemd gesteckt", lächelte ich.

„Wenn ich eins tragen würde, hätte ich das getan." Er lachte. „Alles, um dich zu beschützen." Dann fügte er in einem ernsteren Ton hinzu: „Es gibt einfach etwas an einer Frau im Kriegsgebiet, im Dschungel, das meine Nackenhaare aufstellt." Er rieb sich den Nacken und rollte mit den Schultern. „Es fühlt sich falsch an. Es lässt mich sie so weit wie möglich von diesem Ort wegbringen wollen, wo keine *Fescods* oder *Yirzi* sie jemals finden würden."

Ich verstand jetzt viel besser sein Bedürfnis, jemanden zu beschützen, der kleiner und scheinbar schwächer war als er selbst.

Er wickelte seinen Gürtel um seine Hand und starrte ein paar Sekunden geradeaus. „Ich schätze, ich muss mich auch bei dir für etwas entschuldigen, oder?"

„Heißt das, es tut dir leid?" Ich lächelte wieder.

„Ja, das tue ich."

„Dann sag es."

„Na gut. Es tut mir leid für einige der Dinge, die ich gesagt und getan habe, als ich größer war. Okay?"

„Nur für einige?" Ich bohrte nach und hob eine Augenbraue.

Er sah mich mit einem besorgten Gesichtsausdruck an.

„War denn *alles*, was ich gesagt und getan habe, falsch?"

„Nein", lachte ich und ließ ihn vom Haken. „Nicht alles, ich necke dich nur. Entschuldigung angenommen, Agan. Es tut mir auch leid für all die Missverständnisse. Freunde?" Ich bot ihm meine Hand an.

„Freunde." Er drückte die Spitze meines Zeigefingers in seiner Handfläche. „Jetzt gib mir dein Messer." Er sprang auf die Füße.

„Was?"

„Ich besorge uns Mittagessen. Da ich jetzt keine Zeit habe, ein Tier zu fangen, das größer ist als ich, und du wahrscheinlich nichts essen möchtest, was kleiner ist als ich, klettere ich auf diesen Baum und hole uns ein paar *Dhoda*-Früchte."

Ich folgte seiner Geste mit meinem Blick zu dem Büschel hellrosa, länglicher Früchte hoch oben im Baum.

„Wie planst du, das Messer da hoch zu tragen?" fragte ich, klickte meine Armtasche auf und nahm den Lasergriff heraus. Er war schlank, aber fast so lang wie Agan aktuell groß war.

„Schnalle es mit dem hier auf meinen Rücken", er reichte mir seinen Gürtel. „Oh, und diese Frucht bricht leicht. Du musst sie also fangen, bevor sie auf den Boden schlägt."

„Muss ich das?"

„DAS IST WIRKLICH GUT." Ich kaute an meinem zweiten Stück *Dhoda*-Frucht. Saftig und zart, hatte sie einen starken Geschmack, der mich vage an Erdbeeren mit einem Hauch von Zitrone erinnerte. „Danke."

„Gern geschehen." Agan biss riesige Stücke von einer winzigen Scheibe ab, die er mit beiden Händen hielt. „Danke, dass du *die meisten* gefangen hast." Er lachte und zeigte mit seinem Blick auf die leuchtend rosa Flecken, die nun meine Arme und Schultern bedeckten.

„Hey, sie haben sich als viel zerbrechlicher herausgestellt, als ich dachte."

„Ich habe dich gewarnt", zuckte er mit den Schultern.

Es lag etwas Jungenhaftes in dieser Geste und in dem unbeschwerten Lächeln, das er mir zuwarf.

„Wie alt bist du, Agan?" fragte ich.

„Achtundzwanzig. Warum?"

Ich war gerade siebenundzwanzig geworden. Meine aktive Dienstzeit war deutlich über fünf Jahre hinausgegangen. Selbst wenn ich die vier Jahre, die ich an der Akademie verbracht hatte, mitzählte, machte meine Erfahrung nicht einmal die Hälfte seiner aus.

„Du hast gesagt, du wärst seit über zwei Jahrzehnten in der Armee", erinnerte ich ihn, verwirrt.

„Nein. Ich sagte, ich *verdiene meinen Rang* schon so lange, also sammle Kampferfahrung. Die Ravil-Armee nimmt niemanden unter sechzehn auf. Und selbst dann sollen die ersten paar Jahre auf der Basis verbracht werden, wo man Botengänge und solche Sachen macht. Ich habe mit sechs angefangen und Botengänge für eine zivile Widerstandsgruppe erledigt. Als ich mit sechzehn in die Armee aufgenommen wurde, hatte ich bereits zwei Jahre lang meine eigene Einheit von Widerstandskämpfern angeführt."

„Sechs?" keuchte ich schockiert. „Wie kann es überhaupt legal sein, ein so junges Kind einzusetzen?"

„Meine Eltern legten mehr Wert auf meine Sicherheit als auf alles andere, als sie mich zum Lagerplatz des Widerstands schickten. Sie glaubten, es wäre dort für mich sicherer als in unserem Dorf, mit der ständigen Bedrohung durch einen *Fescod*-Angriff, der darüber schwebte." Er beendete seine Frucht und legte danach seine Arme auf seine Knie. „Sie hatten recht, denn ich lebe noch, und sie sind weg."

„*Fescods* haben deine Eltern getötet?" fragte ich, und er nickte. „Das tut mir so leid, Agan."

Ich war vorübergehend auf Tragul, im Rahmen einer Friedensmission. Mein Vertrag lief bald aus. Aber dieser Planet war

Agans Heimat. *Fescods* hatten seit langem Ravie, sein Land, überrannt. Er hatte ein Leben lang gegen diese Dinge gekämpft. Er hatte seine Eltern an sie verloren.

„Wir werden sie kriegen." Er stand auf und ging zum Wasser, um seine Hände abzuspülen. „Die Voranier haben sie von ihrem Planeten vertrieben, und wir werden sie auch aus Ravie rausschmeißen."

Ich folgte ihm und wusch meine Hände im Bach.

„Ich glaube daran, Agan." Es musste einen Weg geben, diesen verheerenden Krieg zu beenden.

Seine Brust hob sich mit einem tiefen Atemzug. „Ich muss nur irgendwie wieder meine normale Größe erreichen."

„Irgendjemand muss das herausfinden können." Ich wollte ihn aufmuntern, hatte aber keine Ahnung, wie ich das in dieser Situation tun sollte. „Es muss einen Weg geben herauszufinden, wofür dieses Ding da ist." Ich tätschelte die Tasche an der Seite meines Oberschenkels, wo der Stoff an der rechteckigen Form des Geräts klebte, das ich aus dem Labor mitgenommen hatte.

Ich befürchtete, dass es nur eine Fernbedienung zur Steuerung der Laborgeräte war. In diesem Fall könnte es nutzlos sein, da die eigentlichen Geräte im Labor geblieben waren. Das sagte ich Agan aber nicht, weil ich ihn nicht noch mehr mit meinen unbewiesenen Annahmen beunruhigen wollte.

„Ravils sind nicht so gut mit der neuesten Technologie", gab Agan zu.

Das stimmte. Die jahrzehntelangen Kriege auf ihrem Territorium hatten den wirtschaftlichen und technologischen Fortschritt seiner Nation behindert.

„Aber Menschen sind es", versicherte ich ihm. „Leider nicht ich oder die Jungs in meiner Einheit. Wir wissen genug, um die Ausrüstung zu bedienen und bei Bedarf zu reparieren, aber nicht, um ein Stück außerirdischer Technologie zu analysieren. Wir könnten dieses Ding jedoch bei Bedarf zur Erde schicken. Wir haben brillante Wissenschaftler zu Hause. Natürlich würde ein Raumschiff fünf Monate brauchen, um meinen Planeten zu erreichen... Moment mal." Ich starrte ihn an, als mir eine Idee durch den Kopf schoss. „Der Mann, der dieses Ding bedient hat, war ein Voranier."

„Ja, das war er."

„Kennst du ihn?"

Agan schüttelte den Kopf.

„Ich habe ihn nicht richtig gesehen. Ich starrte auf den Boden, als ich wieder zu mir kam. Dann begann der Boden, sich unter mir zu bewegen. Die Risse zwischen den Bodenfliesen wurden plötzlich riesig, wie Spalten in der Wüste... Ich sah nur seinen Rücken, als er wegrannte. Dann warst *du* da – groß wie ein Riese."

Ein Riese? Das Wort brachte mich zum Lächeln.

„Niemand hat mich je zuvor 'groß' oder 'Riese' genannt."

„Alles sieht jetzt riesig aus." Er rieb sich übers Gesicht. „Es ist beschissen."

Ich hatte keine Ahnung, wie ich ihn aufmuntern konnte, außer ihm Hoffnung zu geben.

„Wahrscheinlich ist das voranische Technologie", sagte ich. „*Yirzi* erschaffen oder erfinden nie etwas, richtig? Wir werden die voranische Regierung kontaktieren, sobald wir die Basis erreichen. Sie sollten jemanden finden können, der weiß, was zu tun ist. Die Voranier sind unsere Verbündeten."

„Warum haben sie mir das dann überhaupt angetan? Der Wissenschaftler war ein Voranier."

„Das stimmt", seufzte ich und ließ die Schultern hängen. Diese Tatsache ergab sehr wenig Sinn.

„Wenn sie im Geheimen etwas planen, dann wäre es ein Fehler, sie zu kontaktieren."

„Glaubst du, die Voranier entwickeln eine neue Technologie? Vielleicht ist es zur Bekämpfung der *Fescods*? Um sie zu schrumpfen?", schlug ich vor und klammerte mich an jeden Strohhalm bei meiner Suche nach einer Erklärung.

„Warum würden sie es dann an einem Ravil testen? Wo es doch Tausende von *Fescods* in der Gegend gibt?"

Er hatte recht. Die Dinge ergaben keinen Sinn.

„Wir werden nicht mit Voran sprechen, Emma. Wenn wir die Basis erreichen, werde ich darum bitten, mit General Trulgadi, meinem Armeekommandanten, zu sprechen."

KAPITEL 7

EMMA

„Kann ich dich um einen Gefallen bitten?", sagte Agan, als wir auf die große Lichtung hinaustraten und die hohe Holzwand der Ravil-Armeebasis in der Ferne sichtbar wurde. „Könntest du mich jetzt bitte absetzen?"

Der Drang, seine Bitte abzulehnen, war stark. Die offene Fläche um uns herum schien frei von *Fescods* oder *Yirzi* zu sein; aber wer wusste schon, welche Gefahren im Gras lauerten. Für jemanden von Agans momentaner Größe würde selbst eine Dschungelratte einen beachtlichen Gegner darstellen. Ich wollte nicht, dass er verletzt wird, wenn ich es leicht verhindern könnte, indem ich ihn einfach sicher in meinem BH behalte.

Gleichzeitig wurde mir klar, dass Agan nicht wollte, dass seine Soldaten ihn zwischen meinen Brüsten versteckt sehen. Allein sein Auftauchen in seinem momentanen Zustand könnte bereits unerwünschte Aufmerksamkeit und zusätzliche Herausforderungen für ihn bedeuten.

75

Mit einem Blick auf die Mauer der Basis nickte ich widerwillig und ließ dann schnell meinen Blick über die Lichtung und den Himmel darüber schweifen, auf der Suche nach jagenden Kreaturen.

Alles schien ruhig zu sein.

„In Ordnung." Ich griff in meinen Ausschnitt und holte ihn heraus. „Nur, weißt du, bleib in der Nähe. Okay?"

Wenn meine Besorgnis Agan nervte, zeigte er es nicht. Ich setzte ihn vorsichtig auf den Boden, wo das kurze Gras bis über seine Taille reichte. Als er auf das breite Tor in der Mauer vor uns zueilte, verlangsamte ich mein Tempo, um mit ihm Schritt zu halten.

Er stapfte entschlossen durch das Gras – ging so schnell, dass er fast in einen Trab verfiel. Trotzdem musste ich mich in einem gemütlichen Tempo bewegen, damit er mit mir Schritt halten konnte.

Es dauerte erheblich länger, die Basis auf diese Weise zu erreichen, aber ich beschwerte mich nicht. Ich verstand, wie wichtig es für Agan war, seine Würde und Unabhängigkeit in den Augen seiner Kameraden zu bewahren.

Als wir endlich die Mauer erreichten, klopfte ich mit der Faust an das massive Tor mit einer quadratischen Metallplatte in der Mitte.

„Identifizieren Sie sich!", rief jemand auf Ravil von der anderen Seite.

„Leutnant Emma Nowak, Spezial-Panzereinheit von der Erde." Ich schaute zu Agan hinunter. Seine Stimme war nicht mehr laut genug, der Wächter würde ihn nicht einmal hören, wenn er schreien würde. „Ich bin hier mit Leutnant Agan Drankai von der Ravil-Armee", rief ich für ihn.

Das Metallquadrat schob sich mit einem Quietschen auf und gab ein vergittertes Fenster frei. Das gutaussehende Gesicht des Wächters kam zum Vorschein.

„Du bist eine Frau", stellte er fest, seine eukalyptusfarbenen Augen weiteten sich. „Bist du eine Aldraianerin?" Sein Blick glitt an meiner Vorderseite herunter. „Kann nicht sein. Ihre Weibchen haben dunkleres Haar und je drei Paar Brüste."

Ich räusperte mich und verschränkte schnell die Arme vor meiner Brust. Ich war schon ein paar Mal auf dieser Basis gewesen – beides waren kurze Stopps während unserer Reise von oder zu unserem Raumschiff im Orbit um Tragul. Während meiner Besuche hier trug ich den Panzeranzug. Mir wurde klar, dass dies das erste Mal sein könnte, dass der Ravil-Wächter jemals eine menschliche Frau sah. Und nach seinen Kommentaren und seinem Gesichtsausdruck zu urteilen, war es das auch.

„Nein. Ich bin nicht von Aldrai. Wie gesagt, ich bin Leutnant Emma Nowak, Spezial-Panzereinheit von der Erde."

„Eine Frau? Leutnant?" Der Wächter blinzelte mich mit seinen langen dunklen Wimpern in offensichtlichem Schock an.

„Ja." Meine Antwort klang diesmal ziemlich knapp, ich verlor allmählich die Geduld. Ravil-Männer waren gutaussehende, tapfere Krieger, die anscheinend viel zu tief im Sumpf ihrer Stereotypen steckten. „Ich bin ein *menschlicher weiblicher Leutnant*", sagte ich mit Nachdruck und erinnerte mich dann an den Namen, den Agan vorher erwähnt hatte. „Leutnant Drankai und ich müssen General Trulgadi sehen."

„Agan? Wo ist er?"

„Genau hier." Ich hockte mich zu Agan hinunter und streckte meine Hand in seine Richtung aus. „Darf ich?"

Er presste seinen Kiefer zusammen, sah nicht sehr erfreut aus, kletterte aber auf meine Handfläche und erlaubte mir, ihn zum Fenster hochzuheben.

„Hi Zonko", begrüßte er den Wächter düster.

„Agan? Bist du das?" Zonko starrte ihn an, sein Mund fiel offen. „Was zum Teufel?"

„Genau", antwortete Agan tonlos. „Können wir reinkommen? Bevor die *Fescods* auftauchen?"

Die *Fescods* waren durch die gemeinsamen Anstrengungen der verbündeten Streitkräfte nach Norden von der Basis vertrieben worden. Die Chance, dass sie uns so weit südlich angreifen würden, war gering. Agan wollte offensichtlich nur Zonkos intensivem Starren ein Ende setzen.

„Wir müssen General Trulgadi so schnell wie möglich sehen. Es ist eine Angelegenheit von höchster Wichtigkeit."

„Richtig. Natürlich." Zonko rasselte mit den Ketten und Riegeln und öffnete schließlich das Tor. „Was, beim Abgrund von Krokkan, ist mit dir passiert?"

Die volle Aufmerksamkeit des Wächters blieb auf Agan gerichtet, als ich eintrat. Die Neuheit, einen weiblichen Soldaten von der Erde zu treffen, verblasste wohl im Vergleich dazu, einen der ihren auf die Größe einer Hand reduziert zu sehen. Ich hätte es in diesem Fall vorgezogen, diejenige zu sein, die er anstarrte, da es bedeutet hätte, Agan die unerwünschte Aufmerksamkeit zu ersparen – er sah unter der Musterung des Wächters äußerst unwohl aus.

„Der General?", forderte Agan den Wächter auf, als dieser ihn weiter anstarrte.

„Oh… klar." Zonko winkte einem vorbeilaufenden Jungen zu. „Vren! Geh und finde General Trulgadi. Sag ihm, dass Leutnant Drankai ihn zu sehen wünscht."

Der Junge kam schlitternd zum Stehen und starrte Agan an, auch sein Mund stand offen.

„Los!", schnauzte Agan ihn an, was Vren zu einem Sprint über den festgetretenen Schmutz des zentralen Platzes trieb.

Hunderte von Holzgebäuden umgaben den offenen Platz in der Mitte. Die meisten Strukturen waren niedrige, einstöckige Häuser aus dunklem Holz. Als Dachmaterial verwendeten die Ravils die Lamellen der riesigen Pilze, die in diesem Teil des

Planeten wuchsen. So hart wie Holz, waren die Lamellen flexibler und vollkommen wasserdicht, was sie zu perfekten Dachschindeln machte. Im trockenen Zustand fast weiß, reflektierten die Lamellen auch die Hitze der heißen Ravie-Sonne und hielten die Wohnräume im Inneren kühler.

Ein ganzer riesiger Pilz, getrocknet und verwittert, war vor dem größten Gebäude gegenüber des Hauptplatzes aufgestellt worden. Der breite, fast flache Hut des Pilzes diente als Vordach über den vorderen Stufen.

Ich glaubte, den obersten Rand unseres Transportschiffs sehen zu können, das in der Sonne auf dem Landeplatz weit unten am Hügel hinter den Häusern glänzte.

„Ist meine Einheit noch hier?", fragte ich Zonko.

Er nickte und rief dann hastig dem sich entfernenden Jungen hinterher: „Und sag dem menschlichen Hauptmann, dass seine Frau auch hier ist!"

Ich konnte mir ein Augenrollen nicht verkneifen. Natürlich musste ich in Zonkos Verständnis jemandes „Frau" sein. Als ich nach unten schaute, traf ich Agans Blick. Sein Gesichtsausdruck war ziemlich ernst, als er mich anstarrte.

„Willst du hier warten?", fragte ich.

Der zentrale Platz war voll mit Ravil-Soldaten – allesamt männlich, die meisten mit freiem Oberkörper. Die Brustplatten, die sie normalerweise im Kampf trugen, waren jetzt verschwunden, ohne dass Stoff sie ersetzte. Ravils, wie ich gelernt hatte, hatten eine starke Abneigung dagegen, Hemden zu tragen.

Einige der Soldaten saßen vor den Gebäuden. Mehrere standen in Gruppen auf dem Platz und drumherum. Ein paar gingen vorbei und führten ihre Reittiere – *Marids*. Ungefähr so groß wie ein Pferd, waren *Marids* prächtige sechsbeinige Kreaturen mit kurzem weißem Fell, das in der Abendsonne golden schimmerte.

Die Ravils in der Umgebung starrten uns bereits an.

Als ich Agans Unbehagen spürte, schirmte ich ihn schnell mit meiner Hand vor den neugierigen Blicken ab. Er bat nicht darum, wieder auf den Boden gesetzt zu werden. Entweder wollte er keine weitere Aufmerksamkeit erregen, oder er verstand die sehr reale Gefahr, zu Tode getrampelt zu werden, wenn er allein über den belebten Platz laufen würde.

„Lass uns zum Quartier des Generals gehen", deutete Agan auf das weitläufige Gebäude gegenüber dem Tor, dasjenige mit dem riesigen Pilz, der als Schirm über dem Eingang aufgestellt war.

Ich versteckte ihn hinter meiner Hand und ging in diese Richtung.

Die Ravils hielten an, um uns anzustarren, während ich ging, aber sie konnten Agan hinter meiner Hand nicht so leicht entdecken und starrten stattdessen mich an.

Frauen kamen nur dann zur Basis, wenn sie aus den vom Krieg verwüsteten Gebieten der von *Fescods* besetzten Teile des Landes gerettet worden waren. Sie nutzten die Armeebasis als vorübergehendes Schutzhaus und blieben nicht lange.

Verheiratete Frauen und Kinder wurden umgehend in die sicheren Anlagen tief in den *Fescod*-freien Gebieten des Landes geschickt. Von den Jungs in meiner Einheit hatte ich gehört, dass die Armee junge, unverheiratete Frauen nach Neron schickte, um dort in den Unterhaltungseinheiten zu leben und zu arbeiten. Ravil-Soldaten kamen oft für ihren Urlaub nach Neron, wo sie ebenfalls in den Unterhaltungseinheiten blieben.

Auf der Armeebasis waren nur Spuren weiblicher Präsenz zu sehen – von einigen bemalten Verzierungen über Türen und Fenstern an manchen Häusern bis hin zum eleganteren Schnitt von Hosen mit reicher Stickerei entlang der Nähte bei einigen Männern. Kunst und Handwerk waren, wie ich gelernt hatte, hauptsächlich Beschäftigungen von Ravil-Frauen.

Ich riskierte ein paar versteckte Blicke auf die schicken

Stoffhosen, die einige der Soldaten trugen. Als Tochter einer Näherin hatte ich schon als kleines Mädchen das Nähen gelernt. Der Schnitt und die Verzierung der Kleidung interessierten mich, obwohl ich das hier niemandem gegenüber zugeben würde. Ich hatte nicht einmal den Jungs in meiner Einheit je erwähnt, dass ich gerne nähe. Kein Grund, ihnen zusätzliches Material für potenzielle Neckereien zu geben.

Ein großer Ravil kam aus dem Gebäude, als ich mich näherte. Er wirkte mittleren Alters, mit Haaren, die bereits großzügig mit Grau durchsetzt waren, was seine hellbraune Mähne aussehen ließ, als wäre sie mit Frost bestäubt. Er war auch der einzige Ravil, den ich gesehen hatte, der eine Art Hemd trug – zwei Rechtecke aus handgesponnenem Stoff, die durch Lederschnürung an den Schultern und Seiten verbunden waren.

„Das ist General Trulgadi", sagte Agan zu mir. Seine Stimme war zu leise, als dass der andere Mann ihn hören konnte. Genau wie die übrigen Ravils starrte der General mich an und schenkte dem, was – oder besser *wem* – ich in meinen Händen versteckte, keine Beachtung.

„General. Leutnant Emma Nowak, Spezialeinheit für gepanzerte Fahrzeuge von der Erde." Ich salutierte, indem ich meine Hand an den Kopf führte. Die Geste entblößte Agan kurzzeitig. Der General studierte jedoch mein Gesicht zu genau, um dies zu bemerken.

„Leutnant?" Er erwiderte mechanisch den Gruß auf Ravil-Art, indem er zwei Finger an seine Brust über seinem Herzen legte.

„Erlaubnis, unter vier Augen zu sprechen", bat ich.

„Pixie!" Rick eilte aus dem nahegelegenen Haus zu uns. „Du hast es geschafft!"

„Mir war nicht bewusst, dass Menschen Frauen rekrutieren", murmelte der General leise. Der arme Mann hatte offensichtlich Schwierigkeiten, sich vom Schock zu erholen, mich zu sehen.

Ich hatte den General schon früher aus der Ferne gesehen, aber nie direkt mit ihm interagiert, definitiv nie ohne meinen Anzug. So beunruhigend die Reaktion der Ravils auf mich auch war, sie machte Agans früheres Verhalten ein wenig verständlicher – es musste zumindest teilweise kulturell und nicht persönlich bedingt gewesen sein.

„Schön, dich wieder zu sehen." Ohne seinen Rüstungsanzug trug Rick denselben weißen Bodysuit wie ich. Aufregung und Erleichterung tanzten in seinen grauen Augen, als er mich umarmte.

Ich umschloss Agan mit meinen Händen, damit er nicht zwischen uns durch Ricks enthusiastische Umarmung zerdrückt würde.

„Freut mich auch, dich zu sehen, Rick." Ich lächelte und lehnte mich dann zurück, unterbrach die Umarmung aus Sorge um Agan.

Rick ließ mich nicht ganz los und hielt mich an den Schultern fest. „Was ist passiert? Wo warst du?"

„Ich werde einen vollständigen Bericht abgeben, Hauptmann." Ich wechselte in Anwesenheit des Generals, der in der Nähe blieb, zu einem formaleren Ton. „Ich muss jetzt mit General Trulgadi sprechen."

„General." Rick salutierte verspätet zum Anführer der Ravil-Armee. „Ich bitte um Ihre Erlaubnis, bei diesem Gespräch anwesend zu sein."

Ich wusste nicht, wie Agan über Ricks Anwesenheit denken würde. Er wollte seine missliche Lage vielleicht so privat wie möglich halten. Andererseits, wenn die Ravils beschließen würden, die Wissenschaftler der Erde um Hilfe zu bitten, würden sie Rick brauchen, um die Kommunikation zu ermöglichen.

„Sagen Sie Leutnant Drankai, dass ich ihn als nächstes sehen werde", sagte General Trulgadi zu dem Botenjungen, der am Eingang wartete. Der General drehte sich um, um wieder hineinzugehen, und bedeutete uns, zu folgen. „Halten wir das kurz – ich habe eine weitere Besprechungsanfrage."

Da er Agan noch nicht gesehen hatte und der Junge entweder nicht angewiesen war, ihn über Agans Zustand zu informieren, oder selbst zu verblüfft war, um es zu erwähnen, wusste der gute General offensichtlich nicht, dass dieses Treffen und das nächste eigentlich dasselbe waren.

Der Boden im großen Hauptraum des Hauses war mit einem dicken Teppich bedeckt, der aus mehrfarbigen Lederstreifen geflochten war. Der General lud uns an den massiven runden Tisch in der Mitte ein.

„Tragen Sie Ihr Anliegen vor, Frau... äh, Leutnant", befahl er mir, während er sich setzte.

„Nun... es geht um Leutnant Drankai." Ich setzte Agan behutsam auf den Tisch und zog dann meine Hände weg, sodass Rick und General Trulgadi ihn sehen konnten.

„Was zum..." Der General sprang auf und stieß seinen Stuhl zurück.

Rick kreischte und sprang ebenfalls auf.

„Was *ist* das?", forderte er zu wissen, seine Stimme hysterisch hoch.

„General. Hauptmann." Agan salutierte ruhig vor beiden. Seine Lippen waren zu einer harten Linie zusammengepresst. Er suchte den Blickkontakt mit keinem der Männer.

„Was im Abgrund von Krokkan ist mit dir passiert?" Der General brüllte und schlug seine Hände mit solcher Wucht auf den Tisch, dass dieser vibrierte. Agan schwankte durch den Aufprall, fand aber schnell sein Gleichgewicht wieder.

„Ist der echt?" Rick beugte sich über den Tisch und kniff die Augen zusammen.

Agan ballte seine Hände zu Fäusten. Ich bezweifelte, dass er in seinem jetzigen Zustand viel Schaden anrichten könnte, selbst wenn er einen Kampf beginnen würde. Allerdings glaubte ich, dass es Agans Ego schwer verletzen würde, wenn Rick ihn mit einem Finger quer durch den Raum schnippen würde, falls er angreifen sollte.

Ich beschloss einzugreifen.

„Ja, er ist echt." Ich stand auf und stützte meine Hände auf dem Tisch ab.

Agan rückte näher zu mir. Er nahm seinen Platz zwischen meinen Armen ein und wandte sich den Männern zu, die ihn anstarrten.

„Leutnant Drankai und ich wurden heute Morgen im Dschungel von einer Gruppe *Yirzi* überfallen", berichtete ich. „Wir wurden beide gefangen genommen, wobei Leutnant Drankai..." Ich blickte zu ihm hinunter und fragte mich, ob er seine Geschichte lieber selbst erzählen wollte.

„Sie brachten uns in ein Labor", übernahm er. „Es liegt in den Ruinen der alten Stadt Ellur."

„Das ist unmöglich..." Der General ließ sich auf seinen Stuhl fallen und schüttelte den Kopf.

Rick blieb stehen, mit einem Ausdruck völliger Fassungslosigkeit auf seinem Gesicht.

Ich stimmte dem General zu. Was mit Agan passiert war, schien unmöglich. Und doch stand er da...

„Ein voranischer Wissenschaftler war im Labor anwesend", fuhr Agan fort. „Er benutzte eine mir unbekannte Apparatur, um... nun ja, das hier zu tun." Er deutete mit seiner Hand an seinem Körper entlang. „Leutnant Nowak versuchte, den Voranier festzunehmen, aber er entkam."

„Voranier?" Rick schien während Agans Bericht seine Fassung wiederzuerlangen.

„War er allein?", fragte der General.

„Es gab ziemlich viele *Yirzi*", fügte ich hinzu. „Sie blieben allerdings hinter dem Glas. Keiner von ihnen beteiligte sich aktiv am eigentlichen Experiment. Der Voranier war der Einzige, der die Geräte bediente."

„Haben die *Yirzi* ihn gezwungen mitzumachen?", fragte Rick.

„Es sah nicht so aus", antwortete ich.

„Die Voranier sind unsere Verbündeten", murmelte der General. „So etwas hätte nicht passieren dürfen..."

„Wissen Sie etwas über das Labor, General?" Jetzt, da der anfängliche Schock vorüber war und die Spannung im Raum etwas nachgelassen hatte, setzte ich mich wieder hin.

Rick folgte meinem Beispiel und nahm ebenfalls Platz.

„Nein." Der General schüttelte energisch den Kopf. „Ich weiß nichts von irgendwelchen Laboren hier."

„Dann führen die Voranier möglicherweise geheime Forschungen auf eurem Planeten durch." Rick legte die Fingerspitzen aneinander. „Wir müssen dies melden."

„Nein." Der General warf ihm einen Blick zu. „Da es in unserem Land und mit einem von uns geschehen ist, ist dies eine interne Angelegenheit. Wir werden das lokal regeln."

Wollte der General die Angelegenheit um Agans willen privat halten? Wenn ja, sollte er nicht alle verfügbaren Ressourcen nutzen, um das Geschehene rückgängig zu machen, anstatt zu versuchen, es vor der Welt zu verbergen?

„Mit allem Respekt, General", ich setzte mich aufrecht hin, „das ist kaum eine lokale Angelegenheit. Hier sind eindeutig andere Spezies involviert. Ich glaube, sowohl die voranischen als auch die Erdbehörden sollten informiert werden. Außerdem sind Menschen und Voranier viel besser ausgerüstet, um herauszufinden, was mit Leutnant Drankai passiert ist und ihn hoffentlich wieder zu seiner normalen Größe zurückzubringen. Unsere Wissensbasis-"

„Laut Ihrer Aussage waren es die Voranier, die ihm das angetan haben." Der General deutete scharf auf Agan. „Und die Erde ist zu weit weg, um Menschen in diese Sache einzubeziehen."

Ich starrte ihn ungläubig an. Wollte der General seinem eigenen Mann *nicht* helfen? Oder glaubte er einfach nicht, dass Hilfe möglich war.

„Die Reisezeit zwischen unseren Planeten beträgt fünf Monate – das ist *nicht so* weit entfernt", beharrte ich. „Was sind schon fünf Monate, wenn der Leutnant möglicherweise den Rest seines Lebens in diesem Zustand verbringen muss?"

Agan schwankte bei meinen Worten auf den Füßen und ließ sich dann auf den Tisch plumpsen.

Ich versuchte mir vorzustellen, was in seinem Kopf vorging. Könnte er wirklich ein Leben lang so klein bleiben müssen? Für einen Mann wie ihn musste das vernichtend sein. Ich hoffte für ihn, dass die Auswirkungen des Experiments umkehrbar waren.

„Ich bitte darum, auf dem Stützpunkt bleiben zu dürfen, im aktiven Dienst", forderte Agan grimmig.

„Selbstverständlich, Soldat." Der General nickte. „Ihr Platz ist hier."

Seine Worte schienen Agan etwas zu beruhigen, aber ich konnte nicht so leicht aufgeben.

„Aber was, wenn es einen Weg gäbe, dies rückgängig zu machen, Agan?", flehte ich. „Du müsstest vielleicht nach Neron oder sogar zur Erde, für Tests und Untersuchungen."

Agan sah mich mit einem neuen Ausdruck in seinen Augen an. Es war einer, den ich bisher noch nicht gesehen hatte – Wärme mit einem Hauch von Traurigkeit.

„General, glauben Sie, dass es eine Chance gibt, dies rückgängig zu machen?", fragte Agan, während er seinen Blick auf mich gerichtet hielt. „Hier auf Tragul?"

„Wir werden jede Möglichkeit erforschen, Sie in Ihre frühere Gestalt und Größe zurückzubringen, Leutnant", versicherte General Trulgadi ihm zuversichtlich. Er erhob sich und signalisierte damit das Ende der Diskussion. „Ich bestehe darauf, dass Sie alle die anderen Regierungen aus dieser Sache heraushalten. Der Vorfall geschah auf unserem Planeten, mit einem der

Unsrigen. Es geht die Menschen in keinster Weise etwas an. Da die Voranier diejenigen sind, die das Experiment durchgeführt haben, vermute ich ein übles Spiel ihrerseits. Zu seinem Schutz wird der Leutnant auf dem Stützpunkt bleiben, außerhalb ihrer Reichweite. Und Sie alle werden über alles, was hier geschehen ist, Stillschweigen bewahren."

AGAN

„Wir müssen gehen, Pixie", klammerte der menschliche Kapitän seine Hand um Emmas Arm, sobald die drei die Räumlichkeiten des Generals verlassen hatten.

„Kann ich eine Minute haben, Rick, bitte?" Sie blickte auf Agan, der in ihrer Hand saß. „Um mich zu verabschieden?"

„Natürlich. Nur zu." Der Kapitän starrte ihn ebenfalls an, als würde er auf etwas warten.

„Rick? Unter vier Augen, bitte?", stellte Emma klar.

„Oh. Richtig." Der Mann verstand endlich und ging in Richtung des Landeplatzes am hinteren Teil des Stützpunktes. „Ich gehe sicherstellen, dass der Transport bereit ist. Du hast zehn Minuten."

Zehn Minuten?

Agan war kein Experte im Abschiednehmen, aber zehn Minuten schienen bei weitem nicht genug.

Er folgte Emmas Blick, als sie dem Kapitän beim Weggehen zusah. Die Erinnerung daran, wie er zwischen ihren Körpern gefangen war, als der Kapitän sie zuvor umarmt hatte, kam ihm in den Sinn.

„Ist er dein Mann?", platzte er heraus und bereute es sofort. Wollte er die Antwort wirklich wissen? Brauchte er die Bestätigung, dass sie bereits zu jemand anderem gehörte?

Er dachte zurück an den warmen Platz zwischen ihren Brüsten, wo er den größten Teil des Tages verbracht hatte. Dort zu sitzen war bequem gewesen. Seine Hüften passten eng in ihr Dekolleté, seine Füße ruhten in der Mitte ihres BHs. Allerdings war es schwer, die zunehmende Wahrnehmung ihres süßen, weiblichen Duftes und die exquisite Empfindung ihrer nackten, haarlosen Haut zu ignorieren. Trotz seiner Sorge war sein Schwanz schmerzhaft hart geworden, schnell. Zum Glück hatte der Gang zum Tor seine Erregung etwas beruhigt und ihm die Verlegenheit erspart, mit einer wütenden Erektion in seiner Hose vor seinem General zu stehen.

Nun mochte er die Möglichkeit, dass ihr Körper einem anderen Mann gehören könnte, überhaupt nicht – eine seltsame Vorstellung angesichts seiner Umstände. Emmas Privatleben sollte jetzt seine geringste Sorge sein.

„Wer? Rick?" Sie runzelte ihre kleine, haarlose Nase in einer lustigen Grimasse. „Nein! Er ist mein Vorgesetzter bei der Arbeit und mein Freund im Privaten. Er benimmt sich oft wie mein älterer Bruder, aber er ist auf keinen Fall *mein Mann*."

Es bestand immer noch die Möglichkeit, dass sie zu einem der anderen Männer in ihrer Einheit gehörte. Er biss sich jedoch auf die Zunge und hielt sich davon ab zu fragen. Wenn sie tatsächlich einen Mann hätte, würde ihn das nur wütend machen. Wenn nicht... Nun, es gab sowieso nichts, was er tun konnte.

„Hör zu..." Sie überflog schnell die Umgebung. Es war fast Essenszeit, und die meisten Krieger waren zum Essensbereich hinter dem Hauptgebäude gegangen. Einige blieben noch und warfen neugierige Blicke in ihre Richtung. „Sollen wir irgendwohin gehen? Aus dem Blickfeld?"

Das scharfe Bewusstsein seines gegenwärtigen Zustands kehrte zu ihm zurück. Was für ein Krieger könnte er in diesem Zustand sein? Wie könnte er jemals einen einzigen *Fescod* auseinanderreißen, wenn er nicht größer als die Handfläche einer winzigen Frau war?

Kummer und Furcht drückten schmerzhaft sein Herz zusammen.

„Dort." Er deutete auf die Seite des Gebäudes und versuchte, die dunklen Gedanken zu vertreiben. „Lass uns um die Ecke gehen. Da liegen ein paar Baumstämme auf dem Boden, wo du sitzen kannst."

Sie trug ihn in den schmalen Raum zwischen den zwei Gebäuden und außer Sichtweite von allen.

„Nun, dann heißt es Abschied nehmen." Emma setzte sich auf einen der breiten Stämme, die an der Seite des Hauses des Generals aufgestapelt waren.

Agan kletterte aus ihrer Hand und setzte sich rittlings auf eines ihrer Knie, ihr zugewandt.

„Bist du..." Sie strich eine hellblonde Strähne beiseite, die sich aus dem straffen Knoten an ihrem Hinterkopf gelöst hatte. „Wirst du okay sein, Agan?"

„Natürlich." Er zuckte mit den Schultern und versuchte dabei, so lässig wie möglich auszusehen und zu klingen – ruhig und ungestört – selbst als sich sein Inneres vor Sorge und Angst verknotete.

Was würde jetzt geschehen? Hatte er überhaupt das Recht, auf dem Stützpunkt zu bleiben, wenn er untauglich war, ein Krieger zu sein? Sie könnten ihn ebenso gut nach Neron schicken, damit die Frauen und Kinder in der Unterhaltungseinheit ihn als Haustier halten könnten.

Dieser Krieg war alles, was er je gekannt hatte. Was könnte er tun, wenn er nicht mehr kämpfen konnte? *Wer* würde er sein?

Angst überkam ihn wie ein dunkler, schwerer Mantel, der das Atmen erschwerte. Er schloss die Augen und ballte seine Hände so fest zu Fäusten, dass sich seine Fingernägel schmerzhaft in seine Handflächen gruben.

„Agan? Bist du sicher, dass du nicht in Betracht ziehen willst...", begann Emma vorsichtig.

Er musste sie stoppen, oder er würde direkt vor ihren Augen zusammenbrechen. Von allem, was ihm heute passiert war, wäre ein Nervenzusammenbruch vor dieser Frau das Schlimmste.

Er versuchte, seine Fassung wiederzuerlangen.

„Danke für alles, Elf", sagte er und bemühte sich um einen sicheren, neutralen Ton. „Es war mir eine Ehre, mit dir Seite an Seite zu kämpfen."

Vielleicht war noch nicht alles verloren. Er musste seinem General vertrauen. Der Anführer der Ravil-Armee hielt seine Versprechen.

„Du bist eine wahre Kriegerin, Elf. Mit oder ohne deinen Anzug", fügte er mit einem Augenzwinkern hinzu und schaffte es sogar, aufrichtig zu lächeln.

Er meinte jedes Wort, auch wenn es sich immer noch seltsam anfühlte, so etwas zu einer Frau zu sagen. Er hatte noch nie jemanden wie Emma getroffen, und sich jetzt von ihr trennen zu müssen, brachte eine unerwartete Traurigkeit mit sich. Er spürte, dass diese Frau noch viel mehr zu bieten hatte, aber jetzt würde er keine Gelegenheit mehr haben, es zu entdecken.

„Ich hätte nie gedacht, dass ich das mal von dir hören würde." Sie lächelte zurück.

„Es stimmt. Es wäre für mich da draußen viel schwieriger gewesen ohne dich. Ich bin dankbar, dass du heute bei mir warst."

Sie salutierte vor ihm, ihr Gesichtsausdruck wurde ernster.

„Es war mir auch eine Ehre, Seite an Seite mit dir zu kämpfen, Leutnant."

Unfähig, seinen Blick von ihrem Gesicht zu lösen, suchte er nach etwas zu sagen, zu tun – irgendetwas, um sie länger hier zu halten.

Was könnte er aber tun? Sie bitten, Urlaub auf Neron zu beantragen, um sie dort zu besuchen? Und dann was? Was könnte er einer Frau in seinem jetzigen Zustand bieten? Noch eine Chance, ihn in ihrem BH herumzutragen, während er verzweifelt versuchte zu verhindern, dass sein Schwanz vor Erregung seine Hose durchbricht?

Er ließ seinen anerkennenden Blick an ihrem Körper hinuntergleiten. So klein und zierlich sie auch aussah, er wusste genau, dass sie echte Kraft und Beweglichkeit in diesen kleinen, harten Muskeln stecken hatte. Er hatte sie in Aktion gesehen. Ihre Fähigkeiten waren bemerkenswert, das musste er zugeben.

Ein Gefühl des Stolzes erwärmte sein Herz, als ob er überhaupt ein Recht hätte, auf sie stolz zu sein.

„Falls du irgendetwas brauchst, ich...*wir*, nun, meine Einheit ist da oben." Emma deutete auf den Himmel, wo das menschliche Raumschiff, momentan unsichtbar für das bloße Auge, den Planeten umkreiste. „Rick, ich meine Kapitän Miller, kann jederzeit für dich Kontakt mit der Erde aufnehmen."

Ihre Sorge machte ihm nichts aus. Es wärmte seltsamerweise sein Herz zu wissen, dass sie sich kümmerte.

„Danke. Ich werde daran denken."

Sie biss sich auf die Lippe.

„Agan, ich meine es ernst. Wenn du jemals irgendetwas brauchst, finde mich einfach, okay?"

Was sollte er mit dieser Frau anfangen? Offensichtlich hatte sie es sich in den Kopf gesetzt, ihn zum Weinen zu bringen.

Er blinzelte und schaute für einen Moment weg.

„Mir wird es gut gehen, Elf." Er zog die Schultern zurück und richtete sich auf ihrem Knie auf. „Und nochmals danke. Für alles, weißt du."

„Okay", seufzte sie schwer. „Dann heißt es jetzt Lebewohl. Ich bin dankbar, dass ich dich als Partner bei der heutigen Mission hatte." Sie bot ihm ihre Hand an.

Er umschloss die Spitze ihres Zeigefingers mit seiner ganzen Hand und drückte fest zu.

„Zeit zu gehen, Pixie." Der aufdringliche Kapitän steckte seinen Kopf um die Ecke. „Der Transport wartet und ist abflugbereit."

Ihr Finger glitt aus Agans Griff. Sie nahm ihn von ihrem Knie und stand auf.

Es gab nichts, was er tun konnte, um sie davon abzuhalten zu gehen.

Wie sollte er die Frau festhalten, wenn er nicht einmal ihre Hand halten konnte?

KAPITEL 8

EMMA

Ich streckte mich in dem großen, runden Bett, das wohl das gemütlichste Bett im gesamten Universum sein musste. Oder zumindest fühlte es sich für mich so an, nach Monaten des Übernachtens in Schlafkapseln oder auf der Pritsche unseres Raumschiffs.

Als Rick mir nach dem Vorfall auf Tragul vorgeschlagen hatte, ein paar Wochen Urlaub zu nehmen, hatte ich abgelehnt. Ich zögerte, meine Einheit zu verlassen, während sie alle noch im Einsatz waren. Er hatte es jedoch zu einem Befehl gemacht und mich gezwungen zu gehorchen.

„Du brauchst etwas Erholung, Pixie", hatte er gesagt. „Du hattest schon lange keine freie Zeit mehr. Amüsier dich in der Stadt. Voran ist voll mit Single-Typen, vielleicht bekommst du sogar ein Date. Schließlich ist bald Valentinstag." Er hatte gelacht und dann hinzugefügt: „Ich kann dich sowieso nicht ohne Rüstung in den Einsatz schicken."

Sein letzter Punkt war berechtigt; es verstieß gegen das

Protokoll, mich ohne voll funktionsfähigen Anzug auf Tragul einzusetzen. Und es würde mindestens zwei Wochen dauern, bis mein Ersatzanzug zusammengebaut und getestet wäre.

Die voranische Regierung hatte mir freundlicherweise angeboten, mich in einem niedlichen Studio-Apartment im Gebäude des Erde-Neron-Verbindungskomitees unterzubringen, der Organisation, die für die Überwachung aller gemeinsamen Projekte zwischen unseren beiden Planeten zuständig ist.

Das Bett war einfach wunderbar. Mein Lieblingsstück war jedoch die geräumige, glasüberdachte Terrasse neben der Küche. Mit lebenden Ranken und leuchtenden Blumen dekoriert, war sie eine wunderschöne Innenoase.

Verglichen mit dem irdischen Kalender wäre es jetzt Anfang Februar – noch tief im langen Winter hier in Voran. Eine dicke Schneeschicht bedeckte alle Außenbereiche der Stadt. Indem sie das Grün des Sommers nach innen brachten, konnten die Voranier es das ganze Jahr über genießen.

„Guten Morgen, Leutnant Nowak", begrüßte mich Helix, das KI-System der Wohnung, durch die Lautsprecher in der Wand über dem Bett.

Seine Drohne flog aus dem Küchenbereich hinter dem Gitter mit Blumenranken, das das Bett vom Rest der Wohnung trennte. Ein Frühstückstablett war in den glänzenden Chromarmen der Drohne eingeklemmt.

Ich könnte mich wirklich daran gewöhnen, jeden Tag so aufzuwachen.

„Morgen, Helix." Ich nahm die Tasse mit dem voranischen bitter-süßen Tee vom Tablett. „Was werden wir heute unternehmen?"

In den sechs Tagen, die ich bisher in Voran verbracht hatte, hatte ich schon einiges von der Stadt erkundet. Bisher war ich im Zoo, in einem riesigen Einkaufszentrum, im Museum für Nerons Naturgeschichte und in der Hologramm-Amphitheater-Show gewesen.

„Ich bin mir nicht sicher, wonach mir heute ist. Hast du irgendwelche Vorschläge?"

„Das Hauptquartier der voranischen Armee", sagte Helix in einem flachen Ton.

„Was? War das ein Witz?" Ich kniff die Augen zusammen und schaute die Drohne an, die immer noch über meinem Bett schwebte.

„Kein Witz, Leutnant. Vor dreiundvierzig Sekunden ist ein Befehl eingetroffen, der Sie zu einem Treffen einbestellt."

Ich runzelte die Stirn und stellte die Teetasse zurück auf das Tablett.

„Ein Befehl? Wofür?"

Mein Anzug konnte noch nicht fertig sein. Und selbst wenn er es wäre, hätte Rick mich direkt kontaktiert. Was wollte die voranische Armee von mir?

Das Einzige, was mir überhaupt annähernd einfiel, war, dass es etwas mit diesem geheimen Labor auf Tragul zu tun haben musste.

Ein unangenehmes, schweres Gefühl hatte auf mir gelastet, seit ich Agan auf seinem Planeten zurückgelassen hatte. Er hatte sich entschieden zu bleiben, und ich konnte nichts dagegen tun, außer ihn wieder in meinen BH zu packen und gegen seinen Willen mitzunehmen.

Ein Teil von mir hatte so etwas tun wollen. Ich hatte gesehen, wie erschüttert Agan von den Ergebnissen dieses Experiments war, und ich vertraute General Trulgadi nicht vollständig, was seine besten Interessen betraf. Der General bestand hartnäckig darauf, den Vorfall vor den anderen Nationen geheim zu halten und nach einer hausinternen Lösung zu suchen, trotz der technologischen Einschränkungen der Ravils. Das schien mir kein vernünftiger Handlungsweg zu sein.

Während des Fluges im Transportshuttle zurück zu meinem Schiff hatte ich ein ausführliches Gespräch mit Rick geführt und meine Bedenken geäußert. Ich hatte ihm auch das klare, rechteckige Gerät gegeben, das ich aus dem geheimen Labor auf Tragul mitgenommen hatte, in der Hoffnung, dass etwas getan werden könnte, um Agan zu helfen.

Ich wusste, dass Rick seitdem seinen Vorgesetzten auf der Erde von dem Vorfall im Labor auf Tragul berichtet hatte, wie es seine Aufgabe war.

Jetzt hatten die Voranier vielleicht auch etwas darüber herausgefunden.

„Was ist der Zweck dieses Treffens?", fragte ich Helix. „Weißt du das?"

„Die Tagesordnung des Treffens wurde in der Mitteilung nicht offengelegt."

Das war beunruhigend. Wenn die Voranier an irgendwelchen geheimen Projekten hinter dem Rücken anderer Nationen gearbeitet hatten, könnte diese Einberufung eine Falle sein.

Ich sollte das erst mit Rick besprechen.

„Wer wird sonst noch da sein?", fragte ich Helix. „Wurde *das* offengelegt?"

„Ja. General Craxus von der voranischen Armee, Repräsentant Alcus Hecear vom Verbindungskomitee Erde-Neron, Captain Miller von der Spezialeinheit für gepanzerte Fahrzeuge von der Erde…

Rick würde also auch da sein. Ich hatte keine Chance zu entscheiden, ob das gut oder schlecht war, als Helix den letzten Namen auf seiner Liste nannte: „Und Leutnant Drankai von der Ravil-Armee."

Agan.

Mein Herz setzte einen Schlag aus. Sie hatten ihn nach Voran gebracht, und ich musste wissen, warum.

Die ganze Zeit über konnte ich das Gefühl der Sorge um Agan nicht abschütteln. Ich war bei ihm, als das Experiment stattfand, und ich hatte es nicht verhindern können. Das ließ mich teilweise verantwortlich fühlen für das, was ihm zugestoßen war.

Ich musste wissen, worum es hier überhaupt ging.

„Das Treffen ist in einer Stunde und vierundzwanzig Minuten", meldete Helix. „Das Flugzeug, das Sie abholt, wird in neunundfünfzig Minuten ankommen."

„So lange brauche ich nicht." Ich warf die Decke beiseite und sprang aus dem Bett, um mich fertig zu machen.

ALCUS HECEAR, der voranische Vertreter des Verbindungskomitees Erde-Neron, empfing mich auf der Landeplattform des Armee-Hauptquartiers.

„Guten Morgen, Leutnant Nowak." Er kam auf mich zu, als ich aus dem kleinen zweisitzigen Flugzeug stieg, das mich hierher gebracht hatte.

In die weiß-goldene Uniform des Komitees gekleidet, hatte Alcus seine langen Hörner mit goldenen Ranken und rosa Blumen bemalt. Wie die meisten Voranier bevorzugte er offensichtlich leuchtende Farben.

Bis vor etwa einem Jahr hatte das Komitee hauptsächlich wissenschaftliche Expeditionen, politische Delegationen und Ehearrangements zwischen menschlichen Frauen und voranischen Männern organisiert und beaufsichtigt. Jetzt fiel meine Einheit teilweise auch unter ihre Zuständigkeit.

„Worum geht es hier eigentlich, Repräsentant?", fragte ich, während er mich entlang der gläsernen Landeplattform auf dem Dach des voranischen Armee-Hauptquartiers führte.

„General Craxus wird Sie informieren, Leutnant Nowak. Ich kann Ihnen nur sagen, dass unsere Regierung einen Auftrag für Sie hat."

Das kam völlig unerwartet.

„Ein Auftrag? Ich unterstehe nicht direkt Ihrer Regierung“, erinnerte ich ihn.

„Meines Wissens nach haben Ihre Vorgesetzten auf der Erde bereits ihre Genehmigung für Ihre Teilnahme erteilt.“

Rick könnte das bestätigen, da er angeblich auch an diesem Treffen teilnehmen würde.

„Wie passt Leutnant Agan Drankai in all das hinein?“, fragte ich und fügte schnell hinzu: „Er ist doch auch bei diesem Treffen, oder?“

„Leutnant Drankai hat einen Spezialauftrag erhalten“, sagte Alcus, als wir den weißen Korridor betraten, der von der Landeplattform abging. „Er hat dich ausdrücklich als seine Missionspartnerin angefordert.“

„Hat er das?“ Ich blinzelte verwirrt.

Hier musste etwas bei der Übersetzung verloren gegangen sein. Der Agan, den ich kannte, würde nicht freiwillig eine Frau als Missionspartnerin akzeptieren, es sei denn, er wäre dazu gezwungen. Und selbst dann würde er sich mit Händen und Füßen dagegen wehren.

Andererseits hatte er sich gegen Ende unserer Tortur auf Tragul etwas besser mir gegenüber verhalten. Seine Abschiedsworte waren das Netteste, was je ein Ravil zu mir gesagt hatte.

Vielleicht würde er jetzt tatsächlich akzeptieren, auf eine Mission mit einer Frau zu gehen. Allerdings fiel es mir schwer zu glauben, dass er tatsächlich eine *anfordern* würde.

„Wie geht es Agan… ich meine, Leutnant Drankai? Wie macht er sich?“ Der vertraute Schmerz der Besorgnis zuckte in meinem Herzen. Da war noch etwas anderes. Es flatterte in meinem Bauch vor Erwartung, als Alcus vor einer undurchsichtigen Glastür anhielt.

„Gut, vermute ich“, antwortete er vage.

Ich strich schnell mein Haar glatt, das zu einem Knoten zurückgebunden war, und dann mit den Händen über den Rock meiner Ausgehuniform.

Das nervöse Flattern in meinem Bauch verstärkte sich, als Alcus den Knopf auf dem KI-Bildschirm am Eingang berührte. Ich hatte mich noch nie so aufgeregt und erwartungsvoll gefühlt, wenn ich kurz davor war, einen Auftrag zu erhalten. Warum jetzt?

War es, weil ich wusste, dass Agan in diesem Raum sein würde?

Die Tür glitt auf und gab den Blick auf einen hell erleuchteten Raum frei, mit Blumengirlanden, die von der Decke hingen und über die Wände drapiert waren. Die hintere Wand des Raumes bestand komplett aus Glas. Töpfe verschiedenster Formen und Größen säumten sie, aus denen farbenfrohe Blumen herabfielen.

„Und da ist Leutnant Nowak." Rick lächelte mich an.

Er saß an einem sechseckigen Glastisch, in Gesellschaft eines voranischen Mannes in der grauen Uniform eines hochrangigen Offiziers der voranischen Armee.

„General Craxus. Leutnant Nowak." Alcus stellte uns vor.

Das Rangsystem in der voranischen Armee unterschied sich von den anderen. Der Leiter der Armee hatte hier den Rang eines Obersts, wobei die Generäle darunter standen.

Ich wusste, dass Oberst Kyradus derzeit der ranghöchste Offizier in der voranischen Armee war. Aber nach den Insignien auf den Schulterstücken von General Craxus und den Schnitzereien an seinem rechten Horn zu urteilen, musste der General ebenfalls ziemlich weit oben auf der Autoritätsleiter stehen.

„Madam." Der General erhob sich und musterte mich mit einem langen, abschätzenden Blick.

Im Vergleich zur Zivilkleidung auf Voran war seine graue Uniform relativ bescheiden, geschmückt mit goldenen und roten Stickereien an den Ärmeln und rund um den Kragen. Schnitzereien spiralten sich etwa zur Hälfte sein rechtes Horn hinauf – die Aufzeichnung seines Rangaufstiegs in der voranischen Armee.

Ich straffte meine Schultern unter dem prüfenden Blick der dunkelorangenen Augen des Generals und salutierte. „General." Dann wandte ich mich zu Rick. „Hauptmann."

„Nehmen Sie Platz, Leutnant." Der General deutete auf einen leeren Stuhl am Tisch.

„Schön, dich wiederzusehen, Elf", erreichte mich die ruhige Stimme, sobald ich mich gesetzt hatte.

Mein Herz machte einen wilden Satz, als ich Agan zwischen den Tablets und Papieren entdeckte, die auf dem Tisch verstreut lagen. Er lehnte in einem rosa Sessel, der wie ein Puppenmöbelstück aussah.

Trotz seiner winzigen Größe war an seiner Haltung nichts *klein*. Wie er sich da im Sessel fläzte, wirkte er wie jemand, dem der Raum und das Gebäude, in dem er sich befand, gehörte – dabei war dies nicht einmal sein Heimatplanet.

Ich konnte mir vorstellen, wie ein Mann wie Agan sich fühlte, so klein zu sein. Er musste jetzt unsicher und befangen sein. Doch er verbarg es gut.

„Es ist auch sehr schön, dich zu sehen." Ich lächelte, als unsere Blicke sich kreuzten, dann erinnerte ich mich an das Protokoll und salutierte. „...Leutnant."

„Wir haben einen Auftrag für euch beide", kam der General direkt zur Sache. „Wir haben Grund zur Annahme, dass Professor Voltuds mit dem Feind unter einer Decke steckt."

„Verzeihung", wandte ich mich ihm zu und riss meinen Blick von Agans grünen Augen los. „Professor wer?"

„Voltuds", erklärte der General. „Derjenige, der das illegale Experiment an Leutnant Drankai durchgeführt hat."

„Sie haben den Wissenschaftler aus dem Labor identifiziert?" Ich keuchte, während Erleichterung und Aufregung sich in mir ausbreiteten. „Heißt das, Sie können Agan... dem Leutnant jetzt helfen?"

„Leider erwarten wir nicht, dass Voltuds in dieser Angelegenheit mit uns kooperieren wird." Der General schüttelte den Kopf.

Ich warf einen Blick auf Agan und bemerkte den leichten Schatten, der über seine Züge huschte.

„Die Arbeit des Professors im Labor auf Tragul wurde von unserer Regierung nicht genehmigt", fuhr General Craxus fort. „Ihm wurde schon vor einiger Zeit verboten, auf Neron zu forschen, aufgrund seiner unethischen Methoden. Wir arbeiten noch daran, seine Gründe für die Durchführung illegaler Experimente außerhalb des Planeten aufzudecken, sowie herauszufinden, wer noch dahinterstecken könnte. Der Umfang seiner Arbeit auf Tragul würde eine beträchtliche Investition erfordern. Der Professor könnte das nicht allein finanzieren."

Während ich dem General zuhörte, beobachtete ich weiterhin Agan.

Er war oberkörperfrei, wie es für Ravils normal war. Die Risse in seiner Lederhose mussten noch von der letzten Mission stammen, bei der wir zusammen waren. Mir wurde klar, dass dies wahrscheinlich die einzige Hose war, die ihm passte. Der Rest seiner Kleidung wäre jetzt nutzlos zu groß.

Mir fiel auf, dass sich seit unserem letzten Treffen dunkle Ringe unter seinen Augen gebildet hatten. Hatte er gut geschlafen? Die Unsicherheit seiner Zukunft muss nervenaufreibend sein.

Ich unterdrückte den Seufzer des Mitgefühls, der schmerzhaft auf meine Brust drückte.

„Was ist der Auftrag?", fragte ich, als der General zu sprechen aufhörte.

„Professor Voltuds steht unter Beobachtung, seit seine Rolle bei Leutnant Drankais... äh, misslicher Lage identifiziert wurde. Wir haben Informationen erhalten, dass Voltuds während einer Veranstaltung in seinem Haus morgen einen hochrangigen Unterstützer seiner Forschung treffen wird. Leutnant Drankai und Sie wurden ausgewählt, um in die Veranstaltung einzudringen und den Unterstützer zu identifizieren. Aufgrund der Größe des Leutnants ist er der ideale Kandidat, um sich in das private Treffen einzuschleichen und durch Beweise gestützte Informationen zu beschaffen. Ihre persönliche Aufgabe wäre es, ihn während der Veranstaltung ins Herrenhaus des Professors zu bringen und dann sicher zu uns zurückzubringen."

„Was für eine Veranstaltung?", fragte ich. Das alles klang wie ein Spionagefilm-Szenario – weit entfernt von dem, was ich beruflich machte.

„Ein Ball zur Feier der neuen Schwangerschaft von Frau Gouverneurin Drustan. Sie und der Gouverneur, unser Staatsoberhaupt, gründen endlich ihre eigene Familie."

Die voranische Geburtenrate begünstigte stark männliche Babys. Um ein gesundes Bevölkerungswachstum zu gewährleisten, trugen verheiratete Frauen oft Babys von unverheirateten Männern aus. Ich hatte gehört, dass die Gouverneurin mehrere frühere Schwangerschaften hatte – alle als Folge künstlicher Befruchtungen. Sie hatte mehrere Kinder für verschiedene Staatsbeamte zur Welt gebracht. Diese Schwangerschaft musste besonders wichtig sein, da es sich um die Kinder ihres eigenen Ehemannes, des Gouverneurs, handeln würde.

„Professor Voltuds organisiert die Veranstaltung auf seinem Anwesen", sagte der General.

„Warum?", fragte ich.

„Möglicherweise, um ein paar Gefallen vom Gouverneur zu erhalten." Rick zuckte mit den Schultern.

Ich rieb mir den Nacken und kämpfte gegen das beunruhigende Gefühl an, das in mir aufstieg. Als Soldatin war ich es gewohnt, Befehle zu befolgen. Diese Situation jedoch warf für mich alle möglichen Warnsignale auf. Hier waren einige hochrangige Persönlichkeiten involviert, und die ganze Sache lag weit außerhalb meines Fachgebiets. Ich war schließlich Solda-

tin, kein Spion. Ich kämpfte gegen den Feind auf dem Schlachtfeld, nicht durch verdeckte Operationen.

„Ich handle mit der direkten Genehmigung von Oberst
Kyradus, dem Anführer unserer Armee", fügte der General
hinzu, als würde er mein Unbehagen erahnen. Ich hatte Oberst
Kyradus nie persönlich getroffen, wusste aber, dass er ein hoch-
respektierter Kriegsheld war, der auf seiner Welt und darüber
hinaus gefeiert wurde. „Hauptmann Miller ist hier, um das zu
bestätigen. Die gesamte Mission wurde mit Ihren Vorgesetzten
besprochen und von ihnen genehmigt. Leutnant Drankai hat
Sie als den besten Mann... äh, ich meine das beste *Individuum* für
diese Aufgabe vorgeschlagen. Würden Sie dem widersprechen?"

Ich holte tief Luft und suchte nach dem besten Weg, meine
Bedenken zu erklären.

Agan ließ mich gar nicht zu Wort kommen und erhob sich
von seinem Stuhl.

„Darf ich bitte unter vier Augen mit Leutnant Nowak sprechen?", sagte er.

Der General tauschte einen Blick mit Rick, der kurz nickte.

„Wir machen eine dreißigminütige Pause", gab General
Craxus nach.

„Du siehst gut aus in einem Rock", sagte Agan, als wir den
üppig begrünten Innenhof auf der überdachten Dachterrasse
des Armee-Hauptquartiers betraten. Ich hatte meinen linken
Arm angewinkelt, und er saß in meiner Armbeuge und schaute
hinaus.

„Weiblicher als in einem Stahlrüstungsanzug?", neckte ich
ihn und setzte ihn auf dem Gras unter einem Baum ab, dessen
Stamm mit Ranken umwickelt war.

Ich setzte mich neben ihn und strich den Rock meiner Uniform über den Knien glatt.

„Du siehst immer 'weiblich' aus, selbst wenn du deinen Rüstungsanzug trägst", sagte er mit einem kurzen Lachen. „Ich war ein Idiot, dass ich dich jemals für einen Mann gehalten habe. Ich hätte schon in dem Moment, als ich gesehen habe, wie du einen *Fescod* ausgenommen hast, merken müssen, dass du ein Mädchen bist."

„Was meinst du? Wie nehme ich einen *Fescod* aus?"

„Du schneidest ihn so ordentlich auf, dann schneidest du behutsam sein Herzgeflecht heraus und legst es vorsichtig unter einen Busch irgendwo aus dem Weg", kicherte er und ahmte meine Bewegungen mit seinen Händen nach, wobei er beide kleinen Finger für den Effekt anhob. „Es ist, als würdest du Geflügel fürs Abendessen vorbereiten, nicht, als würdest du einen Feind eliminieren. Die mädchenhafteste Art, Dinge zu töten, die ich je gesehen habe."

Sein Ton war neckend, nicht beleidigend. Er meinte es offensichtlich gut, und ich nahm es nicht übel.

„Hey!", lachte ich. „Sie sterben so oder so. Warum ein Durcheinander schaffen, indem man Körperteile überall verstreut?"

Zwei voranische Männer gingen vorbei. Einer von ihnen entdeckte Agan und reckte den Hals in unsere Richtung, während er seinen Begleiter anstieß.

„Jetzt geht das wieder los", knurrte Agan und stand auf. Das unbeschwerte Lächeln verschwand von seinem Gesicht.

Als eine der immer noch sehr wenigen menschlichen Frauen in dieser Stadt wurde ich überall, wo ich hinging, unaufhörlich angestarrt. Die Zoo-Leitung hatte mir bei meinem Besuch sogar einen echten Menschen als Reiseführer zugeteilt, anstatt einer KI-Drohne, wie sie jeder andere bekam.

„Zu Ihrem Komfort und Schutz", hatten sie gesagt, und ich hatte mich nicht damit aufgehalten, dagegen zu kämpfen, war

sogar froh, einen echten Menschen zu haben, mit dem ich während meiner Tour reden konnte.

Ravils waren in Voran auch ein ziemlich seltener Anblick. Aber natürlich machte Agans Größe ihn wirklich einzigartig im ganzen Universum. Kein Wunder, dass er die Aufmerksamkeit aller auf sich zog. Obwohl es ihn offensichtlich unwohl machte.

„Willst du woanders hingehen?", fragte ich ihn. „Wir können einen leeren Besprechungsraum finden—"

„Nein. Mach dir keine Mühe. Wir würden die dreißig Minuten, die wir haben, damit verschwenden, einen zu suchen." Er kletterte auf meinen Oberschenkel, dann meinen Arm hoch bis zu meiner Schulter. „Hier." Er riss die Haarnadeln heraus, die meinen Dutt hielten, und ließ mein Haar frei bis zu meinen Schulterblättern fallen.

„Was machst du da?", griff ich nach meinem Haar in einem vergeblichen Versuch, zu retten, was von meinem ordentlichen Dutt übrig geblieben war.

„Tarnung", erklärte er, setzte sich rittlings auf meine Schulter neben meinem Hals und breitete mein Haar wie einen Vorhang um sich herum aus. „So können wir hoffentlich in Ruhe reden."

Es war leichter, ihn so zu hören, da er jetzt direkt neben meinem Ohr saß. Ich lehnte mich zurück, gegen den Baumstamm. „Die Leute würden denken, ich spreche mit mir selbst, wenn sie dich nicht sehen."

„Genau. Nichts zu sehen hier." Er entspannte sich mit dem Rücken an der Seite meines Halses. „Nur eine seltsame Außerirdische, die unter einem Baum sitzt und mit niemandem außer sich selbst spricht."

Ich kicherte und bewegte meine Schulter ein wenig zurück, als die Spitze seines Schwanzes über meinen Nacken strich. „Du hast keinen Respekt vor persönlichem Freiraum, oder?"

„Deine Bedenken darüber kommen reichlich spät, Elf. Du warst diejenige, die mich in eines deiner Unterwäschestücke gestopft hat, erinnerst du dich?" Er umarmte meinen Hals über meinem Hemdkragen mit seinem Schwanz.

Agan musste das getan haben, um sein Gleichgewicht auf meiner Schulter besser halten zu können. Das Streicheln des weichen Fells an der Spitze seines Schwanzes fühlte sich jedoch wie eine Liebkosung auf meiner Haut an. Ich kämpfte gegen einen Schauer der Lust an, der meine Arme hinunterlief.

„Mir blieb kein persönlicher Freiraum, als ich zwischen deinen Brüsten saß." Seine Stimme klang plötzlich tiefer. „So nah bei dir..."

Ich dachte zurück an ihn, wie er die riesigen *Fescods* mit Leichtigkeit tötete, und es fiel mir schwer, diese frühesten Erinnerungen an ihn mit seiner aktuellen Größe in Einklang zu bringen. In meinem Kopf war Agan immer ein großer, erwachsener Mann gewesen... der irgendwie in meinen Ausschnitt passte.

„Ich bin lieber in deiner Nähe, Elf, als von dir getrennt", sagte er unerwartet.

Mir stockte der Atem. Von seinen Worten überrascht, wusste ich nicht, was ich sagen sollte, ja nicht einmal, was ich denken sollte. Er klang nicht neckend oder flirtend, sondern ernst, was seine Worte und diesen Moment irgendwie bedeutungsvoller machte.

Wir hatten kaum einen Tag zusammen verbracht. Die meiste Zeit konnte ich es ehrlich gesagt kaum erwarten, ihn loszuwerden. Er schien im Dschungel auch nicht besonders meine Gesellschaft zu genießen. Abgesehen von seinen Abschiedsworten hatte er mir stark den Eindruck vermittelt, dass er mich nicht mochte.

Wie sehr musste sich sein Leben mit seiner Größe verändert haben? Könnten die Noten der Sehnsucht, die ich in seinem Ton wahrgenommen hatte, von Einsamkeit herrühren?

Ich holte tief Luft, sammelte meine Gedanken und war mir

der weichen Spitze seines Schwanzes, die an meinem Hals auf und ab strich, äußerst bewusst.

„Wie ist es dir ergangen, Agan? Seit wir uns getrennt haben?

Ich hatte halb erwartet, dass er mir eine aufmunternde Antwort geben würde – teils Witz, teils Prahlerei, die so gut zu ihm passte –, aber es kam keine.

Stattdessen dehnte sich die Stille.

„Agan?

Er bewegte sich auf meiner Schulter.

„Wie *könnte* es mir schon gehen, Emma? Alles, was ich je getan habe, ist gegen *Fescods* zu kämpfen. Ich habe keine Ahnung, was ich jetzt mit mir anfangen soll. Es ist eine wirklich beschissene Situation, und niemand hat eine Lösung dafür.

Ich wusste nicht, was ich sagen sollte, um ihn aufzumuntern. Worte der Hoffnung würden nach dem, was General Craxus über den korrupten Professor gesagt hatte, falsch klingen. Das Einzige, was mir einfiel, war, das Thema zu wechseln und hoffentlich seine Gedanken von der Verzweiflung abzulenken.

„Wann bist du nach Neron gekommen?", fragte ich.

„Vor ein paar Tagen. Ich bin mit der Delegation aus Tragul hergekommen. General Trulgadi hat mich persönlich hierher begleitet," fügte er mit einem selbstironischen Lachen hinzu. „Wegen mir ist der Anführer unserer Armee hier, obwohl mein Land ihn zu Hause braucht, um den Kampf gegen den Feind zu führen."

„Agan, was dir passiert ist, war nicht deine Schuld."

„Das war es nicht. Aber die Folgen davon..." Er seufzte schwer. „Ich fühle mich nutzlos."

„Ist das der Grund, warum du dieser Mission zugestimmt hast?", dämmerte es mir. „Um wieder nützlich zu sein?"

„Das war die Idee, ja", gab er zu. „Um ehrlich zu sein, war ich schockiert zu entdecken, dass es noch etwas gab, was ich tun konnte. Etwas, das ich, wie sie mir sagen, wegen meiner Größe sogar besser machen könnte als jeder andere. Ich will das tun.

Obwohl ich noch nie zuvor einen verdeckten Einsatz gemacht habe."

„Ich bin sicher, du wirst das gut machen", versicherte ich ihm und berührte aufmunternd sein Bein auf meiner Schulter. „Das einzige Problem, das ich sehe, wäre für dich, dein Wesen ein bisschen zurückzuschrauben, genug um unentdeckt zu bleiben", neckte ich ihn. „Mehr Denken, weniger Stürmung in Aktion. Mehr Heimlichkeit, weniger Waffenschwingen. Weißt du, was ich meine?"

Sein Lachen als Antwort zu hören, war meine Belohnung dafür, dass ich ihn aufgeheitert hatte.

„Also, du willst, dass ich mit dir komme?", fragte ich.

„Nun", sagte er mit einem Lächeln in der Stimme. „Ich habe wirklich keine Lust, mich an die Brüste von jemand anderem zu gewöhnen."

Ich schnaubte vor Lachen und hätte ihn dabei fast abgeschüttelt.

„Ich glaube nicht, dass sie dich so transportieren lassen wollen."

„Leider nicht", stimmte er zu. „Sie haben bereits eine Art Handtasche für dich zu diesem Zweck. Du wirst als Gast auf Einladung hineingehen. Sobald wir drinnen sind, werde ich mich in den Besprechungsraum schleichen und den ganzen Spionagekram erledigen. Du wirst zurückbleiben, um dich unter die Gäste zu mischen. Wenn ich fertig bin, wirst du mich von dort raustragen - in der Handtasche, laut Missionsplan. Allerdings bin ich sicher, dass wir an diesem Punkt einige Regeln biegen könnten. Wenn du mich auf dem Weg nach draußen an deinem Herzen halten willst, werde ich nicht widersprechen."

Jetzt klang er mehr wie der Agan, den ich zuerst kennengelernt hatte - selbstsicher und größer als das Leben.

„Also, kommst du mit mir, Elf?"

„Es klingt nicht so, als gäbe es viel für mich zu tun."

„Genau. Du musst nur auf einer Party erscheinen. Ich hätte nicht nach dir gefragt, wenn es gefährlicher wäre als das."

„Bist du immer noch besorgt wegen meiner Leistung in gefährlichen Situationen?"

„Es ist nicht deine *Leistung*, um die ich mir Sorgen mache." Er machte eine lange Pause, als ob er überlegen würde, was er als Nächstes sagen sollte. „Es ist so, Emma. Wenn es um dich geht, bin ich hin- und hergerissen. Einerseits habe ich diesen unbändigen Drang, dich in eine weiche Decke zu wickeln und dich von jeder Gefahr fernzuhalten. Andererseits, wenn es eine echte Bedrohung gibt, würde ich dich direkt neben mir haben wollen. Wie ist das möglich?"

So unglaublich die Idee auch war, es schien, als ob er sich vielleicht um mich sorgte - zumindest als Freund. Seine Worte bedeuteten auch, dass er mir vertraute, was bei einem Missionspartner wichtig war.

Ich berührte erneut sein Knie.

„Vielleicht liegt es daran, dass du aus erster Hand erlebt hast, dass ich mit Gefahren umgehen kann?", zuckte ich mit den Schultern und versuchte, meine Stimme leicht und beiläufig zu halten, um das seltsame warme Gefühl in meiner Brust zu verbergen.

„Ja, das kannst du." Er legte seine Hand auf meinen Finger. „Und dafür habe ich verdammt viel Respekt vor dir."

KAPITEL 9

EMMA

„**D**u siehst... umwerfend aus, Elf", murmelte Agan. Er starrte mich an, als ich in das zweisitzige Fluggerät einstieg, die Art von Fahrzeug, die Voranier als persönliche Transportmittel nutzten, so wie wir Autos auf der Erde.

Das computergesteuerte Fluggerät sollte uns zur Veranstaltung in Professor Voltuds' Dachterrassen-Villa bringen. Der Zweck unserer Mission war es, weitere Beweise für das Fehlverhalten des Professors zu sammeln, die eine angemessene Bestrafung nach seiner Verhaftung sicherstellen würden. Außerdem wollte General Craxus den Geldgeber des Professors eindeutig identifizieren.

„Sehr hübsch." Agan starrte mich weiter an.

„Danke." Ich strich mit den Händen über das puderblaue Mieder des Kleides, das mir die Armee für heute Abend zur Verfügung gestellt hatte. Der tiefe Ausschnitt war mit so vielen

Blumen verziert, dass es aussah, als hätte ich einen Blumenstrauß in mein Dekolleté gesteckt.

Als ich mich hinsetzte, bauschten sich die voluminösen, durchsichtigen Röcke über meinem Schoß auf und ergossen sich auf den Sitz neben mir, wo Agan auf einer silbernen Clutch Handtasche saß.

Die Intensität, mit der er mich weiterhin anstarrte, ließ meine Wangen vor Verlegenheit erröten.

„Ich mag dieses Kleid", gestand ich. Das traumhafte, prinzessinnenhafte Kleid war sehr feminin. Es fühlte sich schön an, mich ab und zu „mädchenhaft" anzuziehen. Ich hatte einige Röcke und Blusen in meinem Gepäck von der Erde mitgebracht. Allerdings konnte ich sie nur tragen, wenn ich Urlaub vom Schiff hatte, was nicht oft vorkam. „Ich werde vielleicht ein paar Versuche brauchen, um mich daran zu erinnern, wie man in hohen Absätzen läuft." Ich lächelte und deutete auf meine perlweißen Pumps. „Ich werde versuchen, dich nicht fallen zu lassen, selbst wenn ich stolpere."

Er lachte.

„Fall nicht, ich werde dich nicht auffangen können."

„Das musst du auch nicht", konterte ich. „Dieser Rock würde jeden Sturz abfedern. Er würde mich wahrscheinlich wie ein Fallschirm nach unten gleiten lassen."

Die vielen Schichten des durchsichtigen Materials erinnerten mich an die fabelhaften Kleider, die ich früher für meine Barbie-Puppen gemacht hatte. Meine Mutter hatte viele Jahre als Näherin von zu Hause aus gearbeitet und maßgeschneiderte Kleidung für die Frauen in unserer Stadt angefertigt. Sie hatte auch die meisten meiner Kleider genäht, als ich aufwuchs. Sobald ich alt genug war, um mit einer Nadel umzugehen, brachte sie mir das Nähen bei. Wir hatten mein Abschlussballkleid zusammen gemacht, und es war einfach fantastisch geworden.

Ich blickte zu Agan hinüber und fragte mich, ob er mir erlauben würde, ihm einige Kleidungsstücke anzufertigen. Seine Lederhose hatte definitiv schon bessere Tage gesehen. Er könnte ein weiteres Paar gebrauchen. Vielleicht würde er mich auch ein Hemd für ihn machen lassen. Der Anblick seiner harten, nackten Bauchmuskeln war ziemlich ablenkend, egal wie klein sein Oberkörper war.

„Ich könnte dir ein paar Kleidungsstücke machen", platzte ich heraus. „Wenn du möchtest, meine ich."

„Kannst du nähen?"

Ich nickte. „Ich bin ziemlich gut darin. Ich kann sogar meine eigenen Schnittmuster und so erstellen."

„Natürlich kannst du das." Er schüttelte den Kopf und lachte. „Gibt es irgendetwas, was du *nicht* kannst?"

„Jede Menge Dinge – anmutig in hohen Absätzen laufen und außerirdische Technologien umbauen sind nur zwei Beispiele. Aber ich kann ziemlich gut nähen. Ich habe einmal sogar ein Kleid ähnlich wie dieses gemacht, mit Hilfe meiner Mutter. Ich könnte dir definitiv ein paar Hosen und Hemden machen."

„Hemden?" Er hob eine Augenbraue und neigte den Kopf. „Wozu sollte ich ein Hemd brauchen?"

„Äh, nun ja..." Es gab keine Möglichkeit zuzugeben, dass der Anblick seines nackten Oberkörpers in mir den Wunsch weckte, ihn zu berühren. Das glatte, samtige Fell über den harten Flächen und Kanten seiner Muskeln bettelte förmlich darum, gestreichelt zu werden. „Ist dir nicht manchmal kalt?", fragte ich stattdessen das Erste, was mir halbwegs angemessen erschien.

„Nicht auf Tragul. Das Klima in Ravie ist mild. Und hier auf Neron sind die meisten Orte mit Glas überdacht und beheizt, sogar einige Parks."

„Na gut dann." Ich bemühte mich, nicht auf seine Brust zu starren. So winzig auch alles an ihm war, ich konnte Agan nicht als „klein" betrachten. Seine Einstellung und seine überlebensgroße Persönlichkeit ließen das einfach nicht zu. Gleichzeitig fand ich ihn in diesem Moment unwiderstehlich niedlich. Ich würde ihn mit beiden Händen packen, drücken und knuddeln, wenn er mich ließe. Nicht dass er das erlauben würde, natürlich. „Vielleicht zumindest ein paar Ersatzhosen? Du könntest sie natürlich auch von einem Profi machen lassen..."

„Das würde ich, aber anscheinend müssten sie dafür Maß nehmen." Er stieß einen langen Seufzer aus. „Nach all den medizinischen Tests, denen sie mich in den letzten Tagen unterzogen haben, habe ich wirklich keine Lust mehr, angefasst und untersucht zu werden."

„Es gab Tests?", fragte ich hoffnungsvoll.

Er nickte.

„Versuchen sie herauszufinden, wie sie dich zurückbringen können? Dich wieder groß machen können?"

„Ja, aber bisher ohne großen Erfolg. Das Beste, was ihnen eingefallen ist, ist abzuwarten und zu sehen, ob es ‚von selbst verschwindet'."

„Könnte es das wirklich einfach tun?"

Er zuckte mit einer Schulter. „Ich weiß es nicht. Niemand weiß es. Und das ist das Problem."

Ein grünes Licht leuchtete auf dem Kontrollpanel des Flugzeugs auf und signalisierte, dass es bald zur Landung bereit war.

„Wir sind fast da." Agan erhob sich von der Handtasche, und ich öffnete sie, damit er hineinklettern konnte.

Ich beugte mich näher zu ihm und sagte: „Sei vorsichtig."

„Du auch." Er schaute mir direkt in die Augen, das Licht des Kontrollpanels spiegelte sich mit einem sanften Schimmer in seinen edelsteingrünen Augen. „Wenn dir heute Abend etwas zustoßen sollte, Emma, würde ich mir das nie verzeihen."

Seine Worte spiegelten meine eigenen Gedanken wider. So klein Agan momentan auch war, er sah nie zerbrechlich aus oder verhielt sich so. Dennoch machte ich mir ständig Sorgen um ihn. Ich sorgte mich um viele Menschen in meinem Leben. Ich machte mir während unserer Missionen Sorgen um jeden einzelnen Mann in meiner Einheit. Aber was ich für Agan empfand, war irgendwie intensiver.

„Lass uns beide aus Schwierigkeiten herausbleiben." Ich versuchte zu lächeln.

Er legte seine Hand auf den Daumen meiner Hand, die die Handtasche hielt. „Wenn das alles vorbei ist, nehme ich dich vielleicht beim Wort mit deinem Angebot, mir eine Hose zu nähen", sagte er plötzlich, und ein Lächeln breitete sich langsam auf seinem hübschen Gesicht aus.

Sein Themenwechsel hatte meine Nerven etwas beruhigt, und ich war ihm dafür dankbar.

„Und was ist mit dem Messprozess? Das Anfassen und Herumdrücken?" Ich wackelte mit den Augenbrauen.

Sein Lächeln wurde breiter. „Ich glaube nicht, dass mich das Anfassen stören würde, wenn es von dir kommt. Ich bin ziemlich sicher, dass ich es sogar genießen würde." Er zwinkerte.

„Pass auf, was du dir wünschst." Ich lachte laut auf. „Ich habe nicht das, was man eine ‚leichte Berührung' nennt."

Das Haus des Professors tauchte vor uns als eine Ansammlung beleuchteter Glaskuppeln auf. Die gesamte Struktur sah aus wie riesige Seifenblasen, die auf der Spitze eines Wolkenkratzers schäumten. Die Kuppel über der Parkplattform glitt auf und ermöglichte unserem Flugzeug, im Inneren zu landen.

Ich holte tief Luft.

„Viel Glück für uns, Agan."

AGAN

In Emmas Handtasche zu liegen, fühlte sich sehr nach dem Inneren eines voranischen Sargs an. Ravils begruben ihre Toten in eine Bestattungsdecke gewickelt. Voranier verwendeten dafür lange Pappkapseln. Gepolstert und mit Satin ausgekleidet, mussten sie sich genau wie das wattierte Innere der Handtasche anfühlen, in der er lag, während Emma ihn in die Villa des Professors trug.

Sie hatte ein Mikrofon, das in dem üppigen Blumengebinde an ihrem Oberteil versteckt war, sodass er durch den Lautsprecher in der Handtasche hören konnte, was draußen geschah.

Er schnappte Gesprächsfetzen auf, während sie sich durch die Party bewegte, aber er selbst hatte keine Möglichkeit, mit ihr zu kommunizieren. Alle verfügbaren tragbaren Kommunikationsgeräte hatten sich als zu groß für ihn erwiesen. Es war auch beschlossen worden, dass Emma keines tragen sollte, wegen des Risikos, dass es in ihrem Ohr entdeckt werden könnte. Alles, was er bei sich hatte, war ein Aufnahmegerät - ein langes, graues Metallrechteck, das an seinem Oberschenkel befestigt war. Er würde es benutzen, wenn er etwas Wertvolles hörte, um es aufzuzeichnen.

„Frau Abgeordnete", ertönte eine erfreute männliche Stimme durch den Lautsprecher in der schalldichten Handtasche. „Sie sehen hinreißend aus! Absolut wunderschön!"

Das tat sie wirklich. Agan war überwältigt gewesen, als er sie heute Abend sah. In Tüll und hellblauen Satin gehüllt, ihr mittellanges blondes Haar mit schillernden Strähnen versehen und mit Blumen geschmückt, wirkte sie wie ein Morgentaugeist aus den alten Legenden der Ravils - atemberaubend schön und fast unwirklich.

„Oh, danke, ähm...", antwortete Emma dem aufdringlichen Mann, der sie mit Komplimenten überhäuft hatte.

Sie kam hierher unter dem Deckmantel einer menschlichen

Vertreterin des Verbindungskomitees. Das seltene Erscheinen einer menschlichen Frau bei einem voranischen Event zog sicherlich Aufmerksamkeit auf sich.

„Ich bin Senator Caivuk", beeilte sich der Mann vorzustellen. „Es ist mir eine Ehre, Sie kennenzulernen."

„Es freut mich auch sehr, Sie kennenzulernen, Senator. Wüssten Sie zufällig, wo unser großzügiger Gastgeber, Professor Voltuds, ist?"

„Er war gerade eben noch hier." Der Mann klang, als würde er sich umdrehen, um nach dem Professor zu suchen. „Er muss weggerufen worden sein. Also, haben Sie schon darüber nachgedacht, dem Heiratsprogramm des Verbindungskomitees beizutreten?", erkundigte er sich mit unverhohlenem Interesse.

„Das würde ich gerne, aber ich bin bereits mit jemandem auf der Erde verlobt", wies Emma schnell ab. „Ich bin nur beruflich auf Neron. Wenn Sie mich jetzt entschuldigen würden, ich muss zur Damentoilette."

„Eine Damentoilette?", murmelte der Senator verwirrt. „Ich glaube nicht, dass es hier einen Raum nur für Damen gibt."

„Ein Badezimmer", erklärte sie monoton. „Wüssten Sie zufällig, wo es ist?"

„Oh, die Haus-KI ist gleich da, sie wird Sie sicher hinführen."
„Danke."

Agan atmete erleichtert aus, als er spürte, wie Emma sich vom Senator entfernte. Das eifrige Interesse in der Stimme dieses Mannes gefiel ihm gar nicht.

Hatte sie gerade gesagt, dass sie verlobt sei? Hatte sie das nur gesagt, um den anhänglichen Senator loszuwerden? Oder war es wahr?

Er knurrte durch die Zähne. Die Vorstellung, dass Emma jemand anderem gehörte, hatte ihn gequält, seit sie sich auf Tragul getrennt hatten.

Natürlich wäre der einfachste Weg, um Gewissheit zu bekommen, sie direkt zu fragen.

Aber was dann?

Er konnte nichts von dem tun, was er gerne mit ihr getan hätte. Wie sollte er eine Frau umwerben, wenn er nichts hatte, womit er sie beeindrucken konnte, bei dieser Größe? Wie konnte er sie verführen und befriedigen, wenn er nicht einmal hoch genug reichte, um sie zu küssen? Das Höchste, was er tun konnte, war, ihren Finger zu umarmen – eine Frau würde das doch nie erotisch oder erregend finden, oder?

„Kann ich Ihnen helfen?", fragte die androgyne Stimme einer Haus-KI außerhalb der Handtasche.

„Ja", antwortete Emma freundlich. „Ich würde gerne wissen, wo ich Professor Voltuds finden kann. Ich möchte ihm persönlich für die Einladung zur heutigen Veranstaltung danken."

Alarmglocken schrillten in Agan.

Was tat sie da?

Der Plan war, dass Emma ihn diskret in einen der Blumentöpfe oder auf eine Weinrankengirlande am Ausgang des Ballsaals freilassen sollte. Danach sollte er seinen eigenen Weg zu den Privaträumen des Professors finden. Für das Treffen waren einige Orte identifiziert worden, und er hatte sich gründlich mit den Plänen des Anwesens vertraut gemacht.

Emma war in ihrem Outfit und dem dicken Make-up gut getarnt. Selbst Agan würde Schwierigkeiten haben, sie als dieselbe Frau zu erkennen, die mit ihm im geheimen Labor auf Tragul gewesen war. Dennoch war er absolut dagegen, dass sie sich dem Professor näherte und riskierte, von ihm erkannt zu werden.

„Professor Voltuds wurde zu einer Besprechung gerufen", informierte die KI sie. „Er wird jedoch vor der Ankunft des Gouverneurs und seiner Frau zurück sein."

„Wann sollen sie ankommen?"

„Sie werden voraussichtlich in zweiundzwanzig Minuten hier sein."

Nach einer kurzen Pause murmelte Emmas Stimme leise

durch den Lautsprecher: „Agan, ich wette, das bedeutet, dass das geheime Treffen des Professors in den nächsten zwanzig Minuten stattfinden wird. Wenn es nicht schon auf dem Weg ist."

Kluge Frau. Sobald der voranische Gouverneur eingetroffen war, müsste der Professor den Gastgeber für ihn und seine Frau spielen. Er würde es nicht wagen, sich davonzuschleichen, während das mächtigste Paar des Landes in seinem Haus war.

Jetzt wäre ein guter Zeitpunkt für Emma, Agan rauszulassen.

„Ich bringe dich zu seinen persönlichen Räumen – weniger Weg für dich", flüsterte sie ins Mikrofon.

„Emma, nein!" Er schüttelte den Kopf, als könnte sie ihn sehen oder hören.

„Wir haben nicht viel Zeit", fügte sie hinzu.

Sie hatte Recht. Es könnte mehr als zwanzig Minuten dauern, alle identifizierten Standorte zu überprüfen. Aufgrund seiner aktuellen Größe war auch seine Geschwindigkeit stark reduziert. Das bedeutete jedoch nicht, dass sie sich der Gefahr aussetzen musste, entdeckt zu werden, indem sie versuchte, ihn näher heranzubringen.

Es war ein großer Fehler gewesen, sie allein mitzubringen, erkannte er, während sich Schuldgefühle schwer in seiner Brust festsetzten. Er hätte sie dort lassen sollen, wo sie war, sicher und wohlbehalten. Stattdessen hatte er seinem Verlangen nachgegeben, sie wiederzusehen, und jetzt hatte er sie möglicherweise in Gefahr gebracht.

Die Wahrheit war, dass er diesen Auftrag mit niemandem außer ihr erledigen wollte. Trotz seiner Sorge um Emma vertraute er darauf, dass sie ihre Arbeit gut machen würde. Er vertraute auch voll und ganz darauf, dass sie ihm den Rücken freihalten würde.

Außerdem genoss er ihre Gesellschaft.

Emma war momentan die einzige Person auf der Welt, die

ihn in ihrer Gegenwart nicht unwohl fühlen ließ. Sie behandelte ihn wie einen normalen Menschen, nicht wie einen Überlebenden eines verrückten Experiments. Sie neckte ihn wegen dem, was er schon immer gewesen war, nicht wegen dem, was aus ihm geworden war. In ihrer Nähe zu sein, lenkte ihn von seiner düsteren Zukunft ab und ließ ihn sich fast wieder *normal* fühlen.

„Madam?", klang die KI-Stimme unsicher. Agan fragte sich, ob das eine weitere Einheit war, auf die Emma bei ihrer Suche nach dem Besprechungsraum gestoßen war. „Dies sind die Privatgemächer des Hausherrn. Erlauben Sie mir, Sie zurück in die Haupthalle zu führen, wo Sie sich den anderen Gästen anschließen können."

„Oh, aber ich suche nach einer Toilette, die für eine Erdfrau geeignet ist." Sie klang überzeugend unschuldig.

„Meines Wissens nach könnten Frauen von der Erde problemlos jede Toilette in Voran benutzen."

„Ja, nun, diese Fehlinformation wurde Ihnen versehentlich mitgeteilt. Viele von uns brauchen spezielle Anpassungen in Bezug auf Toilettenanlagen. Die Dinge *da unten* sind nicht so ähnlich zu Voraniern, wie es auf Neron allgemein geglaubt wird."

„Ich fürchte, ich verstehe nicht." Die KI schien zu stocken. „Welche Art von Anpassungen benötigen Sie?"

„Vertrauen Sie mir, ich werde es erkennen, wenn ich es sehe-" ihre Stimme brach für einen Moment ab. Dann fuhr sie in einem ganz anderen Ton fort – einem plötzlich flirtenden. „Oh, es tut mir so, so leid. Ich wollte nicht so in Sie hineinlaufen. Ich habe Sie nicht um die Ecke kommen sehen."

„Wer sind Sie?" fragte eine männliche Stimme barsch. „Und was machen Sie in diesem Teil des Hauses?"

„Ich bin, ähm...Louise. Und wer sind Sie? Was machen Sie in den privaten Räumen des Professors?"

„Ich bin Professor Voltuds Forschungsassistent-"

„Wie reizend." Emma gurrte. „Hat Ihnen schon mal jemand gesagt, dass Sie die erstaunlichsten Augen haben? Auf der Erde nennen wir diese Farbe ‚Taupe', die Farbe von Dreck."

„Danke." Die Stimme des Assistenten klang ziemlich monoton. „Hören Sie... Sie sollten nicht hier sein."

„Ich weiß, ich weiß. Ich fühle mich so verloren." Sie öffnete die Handtasche. Helles Licht strömte herein und blendete Agan für einen Moment fast. „Sehen Sie, ich habe nach einer Toilette gesucht." Sie legte ihren Arm um die Taille des Voraniers und lehnte sich an ihn, als wolle sie etwas Vertrauliches mitteilen. „Die KI des Professors hat sich dabei als äußerst nutzlos erwiesen, nebenbei bemerkt. Ich empfehle dringend, deren Software zu aktualisieren. Es scheint eine riesige Lücke in ihrem Wissen über die menschliche weibliche Biologie zu geben, was den Professor stark beeinträchtigen würde, wenn er eine menschliche Frau nehmen würde..."

Sie drückte die offene Handtasche gegen den Rücken des Mannes, und Agan kletterte prompt heraus und zur Seite. Er hielt sich an der reich bestickten Tasche des marineblauen Gehrockes des Assistenten fest, während der Voranier sich von Emma entfernte.

„Die KI wird Sie jetzt zurück in die Haupthalle bringen, gnädige Frau." Er deutete auf die Drohne, die weiter unten im Korridor in der Luft schwebte.

„Aber *wohin* gehen Sie?" rief sie ihm nach. „Kommen Sie nicht zur Party?"

„Ja. In einer Minute." Der Mann winkte ab.

„Bitte, lassen Sie sich nicht zu viel Zeit." Emma murmelte kokett und wackelte mit ihren Fingern in seine Richtung. „Ich werde Sie dort vermissen." Sie warf Agan einen schnellen Blick zu, als ob sie die letzten beiden Sätze für ihn gemeint hätte, nicht für den Assistenten.

„Eine menschliche Ehefrau?" murmelte der Assistent des Professors vor sich hin, seine Hufen stampften den breiten, mit kunstvollen Teppichen und leuchtenden Blumengirlanden geschmückten Flur hinunter. „Warum würde ein Mann so eine Plage in seinem Haus haben wollen?" Er schüttelte den Kopf und faltete die Hände hinter seinem Rücken. Agan musste aus dem Weg seiner Arme schwingen, um der Geste auszuweichen.

„Was ist dort drüben passiert? Ich habe Stimmen gehört." Ein anderer Mann stand an der Glastür, die anscheinend zu einer Außenterrasse führte. Der dunkle, sternenklare Himmel war durch das Glas sichtbar. Agan bewegte sich am Taschenrand entlang und brachte sich aus dem Blickfeld des Voraniers.

„Nur ein weiblicher Gast, Professor. Sie hat sich auf der Suche nach einem Badezimmer verirrt."

Professor?

Das musste dann Professor Voltuds sein. Nun, Emma hatte ihm viel Zeit und Mühe erspart, indem sie ihn direkt zu ihrem Ziel gebracht hatte.

Als der Assistent näher an die Wand neben der Tür trat, sprang Agan schnell von seinem Mantel auf eine wandkletternde Ranke.

„Sorgen Sie dafür, dass ich in den nächsten fünfzehn Minuten absolute Privatsphäre habe", befahl der Professor und öffnete die Tür.

Agan kletterte schnell auf Kniehöhe des Voraniers hinunter und sprang von der Ranke auf den Boden hinter der Tür.

Die eiskalte Außenluft strömte mit seinem nächsten Atemzug in seine Lungen. Dies war eine offene Terrasse ohne die übliche Glaskuppel darüber. Statt Gras war der Boden mit Mosaikfliesen ausgelegt, die mit einer dünnen Schneeschicht bedeckt waren, die Agan bisher nur durch Glas gesehen hatte. Er trat vorsichtig darauf, um nicht auszurutschen.

Der Professor stampfte selbstsicher auf die Terrasse hinaus, seine Hufe drückten den Schnee mit einem leichten Knirschen nieder. Die Glastür glitt hinter ihm zu. Das Licht aus dem Korridor warf ein schiefes Rechteck auf den Terrassenboden und beleuchtete einen Teil des Außenbereichs. Agan drückte seinen Rücken an die Wand und hielt sich im Schatten.

„Ich habe fünfzehn Minuten, machen Sie es kurz", bellte der Professor in Richtung einer einsamen Gestalt, die am Glasgeländer am Rand stand.

Agan hatte diese Person vorher nicht bemerkt. In einen dunklen, schweren Umhang gehüllt, erschien die Gestalt für seine an den hell erleuchteten Korridor gewöhnten Augen nichts weiter als ein Schatten.

„Je schneller Sie meine Fragen beantworten, desto schneller werde ich gehen", ertönte eine vertraute Stimme unter der Kapuze des Umhangs.

Der Mann, der am Geländer stand, schob seine Kapuze zurück und enthüllte sein Gesicht. Als sich Agans Augen an die Dunkelheit gewöhnten, konnte er kaum glauben, dass er auf den Anführer der Ravil-Armee, General Trulgadi, starrte.

Schockiert vergaß er fast, die Aufzeichnung ihres Gesprächs zu starten.

„Es war äußerst schwierig, Sie zu treffen, Professor", sagte der General, und Agan schaltete hastig das Gerät ein. „Sie haben Tragul zu schnell verlassen. Am Ende musste ich Ihnen den ganzen Weg bis nach Neron hinterherjagen. Und selbst dann musste ich bei der voranischen Regierung eine Einladung für die heutige Veranstaltung beantragen. Wenn ich nicht wüsste, dass Sie das Geld und das Schweigen von Ravil brauchen, würde ich denken, Sie weichen mir aus."

Also hatte der General Tragul nicht einfach verlassen, um ihn zu begleiten. Agan hatte sich schuldig gefühlt, eine Last für den Anführer der Ravil-Partei zu sein. Jetzt schien es, als hätte er eine bequeme Ausrede für den General geschaffen, Neron und seinen zwielichtigen Komplizen zu besuchen.

Der Voranier stieß einen Seufzer aus und verschränkte die Arme vor der Brust.

„General, wie ich gleich zu Beginn unserer, ähm...Partnerschaft erklärt habe, müssen wir äußerst vorsichtig sein, wenn wir zusammen gesehen werden. Wenn jemand in Voran von meiner Forschung erfährt, werden die Konsequenzen für uns beide nicht angenehm sein. Sie wissen, dass ich mein Labor und meine Finanzierung in diesem Land verloren habe."

„Ja." Der General lehnte sich gegen das Geländer zurück. Der Wind erfasste die Enden seines selbstgesponnenen, dunkelbraunen Umhangs und ließ sie in der kalten Nachtluft flattern. „Ich glaube, das passierte, weil Ihre Forschungsmethoden als unethisch eingestuft wurden, und jetzt kann ich sehen, wie es dazu gekommen sein könnte. Nach dem, was Sie einem meiner Leute angetan haben—"

„*Das* war das Ergebnis eines erfolgreich durchgeführten Experiments, General", unterbrach ihn der Professor und stampfte mit seinem Huf auf. „Ich habe genau das getan, wofür Sie mich angeheuert haben."

Sie sprachen über ihn, erkannte Agan. War das Experiment, ihn zu schrumpfen, geplant gewesen? Der Gedanke ließ ihn die bittere Kälte, die unter sein kurzes Fell kroch und seine Haut durchfror, vorübergehend vergessen.

Sein hoch respektierter General schien nicht nur von der illegalen Arbeit des korrupten Professors zu *wissen*, er hatte sie finanziert. Mit Ravil-Geld.

Aus Angst, ein einziges Wort zu verpassen, schlich Agan etwas näher an die beiden Männer heran. Der Professor hatte diesen Außenbereich offensichtlich aus einem bestimmten Grund für dieses Treffen gewählt. Es gab nirgends auf der Winterterrasse Blumentöpfe, keine Möbel jeglicher Art, hinter denen man sich verstecken könnte. Agan konnte nur auf die Dunkelheit der Nacht und seine winzige Größe hoffen, um unentdeckt zu bleiben.

„Ich habe Sie angeheuert, um eine wirksame Waffe gegen unsere Feinde zu schaffen!", knurrte der General. „Etwas, das

Fescods und *Yirzi* auf der Stelle vernichten würde. Stattdessen haben Sie einen meiner besten Soldaten geschrumpft."

„Die ursprüngliche Idee war es, *Ihre Feinde* auf eine unendlich kleine Größe zu schrumpfen, was sie praktisch aus der Existenz tilgen würde." Der Professor hielt seine Stimme ruhig. Allerdings neigte er seine Hörner bedrohlich in Richtung des Generals, und sein pfeilspitziger Schwanz zuckte vor Reizung. „Die Strahlen, die ich entdeckt habe, reflektieren jedoch von der *Fescod*-Haut. Leider wirkten sie auch bei den *Yirzi* nicht gut. Die Wirkung hielt nicht lange an – die Versuchspersonen kehrten innerhalb von Sekunden zu ihrer ursprünglichen Größe zurück." Er zuckte mit den Schultern. „Ich musste sie an einer anderen Spezies testen."

„Oder vielleicht hätten Sie eine völlig andere Waffe entwickeln sollen?", knurrte der General drohend. „Sie haben nie um meine Erlaubnis gebeten, Experimente an Ravils durchzuführen."

„Hätten Sie mir diese gegeben, wenn ich gefragt hätte?"

„Natürlich nicht! Ich bezahle Sie dafür, einen Weg zu finden, den Ravils zu helfen, nicht sie zu schrumpfen."

„Wissenschaftliche Größe kommt oft mit Opfern." Der Professor winkte abweisend mit seiner Hand in der Luft. „Ravils erwiesen sich als die perfekten Kandidaten. Dieses Experiment bewies, dass ich mit meiner Forschung auf dem richtigen Weg bin. Der Prozess braucht natürlich noch ein wenig Feinabstimmung. Ich bin zuversichtlich, dass ich herausfinden kann, welche Anpassungen nötig sind, um die Strahlen bei *Yirzi* und vielleicht sogar bei *Fescods* wirksam zu machen. Leider ist mein Versuchsobjekt entkommen, bevor ich die Chance hatte, die Ergebnisse richtig auszuwerten. Ich brauche es zurück."

„Bei der Kluft von Krokkan!", brüllte der General. „Sie müssen meinen Krieger wieder auf seine normale Größe bringen."

Hoffnung kämpfte mit Sorge in Agan. Das Letzte, was er wollte, war, dass der krumme Professor wieder mit ihm experimentierte. Dennoch war der Voranier wahrscheinlich derjenige, der am ehesten in der Lage war, dies rückgängig zu machen. Falls das überhaupt möglich war...

„Ich fürchte, ich weiß nicht, wie ich das machen soll", erklärte der Professor und zerstörte Agans keimende Hoffnung, bevor sie überhaupt Wurzeln schlagen konnte. „Der Schwerpunkt meiner Forschung lag darauf, einen lebenden Organismus zu *schrumpfen*. Ich habe kein Umkehrverfahren."

Der General ballte seine Hände zu Fäusten.

„Unsere Vereinbarung war, dass Sie an *Fescods* experimentieren würden – unseren direkten Feinden. Sie haben sich eigenmächtig entschieden, die Versuchsobjekte zu wechseln. Ich habe auch gehört, dass Sie hinter meinem Rücken eine Menge *Yirzi* angeheuert haben."

„Ich brauchte etwas Hilfe im Labor." Der Professor zuckte mit den Schultern. „Außerdem habe ich nie nach Ihren Vorschlägen gefragt, *wie* ich meine Forschung durchführen soll. Ich habe Ergebnisse versprochen, und ich habe geliefert."

„Das war nicht, was wir vereinbart haben!" Der General bewegte sich auf den Professor zu, der eine breite Haltung einnahm und seine Hufe fest in den Boden stemmte. „Sie sollten niemals meine Leute anrühren. Sie müssen herausfinden, wie Sie meinen Krieger wieder in seinen ursprünglichen Zustand zurückversetzen können. Sofort!", brüllte der General aus voller Kehle.

Der Professor zuckte nervös mit dem Kopf zurück und blickte über seine Schulter in den Korridor hinter dem Glas. „Von mir zu verlangen, dass ich die Größe einer Person *erhöhe*, ist eine erhebliche Änderung unserer Vertragsbedingungen, General."

Der Ravil packte den Voranier an der Kehle und brachte ihn zum Ersticken, bevor er seinen nächsten Satz beenden konnte.

„Ich sagte, Sie werden meinen Leutnant wieder auf seine normale Größe zurückbringen!"

Nach Luft schnappend griff der Professor nach hinten und fegte die langen Schöße seines Gehrockes beiseite. Der Griff der Laserpistole, die unter seinem Gürtel steckte, kam zum Vorschein.

„Um das Experiment rückgängig zu machen", krächzte er gegen den Griff des Generals an seinem Hals, „bräuchte ich immer noch Ihren Krieger zurück, nicht wahr?"

Der General runzelte die Stirn und dachte über seine Worte nach.

„Gut." Er lockerte seinen Griff, und der Professor bedeckte schnell die Waffe unter seinem Gürtel wieder mit seinem Mantel. „Sie werden mit uns nach Tragul zurückkehren müssen, um Ihre Arbeit fortzusetzen. Ich habe Ihnen viel zu viel Geld bezahlt, als dass Sie Ihre Forschung auf halbem Wege abbrechen könnten."

„Sicher", stimmte der Professor viel zu schnell zu. „Ich bin jetzt so nah dran, ich würde die Dinge ungern unvollendet lassen."

„Wir brechen morgen früh nach Tragul auf", knirschte General Trulgadi durch seine Zähne. „Machen Sie sich bereit."

„Selbstverständlich, General", murmelte der Professor in einem viel entgegenkommenderen Ton als zuvor. „Wenn Sie mich nun entschuldigen", schob er die Glastür für den General auf, damit dieser gehen konnte, „ich habe ein paar sehr wichtige Gäste zu begrüßen. Die KI wird Ihnen den besten Weg zeigen, um unbemerkt von hier wegzukommen."

„Morgen früh." General Trulgadi stampfte aus der Terrasse, wobei die Enden seines Umhangs gegen den Türrahmen peitschten.

„Tragul? Von wegen!", murmelte der Professor, sobald sich die Tür hinter dem General geschlossen hatte. „Ich habe genug von diesem heruntergekommenen Planeten mit seiner bettelarmen Bevölkerung."

Professor Voltuds schritt auf der Terrasse auf und ab, während Agan sich leise an der Wand entlang zur Tür schlich. Das gesamte Gespräch zwischen dem Professor und dem General war aufgezeichnet worden. Sein Bericht als Augenzeuge würde zusätzliche Beweise liefern. Seine Aufgabe hier war erledigt. Nun musste er einen Weg finden, sich wieder hineinzuschleichen und Emma zu finden.

„Es gibt einige viel besser zahlende Käufer für meine Arbeit in dieser Galaxie", murmelte der Professor weiter. Er blieb abrupt stehen, als ob er sich an etwas erinnerte. „Der Gouverneur muss inzwischen hier sein-"

Plötzlich fiel sein Blick auf Agan, der bei seinem Vormarsch zur Tür erstarrte.

„Was machst *du* hier?" Der Professor wich erschrocken zurück, bevor er sich aufrichtete. „Das verfickte Versuchsobjekt ist ganz von selbst zurückgekommen. Das ist perfekt! Ich muss mich nicht länger mit deinem barbarischen General herumschlagen."

Der Professor stürzte sich auf ihn, und Agan sprintete los, wobei er den Händen des Voraniers nur knapp entkam. Er rannte entlang des Umfangs der Terrasse und suchte nach einem Ausweg.

Seine Stiefel rutschten im Schnee aus und hätten ihn fast durch die Lücke unter dem Glasgeländer von der Terrasse geschleudert. Bei dem schrecklichen Gedanken, vom obersten Stockwerk des Wolkenkratzers zu stürzen, stockte ihm der Atem. In dieser Höhe konnte er nicht einmal die dunkle Straße unter ihm sehen.

„Komm her!" Der Professor streifte seinen Mantel ab und warf ihn über Agan, wodurch er ihn unter dem schweren Material einfing.

Plötzlich von der Welt abgeschnitten durch die Schichten

dicken Stoffes, hörte Agan das gedämpfte Geräusch der sich öffnenden Tür.

„Wo ist Agan?", erklang Emmas Stimme, laut und klar.

Hoffnung und Angst prallten in seiner Brust aufeinander.

Was machte sie hier? Sie sollte am Eingang des Ballsaals auf ihn warten – in Sicherheit. Jetzt war sie hier und stellte sich dem abtrünnigen Professor ganz allein.

In Panik schlug er mit beiden Armen gegen den dunklen Stoff, der ihn gefangen hielt, und kämpfte, um freizukommen. Emma brauchte ihn da draußen.

Diese Frau war unverbesserlich. Warum war sie nicht dort geblieben, wo sie sein sollte? Bei der Kluft von Krokkan, er würde nach einem höheren Rang in der Armee streben, nur um ihr direkte Befehle geben zu können. Vielleicht würde sie dann auf ihn hören?

Die Geräusche des Kampfes drangen durch das Material des Mantels – Fäuste, die auf Fleisch trafen; ein hartes Klicken, möglicherweise das Geräusch von Emmas Schuhabsatz, der auf eines der Hörner des Voraniers traf. Er hoffte verzweifelt, dass Emma dem Professor auf den Kopf schlug und nicht umgekehrt.

Verzweifelt riss er an der Stoffhülle, die ihn umwickelte, bis er sich endlich unter dem Mantel herausgekämpft hatte.

Als er herauskroch, lag Emma rücklings auf dem Boden. Der Professor saß auf ihr, beide Hände um ihren Hals.

„Runter von ihr!", brüllte Agan.

Pure Wut trieb ihn zum Handeln an. Er stürmte auf sie zu, ohne zu wissen, was er tun würde.

Was *konnte* er schon tun? Außer den Professor am Schwanz zu ziehen?

Er packte den Schwanz des Voraniers direkt über der pfeilförmigen Spitze und tat genau das – er zog mit aller Kraft daran.

Der Professor peitschte mit seinem Schwanz durch die Luft und schüttelte ihn ab wie eine Fliege.

Agan rollte über die schneebedeckten Mosaikfliesen. Seine Wut wuchs und brodelte über, schien die ganze Stadt zu erfüllen. Doch Wut allein, egal wie intensiv, war nutzlos, wenn man kaum groß genug war, um einem Erwachsenen gegen das Schienbein zu treten.

Er konnte nicht zulassen, dass seine winzige Größe ihn aufhielt, wenn Emma in Schwierigkeiten war. Er ließ seinen Blick über die Terrasse schweifen, auf der Suche nach einer Lösung. Er brauchte irgendetwas. Egal was. Einen Blumentopf, den er dem Professor auf den Kopf fallen lassen könnte. Einen KI-Knopf, den er drücken könnte, um Hilfe zu rufen.

Mit einem erstickten Geräusch befreite Emma ein Bein aus ihrem Rock und rammte dem Professor ihr Knie in den Schritt. Er stöhnte auf und lockerte für einen Moment seinen Griff. Sie schlug seine Hände von ihrem Hals weg. Sie rollte sich außer Reichweite, zog Arme und Beine unter sich zusammen, bereit aufzustehen.

Der Professor setzte seinen Huf auf ihre Rippen, stieß sie nieder und rollte sie erneut auf den Rücken.

„Geben Sie mir Agan, und ich verschwinde", krächzte sie und stützte sich auf ihre Ellbogen.

Der Voranier zog die Laserwaffe aus seinem Gürtel und zielte auf sie. „Ich brauche ihn dringender."

Sie drückte ihre Hände in den Boden, hob schnell ihre Hüften an und schlug mit dem Fuß nach draußen, wodurch sie ihm die Waffe aus der Hand schlug. Die Pistole rutschte über den matschbedeckten Boden.

Im nächsten Moment stand sie wieder auf den Beinen.

„Widerliches Weibsbild", zischte der Professor durch seine Zähne. Sein Schwanz schnellte vor, wickelte sich um ihre Beine und warf sie zu Boden.

Agan stürmte auf die Waffe zu. Das verdammte Ding erwies

sich als unglaublich schwer, weil er erbärmlich klein und erschreckend schwach war.

Er konnte die Waffe nicht einmal ein Haar breit vom Boden heben. Er sammelte alle Kraft, die er hatte, stützte den Lauf auf Emmas fallengelassene Handtasche und brachte die Waffe so in eine aufrechte Position. Er umklammerte den Griff mit seinen Armen und drückte mit beiden Händen auf den Abzug. Er zielte auf den höchsten Punkt, den er treffen konnte – das Hinterteil des ehrbaren Professors.

Der Strahl brannte sich durch die Hose des Voraniers. Der Geruch von verbranntem Fell verpestete die eisige Luft der Terrasse.

Der Professor brüllte vor Schmerz, krümmte seinen Rücken und griff nach seinem Hinterteil, während sein Schwanz wild umherpeitschte.

„Weg von mir!", rief Emma, zog ihre Beine an die Brust und rammte dann beide Füße in die Brust des Voraniers.

Er taumelte zurück.

Agan ließ die Waffe schnell zur Seite fallen. Sie landete unter einem der Hufe des Professors.

Er stolperte, verlor das Gleichgewicht und fiel rückwärts über das Glasgeländer in den dunklen Abgrund der Nacht hinunter.

„Oh nein!" Emma schob die durchsichtigen Lagen ihres Rocks nach unten, rappelte sich auf und rannte zum Geländer.

Die Schreie des Professors wurden auf seinem Weg nach unten immer leiser und verstummten dann völlig.

„Mist, ich schätze, er ist jetzt so gut wie tot", sagte sie langsam. „Wie hoch ist dieses Gebäude?"

„Keine Ahnung. Aber ich bin ziemlich sicher, dass ein Sturz von hier nicht zu überleben ist." Er konnte nicht über das Geländer schauen. Er versuchte nicht einmal, durch die Lücke darunter zu blicken, sondern konzentrierte sich stattdessen auf sie. „Wie geht's dir?"

„Diese verdammten Röcke!" Sie schlug auf die bauschigen Stofflagen um ihre Beine. „Dieses Kleid ist das Schlimmste für einen Nahkampf." Sie seufzte. „Ich werde auch mehr Übungskampf mit einem Gegner beantragen, der einen Schwanz hat."

Offensichtlich fand sie nicht, dass sie gut gekämpft hatte, während seine Brust vor Stolz auf sie anschwoll. Er hatte noch nie eine Frau im Nahkampf gesehen. Er hatte so etwas in seiner Gegenwart einfach nie zugelassen. Vor Emma hätte er *für* eine Frau gekämpft, nicht *mit* ihr.

Sie dabei zu beobachten, wie sie gegen einen viel größeren und stärkeren Gegner wie den Professor kämpfte, erfüllte ihn mit Schrecken, dass sie verletzt werden könnte. Als es jedoch vorbei war und sie in Sicherheit, fühlte sich der Gedanke an sie im Kampf aufregend und seltsamerweise... erregend an. Keine angemessene Reaktion auf eine Einsatzpartnerin, aber es war nicht das erste Mal, dass sein Schwanz in Emmas Gegenwart pochte.

Er konnte seine Begierde kontrollieren – er war schließlich ein Erwachsener. Allerdings waren die vielfältigen Emotionen, die er in Emmas Nähe empfand, viel schwieriger zu kontrollieren oder überhaupt richtig zu identifizieren.

„Bist du verletzt?", fragte er.

Sie rollte ihre Schultern zurück und streckte dann ihren Nacken. Zusammenzuckend rieb sie ihre Seite, die Stelle, wo der Professor sie mit seinem Huf getreten hatte.

„Mir geht's gut. Nichts Ernstes." Sie stieß einen langen Atem aus, rutschte auf den Boden und lehnte mit dem Rücken an das Geländer. „Und dir?"

Er antwortete mit einer abweisenden Handbewegung.

„Du solltest am Eingang des Ballsaals auf mich warten", erinnerte er sie brummig.

Die Kakophonie an Gefühlen, die er für Emma empfand, war verwirrend.

Einerseits überwältigte ihn tiefe Dankbarkeit. Sie hatte ihn vor einem Leben als Versuchsobjekt des hinterhältigen Professors bewahrt – ein Schicksal, das möglicherweise schlimmer als der Tod gewesen wäre.

Andererseits wuchs der Ärger in ihm, dass sie sich seinetwegen in Gefahr gebracht hatte. Das unerträgliche Gefühl seiner eigenen Hilflosigkeit in diesem Zustand quälte ihn ebenfalls.

„Du hast dich nicht an den Plan gehalten", knurrte er.

„Ja, und wenn ich das nicht getan hätte, wärst du jetzt in der Tasche des Professors gelandet."

Stimmt, aber die Dinge hätten auch für sie viel schlimmer enden können.

„Du hättest verletzt oder... getötet werden können. Warum bist du hergekommen?"

„Ich bin deinetwegen gekommen. Der Gouverneur tauchte mit seiner Frau auf, und der Professor war nirgends zu sehen. Ich vermutete, dass etwas schiefgelaufen war, und kam diesen Korridor zurück, um nach dir zu suchen. Dann sah ich durch das Glas, wie der Professor etwas... naja, jemanden hier draußen jagte."

Er hätte es vorgezogen, wenn sie in Sicherheit geblieben wäre, selbst auf Kosten seiner eigenen Sicherheit. Allerdings hätte er an ihrer Stelle genauso gehandelt. Er wäre ebenfalls auf die Suche nach ihr gegangen.

Emma war nicht einfach irgendeine Frau; sie war auch seine Kameradin – ein für ihn völlig neues Konzept. Er musste lernen, die beiden irgendwie in Einklang zu bringen.

„Na ja, danke für die Rettung", murmelte er.

Sie antwortete mit einem langen Blick. Unter ihrem Blick jagte ein heißes Kribbeln seine Oberschenkel hinauf. Trotz der Kälte wurde das Fell auf seinem Rücken schweißnass, und etwas in seiner Brust schmerzte.

„Gern geschehen. Danke, dass du mich auch gerettet hast."

Sie stieß ein leises Kichern aus. „Ich kann nicht glauben, dass du ihm in den Hintern geschossen hast."

Er lächelte zurück und entspannte sich ein wenig.

„Höher konnte ich nicht zielen." Er kletterte ihren Oberschenkel hinauf und in die Wolke der Röcke auf ihrem Schoß. Wäre er seine normale Größe gewesen, hätte er sie jetzt umarmt. So konnte er nur ein bisschen näher kommen, indem er sich auf ihr Bein setzte.

„Wir sind ein gutes Team, Agan." Sie legte ihre Hand hinter seinen Rücken auf ihren Oberschenkel, sodass er sich dagegen lehnen konnte. „Das hat sich als ganz schönes *Valentinstags*-Date entpuppt", kicherte sie leise, wie zu sich selbst.

Sein Herz klopfte laut. Hat sie gerade etwas von einem *Date* gesagt? Oder hatte sein Übersetzer einen Fehler gemacht, indem er dem Wort eine romantische Bedeutung gab? Das Wort davor kam unverständlich durch.

„Wovon sprichst du?", fragte er und hoffte, dass was auch immer sie gesagt hatte, tatsächlich eine romantische Bedeutung hatte.

„Oh, ich dachte nur an etwas, das Rick, mein Kapitän, vor meinem Urlaub hier gesagt hat. Heute ist der 14. Februar", erklärte sie. „Da feiern einige Länder auf der Erde den *Valentinstag*. Ein alberner Feiertag, eigentlich." Sie verdrehte die Augen und rieb ihren Arm mit der freien Hand.

„Kalt?" Natürlich würde ihr kalt sein – sie hatte überhaupt kein Fell. Er verfluchte sich selbst, dass er das vergessen hatte. „Wir müssen zurück rein."

Er sprang von ihrem Schoß.

„Richtig. Der Professor ist tot. Wir werden einiges erklären müssen, oder?" Sie griff nach der Handtasche auf dem Boden.

„Also, geht man an diesem Tag auf Dates?", fragte er schnell, bevor er wieder in die verdammte Handtasche klettern müsste.

„Dates? Am *Valentinstag*? Ja. Darum geht es an diesem Tag. Paare gehen zum Abendessen aus, oder schauen sich eine Show an, oder tanzen. Sie schenken sich gegenseitig Blumen und *Schokolade*, das ist… ähm, eine süße Nachspeise oder Leckerei. Dann…" Sie warf ihm einen schnellen Blick zu, eine unerwartete Röte breitete sich auf ihren Wangen aus. „Sie machen Liebe."

„Kann man das nicht an jedem Tag machen?", fragte er etwas verwirrt. „Nicht nur einmal im Jahr?"

„Natürlich kann man", antwortete sie mit einem kurzen Kichern, das ziemlich nervös klang. „Siehst du? Ich habe dir gesagt, es ist ein alberner Feiertag ohne wirklichen Zweck. Bereit?" Sie öffnete die Handtasche und stellte sie auf den Boden, damit er hineinklettern konnte. „Bis später, Agan", sagte sie leise, bevor sie die Clutch wie einen Sarg um ihn schloss.

KAPITEL 10

EMMA

Zwei Nächte später träumte ich von ihm. In meinem Traum war Agan sein altes, massiges, selbstgefälliges Selbst. Und er war extrem gemein zu mir, verspottete mich unaufhörlich.

Ich wachte wütend auf und hatte das Gefühl, ich könnte ihm eine reinhauen, wenn er in der Nähe wäre.

Leider war er nirgends zu sehen. Ich lag allein in meinem Bett in der kleinen Wohnung in der Stadt Voran. Meine Wut verwandelte sich schnell in Wehmut, als ich begann, alles durchzugehen, was zwischen uns passiert war.

Trotz des holprigen Anfangs hatten Agan und ich es geschafft, ein ziemlich gutes Verständnis füreinander zu entwickeln. Ich liebte die Synergie, die wir hatten, wenn wir zusammenarbeiteten. Ich hatte sie schon damals gespürt, als wir aus dem Labor auf Tragul flohen, dann während der Nacht im Haus des Professors.

Unter Druck wurden Agan und ich zu den Augen und

Ohren des anderen, unsere Gedanken schienen sich zu synchronisieren. Wir wurden zur Stärke des anderen.

So etwas hatte ich noch nie mit jemand anderem erlebt, und jetzt vermisste ich unsere Verbindung.

Ich vermisste *ihn*.

Wäre es möglich für uns, eine ähnliche Harmonie im normalen Alltag zu erreichen? Wenn wir keinen gemeinsamen Feind zu bekämpfen oder keine gefährliche Situation zu bewältigen hätten?

„Darf ich vorschlagen, dass Sie heute einen Ausflug in das Zentrale Einkaufszentrum machen?", bot Helix nach dem Frühstück an. „Sie gilt als noch spektakulärer als das Östliche Einkaufszentrum von Voran."

Ich hatte mich nach der Mission beim Ball des Professors vor zwei Tagen gut erholt. Laut Rick war die voranische Regierung mit unserer Arbeit zufrieden.

Sowohl General Trulgadi als auch der Assistent von Professor Voltuds waren festgenommen und verhört worden. Rick sagte, der Assistent würde vor Gericht gestellt werden. Im Falle einer Verurteilung drohte ihm eine Gefängnisstrafe. General Trulgadi würde wahrscheinlich nach Tragul ausgeliefert werden, damit die Ravils über sein Schicksal entscheiden könnten. Was auch immer seine wahren Motive gewesen sein mochten, durch seine geheimen Geschäfte mit jemandem wie Professor Voltuds hatte er das Vertrauen seines Volkes gebrochen. Gouverneur Eehie, das Oberhaupt der Ravil-Regierung, war ebenfalls bereits benachrichtigt worden.

Ich vermutete, dass Agan schließlich auch nach Tragul zurückkehren würde. Es gäbe für mich nur sehr wenig Chancen, ihm während einer meiner verbleibenden Missionen auf seinem Planeten wieder zu begegnen, da er nicht länger gegen *Fescods* im Dschungel kämpfte.

„Ich habe heute keine Lust rauszugehen", sagte ich zu Helix.

„Ich glaube, ich bleibe einfach hier und schaue fern. Hast du irgendwelche Filme von Tragul? Von Ravils gemacht?"

Ein undurchsichtiger weißer Bildschirm senkte sich von der Decke des Wohnbereichs meiner Wohnung herab, und ich setzte mich auf das ovale grüne Sofa davor.

„Nein", antwortete Helix mit gedämpfter Stimme, als könnte er meine Enttäuschung vorhersehen. „Die Filmindustrie ist in Ravie praktisch nicht existent. Die technologische Entwicklung dieses Landes wurde durch den Krieg erheblich behindert. Ressourcen werden in lebenswichtige Industrien umgeleitet, mit äußerst begrenzten Mitteln für Unterhaltung. Ich kann einige Dokumentationen finden, die von der Ravil-Armee gemacht wurden, oder einige Filme von Voraniern, in denen Ravil-Charaktere vorkommen oder die auf Tragul spielen. Wäre das etwas, das Sie interessieren würde?"

„Ich nehme, was du hast." Ich machte es mir auf dem Sofa bequemer.

Helix begann einen voranischen Film abzuspielen, der auf Tragul gedreht wurde. Er war gut gemacht und offensichtlich an Originalschauplätzen gedreht worden. Ich erkannte den roten Sand und den üppigen grünen Dschungel dieses Planeten.

Während meiner Zeit auf Tragul hatte ich sehr wenig Zeit gehabt, anzuhalten und die Landschaft zu bewundern. Dennoch war der Ort nach dem wenigen, was ich gesehen hatte, atemberaubend schön. Jetzt, in der Sicherheit der Wohnung auf Neron, konnte ich die wunderschönen Bilder auf dem Bildschirm voll genießen. Wären da nicht die wütenden *Fescods* und hinterhältigen *Yirzi*, die den Planeten durchstreiften, wäre Tragul sicherlich ein Reiseziel für jede andere Rasse in der Galaxie.

Ich konnte auch einen bestimmten Ravil nicht aus meinen Gedanken verbannen, während ich mir den Film über seine Heimatwelt ansah.

Agan und ich hatten uns ziemlich abrupt getrennt. Nachdem wir das Haus des Professors verlassen hatten, waren wir zum

Hauptquartier der voranischen Armee zurückgekehrt, wo wir getrennt wurden. Ich hatte meinen Bericht abgegeben und war in diese Wohnung zurückgekehrt, ohne die Chance zu bekommen, Agan wiederzusehen oder mich zu verabschieden.

„Helix, gibt es eine Möglichkeit, jemanden in Voran zu kontaktieren, wenn ich weder seine Tablet-Kontaktinformationen noch seine Haus-KI-Identifikationsnummer habe?" Ich konnte dem Drang, mit Agan zu sprechen, nicht länger widerstehen. Wir hatten in den letzten Tagen viel zusammen durchgemacht. Es wäre doch nicht seltsam, wenn ich ihn einfach anrufen würde, um Hallo zu sagen, oder?

„Haben Sie den Namen der Person, die Sie kontaktieren möchten?"

„Ja. Agan Drankai. Er ist Leutnant in der Ravil-Armee. Ich glaube, er könnte noch in Voran sein."

Das sollte er zumindest für die nächste Zeit. Rick hatte mir erzählt, dass die Ravil-Delegation am nächsten Morgen nicht wie von General Trulgadi geplant nach Tragul abgereist war. Da er festgenommen wurde, blieben die restlichen Ravil-Offiziellen in Voran, um die laufenden Ermittlungen abzuschließen.

„Leutnant Agan Drankai ist als Mitglied der Ravil-Delegation aus Tragul registriert. Er hält sich auf dem Ravil-Militärstützpunkt außerhalb von Voran auf. Möchten Sie, dass ich Sie mit ihm verbinde? Ich werde Ihren Film pausieren, um das TV-Gerät für den Videoanruf zu nutzen."

„Ja, bitte", stieß ich hastig hervor, ohne mir die Chance zu geben, zu viel nachzudenken oder meine Meinung zu ändern.

Ich richtete mich auf meinem Platz auf der Couch auf und strich meine marineblaue Bluse mit weißen Punkten glatt, wobei ich mich kurz fragte, ob ich mich nicht in etwas Schöneres hätte umziehen sollen. Vielleicht hätte ich doch zuerst in das Einkaufszentrum gehen sollen. Voranische Frauen trugen die niedlichsten Kleider mit ausgestellten Röcken in leuchtenden Farben, verziert mit

Schleifen, Rüschen und Spitzen. Ich hatte mir vorgenommen, vor meiner Abreise aus Neron selbst ein paar davon zu kaufen...

Der Bildschirm des Fernsehers flackerte und brachte meine Gedanken durcheinander. Dann erschien das angenehme Gesicht einer Frau darauf.

„Ravil Armee B-", sie unterbrach sich selbst und starrte mich mit offenem Mund an.

Ich muss einen ähnlichen Ausdruck gehabt haben, denn ich spürte, wie mein Kiefer herunterklappte. Ich hatte noch nie mit einer Ravil-Frau gesprochen, und ich hatte sicherlich nicht erwartet, eine zu sehen, als ich Agan anrief.

Ihre karamellfarbene Mähne umrahmte ihr liebliches Gesicht mit dicken, geschichteten Locken, die bis zu ihren Schultern reichten. Ihre großen, länglichen Augen in Jadegrün waren traumhaft schön. Mehrere Schnüre roter, glänzender Perlen wanden sich um ihren langen, anmutigen Hals. Anstelle eines Hemdes oder einer Bluse trug sie nur ein leuchtend besticktes Tuch mit langen Fransen, das über ihrer Brust gebunden war.

Sie erholte sich als Erste.

„Es tut mir so leid", sagte sie mit melodischer Stimme. „Ich habe noch nie einen Menschen getroffen. Das ist es, was Sie sind, oder? Ein Mensch?"

„Ja." Ich richtete nervös das rosa Tuch, das ich umgebunden hatte, um meine zu einem unordentlichen Dutt zusammengebundenen Haare zurückzuhalten. „Ich, ähm... Tut mir leid, das ist wahrscheinlich eine falsche Nummer. Meine KI muss einen Fehler gemacht haben."

„Dies ist die Unterhaltungseinheit der Ravil-Armee in Voran. Gibt es jemanden Bestimmten, mit dem Sie sprechen möchten?"

Die Unterhaltungseinheit? Warum hat Helix mich mit ihnen verbunden? Das ergab überhaupt keinen Sinn.

„Ja", murmelte ich. „Leutnant Drankai. Aber er kann nicht dort sein."

Oder doch?

Es *muss* ein Fehler sein.

„Doch, er ist hier." Die Ravil-Frau nickte energisch, wodurch ihre lockige Mähne in einer wogenden Welle um ihren Kopf schwang. „Ich brauche nur eine Minute, um ihn zu finden-"

„Nein!" Ich sprang von der Couch auf. „Bitte nicht. Ich rufe später noch einmal an..."

Während ich die ganze Zeit an Agan gedacht hatte, hätte ich vielleicht darüber nachdenken sollen, warum er mich nie selbst angerufen hatte.

„Helix, trenne bitte die Verbindung", befahl ich der KI umgehend.

„Ich brauche nur eine Minute, um ihn zu finden."

Wohin würde sie gehen, um nach Agan zu suchen? Ich fürchtete, dass es die Betten anderer Frauen sein könnten.

Es machte keinen Unterschied, dass er derzeit kleiner als ein Eichhörnchen war. Unabhängig von seiner Größe war er ein erwachsener, viriler Mann. Ich hatte ihn vom ersten Moment an physisch attraktiv gefunden. Ich hatte keinen Zweifel daran, dass auch viele Frauen ihn attraktiv finden würden, egal wie groß er war.

Ich erinnerte mich daran, was er mir über die Unterhaltungseinheiten der Ravil-Armee erzählt hatte. Er hatte wie jemand gesprochen, der sie häufig besucht. Ich hätte wissen müssen, dass sich seine Gewohnheiten nicht über Nacht ändern würden, nur weil sein Körper es tat.

„Möchten Sie Ihren Film weiterschauen?", erkundigte sich Helix.

„Nein." Ich konnte mich nicht mehr auf das Geschehen auf dem Bildschirm konzentrieren.

Die Vorstellung, dass Agan seine Tage in der Gesellschaft von Frauen verbrachte, deren Job es war, Soldaten zu unterhalten, störte mich viel mehr, als es sollte. Ich verstand, dass ich kein Recht hatte, ihm vorzuschreiben, wie er seine Zeit verbringen sollte, aber es tat weh, auch nur daran zu denken, was er gerade tun könnte.

Der eigentliche Sex mochte für Agan in seinem jetzigen Zustand nicht möglich sein, aber es war nicht der Gedanke an ihn beim Sex, der mich am meisten quälte.

Als ich mir vorstellte, wie er im Schoß einer anderen Frau saß oder auf ihrer Schulter, ihren Hals mit seinem Schwanz streichelte und – am schlimmsten von allem – eines dieser fröhlichen, leicht fließenden Gespräche führte, wie wir sie geteilt hatten, brannte Eifersucht, die ich noch nie zuvor gefühlt hatte, wie Säure durch mein Herz.

Ich hatte ihn früher vielleicht für einen arroganten Mistkerl gehalten, aber jetzt wünschte ich mir irgendwie, er könnte *mein* „arroganter Mistkerl" sein. Eine dumme, unmögliche Idee, da es sowieso niemals eine Zukunft für uns geben könnte. Rechtlich gesehen konnten ein Mensch und ein Ravil nie zusammen sein – es gab kein Eheabkommen zwischen der Erde und Tragul.

Keiner von uns hatte überhaupt Zeit für eine Affäre. Mein Urlaub war bald zu Ende. Und er... Nun, er hatte offensichtlich bereits einen angenehmen Zeitvertreib gefunden, ohne mich.

Ich wünschte, ich hätte gar nicht erst versucht, Kontakt mit ihm aufzunehmen.

„Eine Lieferung für Leutnant Nowak", verkündete Helix plötzlich und riss mich aus meinen unglücklichen Gedanken.

„Was für eine Lieferung? Wo?"

„Ein Paket ist für Sie da. An der Haustür", erklärte Helix. „Möchten Sie es annehmen?"

„Klar." Ich nickte, ratlos, was das sein könnte. Die Tür zu meiner Wohnung glitt auf, und eine der KI-Drohnen des Gebäudes flog herein. Sie hielt eine rosa quadratische Schachtel in ihren dünnen Chromarmen. „Von wem ist das?"

Ich drückte meinen Daumen als Zustellbestätigung auf das Pad der Drohne.

„Der Name des Absenders ist Valentine. Viel Freude mit Ihrem Paket, Leutnant Nowak." Die Drohne schwebte zur Tür hinaus und zurück in den Gemeinschaftsflur außerhalb meiner Wohnung.

„Warte, was? Wie war der Name nochmal?" rief ich ihr hinterher.

„Valentine", half Helix freundlich nach und schloss die Tür.

Das musste irgendein Scherz sein, höchstwahrscheinlich von den Jungs aus meiner Einheit. Rick hatte vor meinem Urlaub etwas über den Valentinstag erwähnt, oder? Nur kam er damit zwei Tage zu spät. Der Valentinstag war bereits vorbei.

Verblüfft starrte ich auf die Schachtel in meinen Händen. Sie war rosafarben mit weißen Spitzenmustern und den aufgedruckten Worten *Earth Girl's Cupcakes*. Ein Satinband war oben zu einer hübschen Schleife gebunden, mit einem kleinen Strauß duftender Blumen darunter.

Ich nahm den winzigen Blumenstrauß heraus und atmete ihren süßen, frischen Duft ein.

„Was sind das für Blumen?" fragte ich Helix.

„*Orli*-Blumen. Sie sind nicht heimisch auf Neron. Sie wachsen im Dschungel von Ravie auf Tragul."

„Tragul?" Jetzt erkannte ich die zarten rosa und violetten Blütenblätter der winzigen Blüten. Ich hatte sie auf dem Dschungelboden gesehen. Unter so vielen größeren und helleren Pflanzen waren sie jedoch schwer zu erkennen gewesen.

Ich bezweifelte, dass Rick und die Jungs sich die Mühe machen würden, Blumen von einem anderen Planeten zu bestellen, nur um mir einen Streich zu spielen.

Verdacht regte sich in mir.

„Kannst du sie bitte in eine Vase auf dem Nachttisch neben

meinem Bett stellen?" Ich legte den Strauß in die Zange am Ende eines der chromfarbenen Arme von Helix' Drohne.

Dann entdeckte ich eine Karte unter der Schleife, die vorher von den Blumen verdeckt worden war. Ich stellte die Schachtel auf eine der breiten Armlehnen des Sofas, setzte mich und öffnete die Karte. Sie war in einer Sprache geschrieben, die ich nicht lesen konnte; die geschwungenen Zeichen sahen für mich auf den ersten Blick wie Verzierungen aus.

„Helix, welche Sprache ist das?", fragte ich, als die Drohne zurückkam. „Ravil?"

„Ja. Möchten Sie, dass ich es laut vorlese, damit Ihr Übersetzer Ihnen die Bedeutung vermitteln kann?"

„Ja, bitte."

„*Nachträglichen frohen Valentinstag,*'", las Helix. „*'Mögest du alles haben – die Leckereien, die Blumen und ein Date.'* Es gibt keine Unterschrift, Leutnant Nowak."

„Die braucht es auch nicht." Ich ließ meine Hände in meinen Schoß fallen.

Die Schachtel musste von Agan sein. Ich hatte ihm vom Valentinstag im Haus des Professors erzählt. Er hatte sie wahrscheinlich geschickt, weil wir an jenem Tag keine Gelegenheit gehabt hatten, uns zu verabschieden. Und jetzt würden wir es nie tun.

„Ich weiß, von wem sie ist." Ich zog am Ende der Schleife und löste die Schleife. Es schien, als hätte Agan sich bei diesem Geschenk etwas gedacht. „Sie ist von Leutnant Drankai. Seine Art, auf Wiedersehen zu sagen, schätze ich."

Würde ich Agan wirklich nie wiedersehen? Der Gedanke hallte mit einem seltsamen Gefühl der Sehnsucht wider.

„*Earth Girl's Cupcakes*", las ich laut vor. Die Aufschrift war auf Englisch, mit der voranischen Übersetzung darüber gedruckt. „Sind das echte Cupcakes, meinst du?" Ich hob den Deckel an.

„Endlich!", rief plötzlich eine Stimme aus der Schachtel.

Alarm schoss wie ein Blitz durch mich hindurch.

Ich schrie, ließ den Deckel fallen und wäre selbst fast vom Sofa gefallen.

„Echt jetzt? Agan!"

„Es war verdammt stickig da drin." Er bahnte sich lässig seinen Weg zwischen den vier Cupcakes mit rosa Zuckerguss und kletterte aus der Schachtel auf das Sofa neben mir.

„Du hast mir fast einen Herzinfarkt verpasst!" Ich versuchte, wieder zu Atem zu kommen, und drückte beide Hände auf meine Brust.

Er strahlte mich an.

„Frohen Valentinstag, Elf. Bist du überrascht?" Er kletterte auf mein Bein und saß rittlings auf meinem Knie, wie er es gewöhnlich tat.

Da ich Mühe hatte, meine Gedanken zu sammeln und meine Fassung wiederzugewinnen, brachte ich nur hervor: „Frohen Valentinstag, Agan."

„Freust du dich, mich zu sehen?" Er legte den Kopf schief.

Ich rieb mir die Schläfen.

„Klar."

Das war keine Lüge, wurde mir klar. Agan hatte nicht unbedingt das, was man „eine sonnige Persönlichkeit" nennen würde, aber sein plötzliches Erscheinen bei mir hatte irgendwie für Aufhellung gesorgt. Meine frühere Melancholie verflog wie Nebel im Wind.

Lag es an seinem fröhlichen Grinsen? Oder daran, dass er so verführerisch gut roch, nach Zucker und Vanille?

Agan hatte sich offensichtlich vor diesem Besuch Mühe gegeben, sich herauszuputzen. Die alten Blut- und Schmutzflecken waren von seiner Hose verschwunden, obwohl die Schnitte und Risse geblieben waren. Sein dickes, welliges Haar war zurückgekämmt worden, und seine Koteletten schienen frisch gestutzt zu sein.

Er sah ungemein zufrieden mit sich selbst aus und... glücklich. Ich hatte ihn noch nie so breit lächeln sehen.

Es war unmöglich, ihm böse zu sein. Ich konnte mein eigenes Lächeln nicht zurückhalten. „Ich freue mich, dich zu sehen, Agan. Obwohl du mir fast einen Herzinfarkt verpasst hast."

„Diese Wirkung habe ich auf dich, oder?" Er zwinkerte, ohne auch nur ein bisschen Reue zu zeigen. „Es ist nicht das erste Mal, dass ich dich zum Schreien gebracht habe."

Das letzte Mal vor heute war, als ich ihn im Labor auf Tragul für eine Ratte gehalten hatte. Bei dieser Erinnerung schnaubte ich vor Lachen.

Dann erinnerte ich mich, woher er gerade gekommen war. Das Lächeln auf meinem Gesicht gefror.

„Agan... Was machst du hier?", fragte ich vorsichtig.

„Dir einen schönen Valentinstag wünschen." Er zuckte mit den Schultern. „Persönlich."

„Warum?"

Er saß einen Moment still da, nur die Spitze seines Schwanzes mit dem Büschel Fell daran tippte rasch gegen mein Bein und verriet mir, wie nervös er sein musste.

„Also, es ist so." Er schaute zur Seite und vermied Augenkontakt. „Ich habe darauf gewartet, dass das hier..." er deutete auf sich selbst, „bald geklärt wird, dass der Albtraum endet, aber es sieht nicht danach aus, dass es in absehbarer Zukunft gelöst werden kann. Niemand weiß, wie man das rückgängig machen kann."

Ein düsterer Schatten verdunkelte sein Lächeln, bevor es vollständig verschwand. Mein Herz schmerzte, als ich es verschwinden sah.

„Wie sieht's mit Voltuds' Assistent aus? Weigert er sich zu kooperieren?"

„Oh nein, im Gegenteil, er plaudert eifrig alle Geheimnisse des Professors aus, um sein eigenes Strafmaß zu verringern. Das Problem ist, dass er nicht viel an der eigentlichen Forschung beteiligt war. Er hat Voltuds hauptsächlich bei administrativen

Dingen unterstützt, während er Ravie und sein eigenes Land verraten hat. Anscheinend stand Voltuds mit illegalen Organisationen von der Erde in Kontakt und verhandelte, um ihnen die Ergebnisse seiner Forschung zu verkaufen."

„Von der Erde?", keuchte ich. „Aber was müssen Menschen denn schrumpfen?"

„Nicht was, *wen*. Andere Menschen. Um besonders heimliche Spione zu erschaffen, schätze ich." Er zuckte mit den Schultern. „Jedenfalls sind, jetzt wo dieser Arsch tot ist, meine Chancen, jemals wieder mein altes Ich zu werden, geringer denn je."

Er fuhr mit seiner Hand über sein ordentlich frisiertes Haar.

„Es tut mir so leid, das zu hören, Agan."

„Ja, also, ich habe darüber nachgedacht, was ich tun könnte, welche Art von Zukunft vor mir liegt. Und ich habe beschlossen, dass ich nicht den Rest meines Lebens damit verbringen kann, auf ein Wunder zu warten, das mich vielleicht zurückbringen würde. Ich kann nicht zulassen, dass diese Sache mich mehr beeinflusst, als sie es bereits getan hat."

Agan kam aus einer Kultur, die historisch gesehen solche körperlichen Attribute wie Kraft und Stärke wertschätzte. Was mit ihm geschehen war, musste wirklich verheerend sein, aber ich war froh, Optimismus in seiner Stimme zu hören.

„Das ist eine gute Denkweise, Agan. Trotz allem, was passiert ist, bist du immer noch du – jung, fähig und gesund. Und du hast dein ganzes Leben vor dir." Ich lächelte. *„Auf die Größe kommt es nicht an*, wie man auf der Erde sagt."

„Sagt man das?" Er hob eine Augenbraue. „Ich glaube, dieser Planet gefällt mir jetzt schon."

„Die Erde hat schöne Ecken – sogar viele. Du solltest zu Besuch kommen, wenn du die Chance dazu hast."

„Das sollte ich...", sagte er etwas abgelenkt. Sein Schwanz zuckte immer noch nervös. „Das ist es, was ich beschlossen habe, Emma, meine Größe spielt keine Rolle. Ich könnte mich im Selbstmitleid suhlen und zusehen, wie das Leben um mich herum, an mir vorbei und ohne mich weitergeht." Er hob seinen Blick zu meinem. „Ich könnte das erstaunlichste Mädchen, das ich je getroffen habe, eines Tages zu ihrem Heimatplaneten zurückkehren lassen und wissen, dass ich sie nie aus meinem Kopf bekomme, solange ich lebe. Oder ich könnte das tun, was ich getan hätte, wenn ich die ganze Zeit meine normale Größe gehabt hätte."

„Was hättest du getan?", fragte ich leise und hielt den Atem an. Das Flattern in meinem Bauch, das ich in seiner Nähe immer spürte, wurde so stark, dass es sich fast wie Krämpfe anfühlte.

„Eigentlich hätte ich, wenn ich meine normale Größe gehabt hätte, dich gleich am Tag nach unserer Begegnung geküsst, ohne zu viel Zeit mit Reden zu verschwenden." Er wölbte die Schultern zurück und warf mir einen neckischen Blick zu. „Natürlich hättest du mich dann wahrscheinlich geohrfeigt..."

„Das hätte ich." Ich lachte und dachte daran, wie sehr ich ihm damals im Dschungel eine Ohrfeige verpassen wollte – wegen seiner Worte. Hätte er dazu noch einen unerwünschten Kuss hinzugefügt, wäre es zwischen uns zu einem echten Kampf gekommen.

„Deshalb denke ich, dass meine jetzige Größe eigentlich zu meinem Vorteil ist – sie zwingt mich, zu reden, bevor ich handle. Der zusätzliche Vorteil ist, dass du jemanden so Kleinen nicht ohrfeigen würdest, oder?" Er neigte den Kopf auf die niedlichste Art und Weise.

Ich wischte einen Fleck Zuckerguss von seinem Oberschenkel mit meinem Finger ab und leckte ihn dann ab, während er meiner Geste mit seinem Blick folgte.

„Versuch bloß nicht, deine Größe als Ausrede zu benutzen, um mit allem durchzukommen." Ich richtete warnend meinen Finger auf ihn, obwohl ein Lächeln meine Lippen umspielte.

„Glaub mir, das wird mich nicht davon abhalten, dir eine zu verpassen, wenn du dich wie ein Arschloch benimmst."

„Siehst du, das ist ein Teil von dem, was ich so unwiderstehlich an dir finde, Emma, du behandelst mich, als wäre ich... normal. Ich fühle mich *selbst* bei dir. Nur wenn ich mit dir zusammen bin, kann ich ein bisschen entspannen. Der Stress und die Anspannung in mir lassen nach." Er holte tief Luft. „Jedenfalls deshalb bin ich hier."

„Um zu entspannen?"

„Nein." Er verzog das Gesicht. „Verdammt, ich bin echt schlecht im Reden, oder? Ich habe mich nie so sehr auf Worte verlassen müssen, nie. Jedenfalls bin ich hier, weil ich meine Chance bei dir nicht verpassen will, nur weil irgendein Gauner beschlossen hat, mich zur falschen Zeit zu schrumpfen. Ich wollte ein Date mit dir haben, Emma, und dein *Valentinstag* schien mir eine gute Gelegenheit dafür zu sein."

„Du willst ein Date haben?"

„Genau, so wie du gesagt hast, dass sie es auf der Erde machen – Blumen, Dessert, Abendessen und Sex."

„Wow!" Ich verschluckte mich fast bei diesem letzten Wort. „Du hast ja alles geplant, nicht wahr?" Ich lachte nervös. „Glaubst du nicht, dass es bei einem Punkt auf deiner Liste Probleme geben könnte?"

Er rieb sich den Nacken.

„Ja, natürlich. Zum Essen ausgehen könnte ein Problem darstellen. Wir würden beide zu viel Aufmerksamkeit erregen, obwohl ich dich bei unserem ersten Date lieber ganz für mich allein hätte. Ich schlage vor, wir bleiben deshalb zu Hause."

Ich kniff die Augen zusammen.

„Und das ist das *einzige* Problem, das du siehst? Wirklich?"

Er lehnte sich zurück und stützte sich auf seine Arme.

„Siehst du noch weitere?"

„Ähm, naja..." Ich hatte keine Ahnung, ob er es ernst gemeint hatte, als er Sex erwähnte, aber es gab noch ein paar andere

Dinge, die ich neben diesem Punkt klären musste. „Ich habe noch gar nicht zugestimmt, ein Date mit dir zu haben."

„Du willst es nicht?" Ein Anflug von Verletzlichkeit huschte über seine Züge, das Selbstbewusstsein in seiner Haltung schwankte für den Bruchteil einer Sekunde. Schnell gewann er seine Fassung zurück und richtete seinen Rücken auf. „Gib mir eine Minute, um dich zu überzeugen."

„Nur eine Minute?" Ich blinzelte.

Er schenkte mir ein schiefes Grinsen. „Ich bräuchte viel weniger als das, wenn ich deine Lippen erreichen und dich in meine Arme nehmen könnte."

Die Erinnerung an sein Gewicht auf mir damals im Dschungel überkam mich mit einer Welle warmen Kribbelns auf meiner Haut. Was würde passieren, wenn ich mich hinunterbeugen würde, nahe genug, damit er meine Lippen erreichen könnte?

Ich blinzelte wieder und verscheuchte den plötzlichen Gedanken, und lehnte mich stattdessen noch weiter von ihm weg.

„Sag mir was," sagte ich, meine Stimme klang unerwartet rau. „Ist es wahr, dass du in der Unterhaltungseinheit der Ravil-Armee hier auf Neron wohnst?"

„Ja," antwortete er schlicht, sein Gesichtsausdruck unverändert.

„Warum wohnst du dort?"

„Warum nicht?" Er hob unschuldig eine Augenbraue. „Es ist Teil unserer Armeebasis. Ich kenne alle Mädchen dort gut und fühle mich besser, wenn ich dort bleibe, anstatt in irgendeinem anderen Teil der Basis, angesichts meiner Umstände."

„Warum ist es besser?"

Und was meinte er damit, dass er „alle Mädchen dort gut kenne". Eifersucht war ein neues Gefühl für mich. Es war nicht klar, warum ich es überhaupt hatte – Agan und ich waren kein

Paar –, aber ich konnte nicht ertragen, wie unangenehm es sich anfühlte.

„Weil Frauen... nun, sie neigen im Allgemeinen dazu, mitfühlender und akzeptierender zu sein als Männer, zumindest als die Ravil-Männer, die ich kenne. Die Krieger hier auf der Basis meinen es gut, aber ihre Sticheleien gingen mir nach einer Weile auf die Nerven. Außerdem ist es weniger peinlich, ein Kind zu bitten, etwas von einem Regal zu holen, das du nicht erreichen kannst, als einen Erwachsenen."

„Ein Kind?

Hatte ich ihn richtig verstanden? Sie beschäftigten Kinder in diesen Einheiten? Ein übles Gefühl stieg mir in die Kehle.

„Ja", sprach Agan weiter. „Ich war überrascht zu entdecken, wie viel akzeptierender Kinder gegenüber jemandem sind, der kleiner ist als sie selbst. Sie helfen gerne und ohne zu urteilen. Die erwachsenen Männer können sich Witze nicht verkneifen, wenn sie mich sehen." Er zuckte mit den Schultern. „Nicht, dass ich ihnen das übel nehme. An ihrer Stelle hätte ich dasselbe getan."

„Moment mal." Ich wedelte mit beiden Händen vor ihm herum. „Warum sind überhaupt Kinder im Bordell?"

Seine Augenbrauen zogen sich zu einer Falte zusammen. „Würdest du bitte aufhören, die Unterhaltungseinheit als ‚Bordell' zu bezeichnen? Woher hast du überhaupt diese Idee?"

„Von ein paar Kommentaren, die ich gehört habe." Agan hatte es auch nicht ausdrücklich widerlegt. „Du hast selbst zugegeben, dass dort Sex stattfindet."

„Findet Sex nicht überall statt? Oder ist *deine* Armee völlig zölibatär?"

„Nein, aber unsere Armee fördert Sex nicht, indem sie spezielle Einheiten für diesen Zweck schafft. Tatsächlich ist Sex gegen Geld illegal-"

„Emma. Hör sofort auf." Er hob beide Hände in die Luft. „Ich habe nie etwas darüber gesagt, dass Sex in unseren Unterhaltungseinheiten gegen Geld getauscht wird."

„Wogegen wird er dann getauscht?" fragte ich, obwohl sich die Enge in meiner Brust bei seinen Worten bereits gelockert hatte.

„Gegen nichts. Vielleicht für gegenseitige Zuneigung? Wenn eine Frau aus der Einheit und ein Krieger im Urlaub Sex haben wollen, würde sie niemand aufhalten, aber Sex ist *keine* Arbeitsanforderung für die Frauen, die dort arbeiten."

„Ist er nicht?" Es war wirklich eine Erleichterung, das zu hören, besonders um der Frauen und Kinder willen, die in den Einheiten leben.

„Du hast angenommen, dass Sex ein notwendiger Teil der Unterhaltung für Männer ist, oder?"

„Nun..." Die meisten Nationen hatten Unternehmen, die in irgendeiner Form sexuelles Vergnügen anboten. Hier auf Neron hatte ich „Spaß" in dem Einkaufszentrum gesehen, wo sexuelles Vergnügen stundenweise bezahlt wurde und von speziellen Maschinenkapseln geliefert wurde.

Ungeachtet dessen fühlte ich mich dumm wegen meiner Annahmen über die Ravil-Unterhaltungseinheiten und hatte Gewissensbisse, weil ich zu schnell Schlussfolgerungen gezogen hatte.

„Es tut mir leid. Du hast recht, ich habe zu schnell geurteilt. Ich weiß wirklich nicht viel über Ravil-Frauen oder über die Lebensweise derer, die aus Tragul geflohen sind."

Er legte eine Hand auf meinen Oberschenkel.

„Ehrlich gesagt weiß ich auch nicht viel über Frauen. Abgesehen von meiner Mutter, als ich noch sehr jung war, habe ich nie ein Zuhause mit einer Frau geteilt. Ich habe einige weibliche Flüchtlinge auf unserer Armeebasis auf Tragul getroffen, und ich habe ein paar Freundinnen in der Unterhaltungseinheit hier, aber das war's auch schon."

„Nur *Freundinnen?*" Ich konnte nicht umhin nachzuhaken.

Er warf mir einen Blick zu, als ob er im Voraus meine Reaktion einschätzte. „Einige von ihnen waren früher mehr als Freundinnen, zu einem bestimmten Zeitpunkt in der Vergangenheit."

„Hast du jemand Besonderes in der Einheit, jetzt gerade?" Seine Vergangenheit war mir egal, aber es erschien mir wichtig, über seine Gegenwart Bescheid zu wissen.

„Nein." Wärme ließ das Grün seiner auf mich gerichteten Augen schmelzen. „Die *Besondere* sitzt genau hier."

Jetzt wurde auch mein Gesicht warm, und ich senkte meinen Blick in meinen Schoß, während ich murmelte: „Geschmeidig, Agan. Und du meintest, du wärst schlecht im Reden."

Er antwortete nicht. Ich spürte seinen Blick auf mir, traute mich aber nicht, seine Augen wieder zu treffen, aus Angst, dass die Funken fliegen würden. Was, wenn die Funken Feuer fangen würden? Was würde dann passieren?

„Ähm... erzähl mir einfach mehr über Ravil-Frauen," bat ich, unfähig, die stille Spannung noch länger auszuhalten.

Er räusperte sich.

„Wegen des Krieges", begann er mit einer etwas tieferen Stimme als normal, „leben die Ravil-Männer und Frauen größtenteils getrennt. Frauen und Kinder werden aus den Gefahrenzonen des Landes evakuiert. Sie verbringen dann ihr Leben in sicheren, bewachten Einrichtungen tief im Inneren von Ravie oder außerhalb des Planeten – einschließlich der Unterhaltungseinheiten auf unseren Militärstützpunkten –, während ihre Ehemänner und Väter auf Tragul bleiben und gegen *Fescods* kämpfen."

„Sehen sich die Ehemänner und Ehefrauen jemals?"

„Wann immer die verheirateten Männer Urlaub von ihren Pflichten auf Tragul bekommen, reisen sie ins Landesinnere, um ihre Familien zu besuchen. Diese Wohnverhältnisse wurden durch die Notwendigkeit verursacht. Sie widersprechen den Traditionen der Ravil. Historisch gesehen lebten die Ravil in engen Gemeinschaften und zogen gemeinsam ihre Familien groß. Ein Ehemann und eine Ehefrau schliefen jede Nacht im selben Bett." Wehmut erfüllte seine Stimme. „Der Krieg hat viele Familienbande zerrissen, aber das Bedürfnis nach einem Lebenspartner und Gefährten liegt den Ravils im Blut. So entstanden die Unterhaltungseinheiten. Sie geben uns das Gefühl, nach Hause zu kommen, da die meisten von uns kein richtiges Zuhause mehr haben. Sie erinnern uns daran, dass wir dazugehören. Und sie bieten den Ravil-Kriegern weibliche Gesellschaft, nach der wir uns alle sehnen, nachdem wir lange Zeit im Dschungel verbracht haben. Das bedeutet nicht unbedingt Sex. Manchmal erinnert uns allein schon eine Frauenstimme beim Singen oder Reden daran, wofür wir kämpfen."

Ich verstand die Sehnsucht. Ich hatte mein Leben auf Transportschiffen und Raumstationen verbracht, so weit weg von meiner eigenen Heimatwelt und meinen Eltern. „Der Besuch der Einheiten gibt dir das Gefühl von Heimat und Familie. Er nimmt dich für eine Weile von den Schlachtfeldern weg."

„Körperlich und geistig." Er nickte. „Im Urlaub bekommt ein Krieger ein Zimmer auf der Männerseite der Einheit, selbst gekochte Mahlzeiten und das Vergnügen weiblicher Gesellschaft in gemeinsamen Bereichen. Die Frauen, die in der Einheit arbeiten, müssen an gemeinsamen Abendessen und Feierlichkeiten teilnehmen. Ihre Aufgabe ist es zu singen, zu tanzen oder was auch immer sie sonst gerne tun – viele sind talentierte Künstlerinnen und Handwerkerinnen. Sie mischen sich unter die Männer, führen Gespräche. Manche beginnen Beziehungen, aber das ist *nicht* Teil ihrer Arbeit."

„Besuchst du die Einheiten oft?"

„Früher schon. Wann immer ich außerplanetarischen Urlaub hatte, bin ich zur hiesigen gegangen."

„Ich wette, die Frauen konnten die Finger nicht von dir

lassen", sagte ich mit einem Augenzwinkern. Das unangenehme Gefühl der Eifersucht war längst verschwunden.

„Natürlich!", lachte er. „Ich war die Seele der Party. Niemand konnte mir widerstehen."

„Bei wem wohnst du jetzt?"

„Bei niemandem. Aufgrund meiner besonderen Umstände habe ich ein Zimmer auf der Frauenseite der Basis bekommen. Normalerweise ist Männern der Zutritt zu diesem Bereich nicht gestattet. Frauen und Kinder, die aus der Kriegszone gerettet wurden, sind manchmal dort untergebracht, zusammen mit den Frauen, die in der Einheit arbeiten. Es ist wichtig, dass sie sich alle sicher und wohl fühlen. Nicht dass Ravil-Männer ihnen jemals etwas antun würden, aber unsere Männer können laut und ungestüm sein. Ich schätze, aufgrund meiner Größe wurde ich als ‚harmlos' eingestuft. Sie haben mir erlaubt, dieses Mal auf der Frauenseite zu bleiben."

Er ließ seinen Blick auf eine Weise über meinen Körper gleiten, die ich als alles andere als „harmlos" bezeichnen würde.

„Also", sagte er und hob eine Augenbraue. „Wirst du jetzt zustimmen, mit mir auszugehen? Oder hast du noch mehr Fragen?"

Die Art, wie er das fragte, war so sehr wie der alte, große Agan – selbstgefällig und voller Selbstvertrauen. Nur dass ich den *wahren* Agan jetzt gut genug kannte, um das liebenswert statt ärgerlich zu finden.

„Wohin würden wir gehen?", fragte ich in seinem Tonfall.

„An deinen Küchentisch." Er sprang von meinem Bein auf die Couch und kletterte dann prompt auf den Boden. „Um etwas Tee zu diesen *Cupcakes* zu trinken."

„Oh, ich habe hier eine wunderschöne Frühstücksterrasse", sagte ich begeistert. „Mit vielen Blumen."

„Natürlich gibt es Blumen." Er schlenderte zur Glaswand mit der Tür zur Terrasse. „Wir sind schließlich in Voran."

KAPITEL 11

„Und, magst du die?" fragte ich Agan, während ich mir den zweiten Cupcake aus der Schachtel in den Mund stopfte. Ihre Aromen waren vollgepackt mit Erinnerungen an meine Heimat. „So gut", stöhnte ich. „Was meinst du?"

Agan hatte erwähnt, dass Earth Girl's Cupcakes eine Bäckerei war, die von einer menschlichen Frau betrieben wurde, die einen Voranier geheiratet hatte und nach Neron gezogen war. Sie könnte aus derselben Region stammen wie ich, denn die Cupcakes erinnerten mich so sehr an zuhause. Wie auch immer, sie hatte einen tollen Job gemacht, die vertrauten Geschmäcker nachzubilden.

Agan saß im Schneidersitz auf dem Tisch. Ich hatte ihm ein kleines Stück eines Cupcakes auf einen Flaschendeckel statt auf einen Teller gelegt. Außerdem hatte ich den Fingerhut aus meinem Nähset, den ich in meinem Gepäck überallhin mitgeschleppt hatte, ausgewaschen und mit Tee für ihn gefüllt.

„Sehr lecker." Er nahm noch einen großen Bissen von seinem Cupcake-Krümel. „Ist das dein Lieblingsessen von der Erde?"

Ich musste einen Moment nachdenken. Es gab so viele Dinge, die ich von zuhause liebte und die mir erst bewusst wurden, als ich die Erde verließ und anfing, sie zu vermissen.

„Definitiv eines der Lieblingsdinge, klar." Ich stopfte mir den Rest des Vanille-Cupcakes in den Mund.

Er beobachtete, wie ich mir die Glasur von den Lippen leckte, ein sanftes Lächeln auf seinem Gesicht.

„Ich werde schauen, ob ich hier in Voran eine *Ozeah*-Muschel finden kann. Ich würde dir gerne eines Tages mein Lieblingsessen aus Ravil zubereiten."

„Das würde ich lieben." Ich hatte keine Ahnung, wann und ob es für ihn überhaupt möglich sein würde, etwas für mich zu kochen. Aber ich würde die Gelegenheit begrüßen, noch eine weitere Mahlzeit mit ihm zu haben.

Agan klopfte die Krümel von seiner Hose, wobei sein Finger in einem der vielen Schnitte im Leder hängen blieb.

„Vielleicht muss ich doch auf dein Angebot zurückkommen, mir eine Hose zu nähen", sagte er, während er den Schnitt inspizierte. „Das ist meine Kampfhose. Sie ist großartig für den Dschungel, aber nicht die beste Kleidung für Voran."

„Ich könnte das diese Woche machen." Ich nahm einen Schluck von meinem Tee. „Sogar morgen, wenn du willst. Ich habe hier sowieso nicht viel zu tun. Wir können ins Einkaufszentrum gehen, um Stoff zu kaufen... Oder ich könnte eines meiner T-Shirts oder so etwas benutzen."

Ich könnte ihm buchstäblich ein ganzes Kleidungsstück aus etwas so Kleinem wie einem Taschentuch machen.

„Du willst mir aus deinem Shirt eine Hose machen?", lachte er. „Das wäre nicht das erste Mal, dass ich etwas von dir um meine Hüften hätte."

Ich prustete los und hätte beinahe den Tee aus meiner Tasse

verschüttet. „Ich werde es wohl nie vergessen, dass ich dich in meinen BH gesteckt habe, oder?"

„Natürlich nicht." Er grinste. „Wie könnte ich jemals das exquisite Gefühl vergessen, zwischen deinen Brüsten hin und her zu hüpfen?"

„Du hast die Fahrt genossen, was?"

Ich lehnte mich nach vorne, legte meine Unterarme auf den Tisch und dann mein Kinn obendrauf. Das brachte mich auf Agans Augenhöhe, da er auf dem Tisch saß. Von hier aus konnte ich sein Gesicht besser sehen.

Er zog die Knie an und legte seine Unterarme darauf. Sein Schwanz wickelte sich um einen seiner Knöchel.

„Ich fürchte, damals habe ich die Position, in die du mich gesteckt... oder *gestopft* hast, nicht wirklich zu schätzen gewusst."

Die Spitze seines Schwanzes glitt langsam zu seinem Knie hinauf und dann wieder zu seinem Stiefel hinunter. Die Geste erinnerte mich daran, wie er meinen Nacken im Hauptquartier der voranischen Armee gestreichelt hatte. Bei der Erinnerung breiteten sich warme Schauer über meine Haut aus.

„Du hast gedroht, eine Belästigungsanzeige gegen mich zu erstatten", erinnerte ich ihn und hielt meine Stimme leicht - solange alles nur Witze und Necken war, wusste ich, wie ich damit umgehen sollte. Andernfalls hatte ich keine Ahnung, wohin das zwischen uns führen würde oder wohin es über- haupt führen *könnte*.

„Ich würde kein Wort der Beschwerde äußern, wenn du es noch einmal tun würdest", blitzte er mich mit einem frechen Grinsen an. „Versprochen."

„Aber es gibt jetzt keinen Grund, es zu tun."

„Oh, den gibt es." Seine Stimme wurde tiefer, während er seine Beine etwas weiter spreizte. „Sogar ein mächtiges Bedürf- nis, in der Tat."

Der weiche, rumpelnde Ton in seiner Stimme streichelte

etwas in mir. Ich schluckte schwer und rutschte auf meinem Sitz hin und her. Ein warmes Gefühl durchströmte meinen Körper und sammelte sich tief in meinem Bauch. Mein Lächeln verschwand von meinem Gesicht. „Es locker zu nehmen" war plötzlich nicht mehr möglich.

Mir fiel nichts ein, was ich darauf erwidern könnte.

„Weißt du, wie schwierig es ist, Emma, zu versuchen, eine Frau zu verführen, wenn man ewig klettern muss, nur um ihren Mund für einen Kuss zu erreichen?" Humor tanzte immer noch in Agans lebhaft-grünen Augen und verbarg die brennende Intensität dahinter. Wie damals auf Tragul benutzte Agan seine Worte, um seine Gefühle zu verbergen.

In dieser Position, fiel mir auf, müsste er überhaupt nicht klettern. Er müsste nur näher kommen, um mich zu küssen. Ich wusste nicht, ob ein Kuss überhaupt möglich war, da wir so unterschiedlich groß waren, aber ich fragte mich, was passieren würde, wenn er es versuchen würde.

Er fing meinen Blick auf. Ein Mundwinkel hob sich zu einem halben Lächeln, wobei die Spitze seines scharfen Eckzahns auf eine erschreckend raubtierhafte Weise sichtbar wurde. Dann stand er schnell auf und kam über den Tisch auf mich zu.

Als er sich näherte, war der Humor aus seinen Augen verschwunden, ihre Farbe unter seinen schweren Lidern zu einem dunklen Kieferngrün vertieft.

Ich zuckte mit dem Kopf nach oben, lehnte mich schnell in meinem Stuhl zurück und außer seiner Reichweite.

„Agan... Es wird nicht funktionieren."

„Würdest du mich versuchen lassen?" Er blieb direkt vor mir stehen.

Ich verschränkte nervös meine Hände in meinem Schoß, von letzten Zweifeln übermannt.

„Ich glaube nicht, dass es möglich ist."

„Aber würdest du es wollen, wenn es möglich wäre?" Er gab nicht auf.

„Vielleicht", sagte ich langsam.

„Nicht 'vielleicht', Elf." Er schüttelte den Kopf. "'Vielleicht' reicht mir nicht. Ich kann dich jetzt nicht über meine Schulter werfen und ins Bett bringen, wo ich dich überzeugen würde, dein 'vielleicht' in ein nachdrückliches 'ja' zu verwandeln. Ich brauche deine volle Zustimmung, jetzt."

„Du willst mich küssen?" flüsterte ich halb. Mein aufrichtiges Verlangen nach seinem Kuss kämpfte mit Zweifeln und Bedenken. Ich wusste einfach nicht, *wie* es funktionieren könnte.

„Ja oder nein, Emma", forderte er und ließ mir nichts dazwischen.

Wie ließ er sich von den Unterschieden zwischen uns nicht einschüchtern?

„Das macht dir überhaupt keine Angst, Agan? Wie würdest du überhaupt eine 'Riesenfrau' küssen?"

Er stützte die Fäuste in die Hüften und stellte sich breitbeinig hin, als würde er eine Herausforderung annehmen. Seine Entschlossenheit war bewundernswert, und ich beneidete sein unerschütterliches Selbstvertrauen.

„Emma, ich kann mehr als nur küssen, vertrau mir. Sag einfach 'ja', und ich bringe dich dazu, aus all den richtigen Gründen zu schreien, zur Abwechslung mal."

Ich biss mir auf die Lippe und musterte ihn – die ganzen fünfzehn oder achtzehn Zentimeter seiner Größe. Es war nicht viel, aber sein Selbstvertrauen machte wett, was ihm an Größe fehlte.

Es war so verlockend, es zu versuchen. Alles, was ich tun musste, war, ihm zu vertrauen.

„Okay, Agan." Die Vorfreude entfaltete sich warm und kribbelig in mir. „Lass es uns versuchen."

Er grinste breit und zeigte dann auf die Stelle auf dem Tisch vor ihm, wobei er mir befahl: „Komm zurück, meine Riesenfrau."

Ich legte meine Hände auf den Tisch, eine über die andere, und stützte mein Kinn darauf. Er war nur ein paar Zentimeter von meinem Gesicht entfernt.

Er betrachtete mich einen Moment schweigend, mit einem nachdenklichen Ausdruck.

„Du hast die erstaunlichsten Augen, Emma. Sie haben genau die gleiche Farbe wie der Himmel. Wenn ich so direkt in sie schaue, fühlt es sich fast an, als würde ich fliegen."

Hitze pulsierte durch meine Adern. Mein Herz raste und mein Atem beschleunigte sich. Ich rutschte auf meinem Sitz hin und her.

„Bleib genau da, wo du bist." Er streckte seine Hand aus und strich über meinen Wangenknochen. „Sag mir, wenn dir etwas nicht gefällt, was ich gleich tun werde. Hilf mir, es besser zu machen. Aber bitte halte mich nicht auf."

„*Das werde ich nicht*", hallte es in meinem Kopf wider, aber ich hatte Angst, einen Laut von mir zu geben. Worte schienen unnötig in diesem Moment, sogar gefährlich, da sie diesen Augenblick, der sich so unglaublich zerbrechlich anfühlte, möglicherweise zerstören könnten.

So nah spürte ich seine Anspannung hinter dem Schild des Selbstvertrauens. Vorfreude vibrierte in der Luft zwischen uns. Ich wollte so sehr, dass das funktioniert.

Seinen Blick von meinen Augen zu meinem Mund gleitend, sank er vor meinem Gesicht auf die Knie. Ich öffnete meine Lippen leicht, und er legte seine Stirn gegen die untere und nahm sich einen Moment Zeit.

Meine Haut kribbelte bei der Berührung. Mein Atem bewegte sein Haar. Er ließ seine Hände über meine Lippe gleiten und liebkoste sie. Dann beugte er sich vor und schloss seinen Mund darüber, ohne seine Hände wegzunehmen.

Ich sog zitternd die Luft ein, schloss die Augen und verlor mich in dem Gefühl.

Agan küsste mich und benutzte dabei seine Lippen, Zähne und... Hände. Es war der ungewöhnlichste Kuss, der zärtlichste, den ich je hatte. Und ich wünschte, er würde nie aufhören.

Ich wollte mehr.

Doch egal, wie viel er mir gab, alles würde enden, wenn wir uns unweigerlich trennen würden.

Agan war wie aus dem Nichts aufgetaucht, als ich nicht einmal nach meinem „besonderen Jemand" suchte. Wir hatten wenig Zeit miteinander verbracht, aber er bedeutete mir bereits etwas. Wie würde ich in der Lage sein, mich beim nächsten Mal von ihm zu verabschieden? Denn früher oder später müsste es ein weiteres Lebewohl geben.

Der Gedanke war zermürbend. Ich löste mich sanft von ihm und brach den Kuss ab.

Er setzte sich auf seine Fersen zurück und sah zu mir auf. Sein Haar war jetzt zerzaust, sein Blick erhitzt.

„Ich brauche mehr, Emma", keuchte er. „Ein Kuss wäre niemals genug."

„Wie viel mehr, Agan?", flüsterte ich. „Eine Nacht? Eine Woche? Viel mehr könnte es ja nicht sein."

Oh, wie sehr wünschte ich mir, dass wir mehr haben könnten. Sein Kuss, so kurz er auch war, hatte meine Knie weich werden lassen und die Hitze zwischen meinen Schenkeln entfacht. Ich hatte noch immer keine Ahnung, wie etwas *mehr* überhaupt möglich sein sollte, bei unserem Größenunterschied, aber ich wünschte, wir könnten alles ausprobieren.

„Wie viel wäre denn genug, Agan? Denn es müsste ja bald enden, und das weißt du auch."

Er holte tief Luft.

„Ich will nicht, dass es endet, bevor es überhaupt begonnen hat, Emma. Gib mir, was du kannst, und ich nehme alles."

Er bat nicht um ein Leben lang, nur um eine kurze Affäre

während meines Urlaubs – eine Art Urlaubsromanze. Könnte ich das? Könnte ich aussuchen, was ich ihm geben und was ich für mich behalten würde? Agan den Rest meiner Zeit in Voran schenken, mein Bett, meinen Körper, sogar etwas Zuneigung? Aber mein Herz für mich behalten?

Ich hatte noch nie was Unverbindliches gehabt.

„Ich brauche etwas Zeit zum Nachdenken", gestand ich mit einem langen Seufzer. „Lass mich eine Nacht darüber schlafen."

Er neigte den Kopf.

„Kann ich mit dir ‚eine Nacht darüber schlafen'?"

„Wie meinst du das?"

Er zuckte mit einem lässigen Lächeln die Schultern.

„Es ist zu spät, um noch eine taggleiche Lieferung zu arrangieren, die mich zurück zur Einheit bringt."

„Ich werde dich nirgendwohin verschicken!", lachte ich laut. „Du kannst über Nacht bleiben. Wirst du auf meiner Couch bequem schlafen können?"

„Überall, wo du mich hinlegst. Ich brauche nicht viel Platz, wie du weißt."

ALS DER ABEND hinter den Glastüren zu meiner Terrasse zur Nacht wurde, servierte Helix Agan und mir das Abendessen.

Danach schauten wir beide den Rest des Films, den ich früher am Tag begonnen hatte. Mit Agans Kommentaren wurde es zu einem viel spannenderen Erlebnis.

Nach dem Film legte ich etwas Bettzeug auf die Couch für Agan, dann ging ich zu meinem Bett hinter dem Gitterparavent mit Ranken und Blumengirlanden.

Ich hatte in dieser Nacht Schwierigkeiten einzuschlafen. Was mich wachhielt, waren keine zusammenhängenden Gedanken, sondern ein ängstliches Gefühl – Sorge und Vorfreude. Als ob etwas passieren würde, beängstigend und aufregend zugleich.

Ich hörte keine Schritte, nur das Rascheln von Stoff, als jemand aufs Bett kletterte.

„Agan?" Ich setzte mich schnell auf und zog die Decke über meine Brust. Die Geste war instinktiv, ich schlief in einem langen T-Shirt, das bereits den größten Teil meines Körpers bedeckte.

Mondlichtstreifen filterten von der Terrasse herein und durchquerten den Raum. Agan schlenderte über die Bettdecke zu mir, trug nichts als den dünnen, kurzen Wickel tief auf seinen Hüften, den Ravils anstelle von Unterwäsche trugen. Mit den silbernen Glanzlichtern des Mondlichts in seinem kurzen Fell über seinem starken, wohlgebauten Körper sah er aus wie eine Miniaturstatue eines Fantasiegottes.

„Ich bin's, Elf", verkündete er lässig, als wäre es für ihn absolut normal, einen nächtlichen Spaziergang über mein Bett zu machen. „Du kannst nicht schlafen." Es war keine Frage. „Ich auch nicht. Kann ich bei dir bleiben?"

„Nun..."

„Ich verspreche, nichts zu versuchen", fügte er schnell hinzu und hielt neben meinem Ellbogen an. „Wir werden reden, bis du müde wirst, dann gehe ich."

„Okay." Ich legte meinen Kopf zurück auf das Kissen und war dankbar für seine Gesellschaft.

Er blieb neben meinem Arm stehen.

„Würde es dir etwas ausmachen, wenn ich näher komme?", fragte er.

„Wie viel näher?" Ich drehte meinen Kopf, um ihn anzusehen.

„So." Er kletterte auf meinen Arm und dann an meinem Brustkorb hoch und über zu meinem Brustbein. „Ich verbringe so viele Nächte allein", sagte er und machte es sich zwischen meinen Brüsten bequem. „Ich will nicht allein bleiben, wenn ich bei dir bin, Emma."

Ich dachte an all die Nächte, die auch ich allein verbracht hatte. Es war so lange her, seit ich jemandem körperlich so nahe gewesen war. Abgesehen von Agan konnte ich mich nicht einmal daran erinnern, wann es das letzte Mal passiert war. Ich atmete tief ein, was ihn auf meiner Brust anhob.

Er missverstand meinen Seufzer. „Sag mir, wenn du willst, dass ich gehe."

Ich schüttelte schnell den Kopf.

„Nein. Bleib bitte." Ich arrangierte die Ecke meiner Decke über ihm und stopfte sie um seine Beine. „Hast du oft Probleme beim Einschlafen?"

Er lachte leise. „Nein. Normalerweise bin ich weg, sobald mein Kopf das Kissen berührt, oder was auch immer ich in der jeweiligen Nacht als Kissen benutze."

Ich vermutete, dass sich seine Schlafgewohnheiten seit dem Experiment verändert hatten. Als ich ihn danach zum ersten Mal sah, wirkte er übermüdet.

„Warst du schon mal mit einem Mann zusammen, Elf?", fragte er unerwartet.

„Ich?" War *das* der Grund, warum er heute Nacht wach blieb? „Ja, war ich."

Ein Muskel in seinem Kiefer zuckte.

„Wer war es? Ein Mensch?"

„Ja. Ich hatte Freunde, Agan. Ein paar. Stört dich das?"

„Nein, nicht die, die du früher hattest. Ich will wissen, ob es einen Mann entweder auf deinem Schiff oder zurück auf der Erde gibt, der jetzt auf dich wartet."

Ich schüttelte den Kopf. „Ich hätte dich niemals küssen lassen, wenn es einen gäbe."

Sein Gesichtsausdruck entspannte sich, als er tief ausatmete.

„Ich schätze, ich hätte früher fragen sollen, anstatt mich

verrückt zu machen mit dem Gedanken, dass du die Frau eines anderen sein könntest."

„Warum hast du nicht gefragt?"

„Weil ich nicht wollte, dass deine Antwort mich davon abhält, heute Abend herzukommen."

„Aber was, wenn ich schon jemanden hätte?"

Er zuckte unentschuldigt mit den Schultern.

„Ich dachte mir, wenn du einen Mann hättest und ihn wichtig fändest, würdest du nicht zustimmen, mit mir auszugehen. Und wenn du zustimmst, dann war er offensichtlich nicht der richtige Mann für dich, wer auch immer er war."

„Interessante Logik."

„Also habe ich ein paar *Valentinstags-Cupcakes* bestellt und mich direkt in deinen Schoß liefern lassen. Wortwörtlich."

Er lehnte sich an meine rechte Brust, benutzte sie wie ein Kissen oder einen Sitzsack. Ich warf ihm einen Blick zu, ließ es aber geschehen – er schien zu gemütlich, um ihn zum Weggehen zu bewegen.

„Wie bist du überhaupt auf diese Idee gekommen?"

„Es ist nicht so, als hätte ich viele Optionen gehabt." Er zuckte mit den Schultern. „Ich kann mich nicht wie andere in der Stadt bewegen. Ich kann nicht einmal ein Fluggerät bestellen, um mich hierher zu fliegen. Der Bordcomputer würde mich nicht als Passagier erkennen – nicht genug Größe oder Gewicht. Earth Girl's Cupcakes wird von einer menschlichen Frau betrieben, also dachte ich, dir würden ihre Backwaren gefallen. Ich habe eine Lieferung zuerst an die Ravil-Armeebasis bestellt und dann das Ziel auf deine Adresse geändert – die ich vom Verbindungskomitee bekommen habe. Dann bin ich in die Box geklettert, bevor die Drohne losgeflogen ist."

„Und was ist mit den Blumen? Die Notiz und das Band? Wer hat das für dich gemacht?"

„Ich habe Inzea gefragt, ein Mädchen aus der Einheit."

„Inzea? Ist das die Frau, die meinen Anruf entgegengenommen hat?"

Das Bild der wunderschönen grünen Augen der eleganten Ravil-Frau tauchte in meinem Kopf auf. *Inzea*. Sogar ihr Name war so hübsch.

„Inzea ist ein siebenjähriges Mädchen," sagte Agan. „Definitiv noch keine Frau. Wir sind in den letzten Tagen gute Freunde geworden, obwohl sie mich manchmal wie ein Spielzeug oder ein Haustier behandelt und versucht, mich in Decken zu wickeln und mit der Hand zu füttern." Er legte den Kopf schräg, ein neckisches Funkeln tanzte in seinen Augen. „Warst du etwa eifersüchtig, Elf?"

„Nein," sagte ich schnell und wich seinem Blick aus. „Natürlich nicht. Wieso?"

Es gab definitiv eine Art Besitzdenken in meinen Gefühlen für Agan, ob ich es wollte oder nicht.

„Weil ich das gerne hätte," sagte er.

„Du hättest gerne, dass ich eifersüchtig bin?"

„Ich hätte gerne, dass du mich als deinen betrachtest," sagte er langsam.

Mir wurde klar, wie sehr ich das auch wollte. Ich wünschte, ihn als meinen beanspruchen zu können, selbst wenn nur für eine kurze Zeit.

„Warum hast du die Einheit angerufen, Emma? Du sagtest, eine Frau hat deinen Anruf entgegengenommen."

Richtig. Das war mir rausgerutscht, oder?

„Hast du nach mir gesucht?", beharrte er.

„Na ja, ja..."

„Warum?"

„Ähm... ich wollte nur reden, um zu sehen, wie es dir geht", murmelte ich und geriet unter seinem forschenden Blick ins Stocken.

„Hast du mich vermisst?", bohrte er nach und starrte mich erwartungsvoll an. „Gib's zu."

„Nun, wir haben uns beim letzten Mal nicht verabschiedet, und ich dachte... Um ganz ehrlich zu sein, ich mochte es, wie gut wir harmoniert haben, als wir zusammengearbeitet haben. Und das habe ich vermisst." Ich seufzte tief. „Ja, Agan. Ich habe dich vermisst."

Er quittierte meine Worte mit einem zufriedenen Lächeln.

„Gut." Er legte seinen Kopf nieder und schloss die Augen, als ob meine Antwort ihm endlich erlaubte, sich vollkommen zu entspannen. „Ich habe dich auch vermisst, Elf. So sehr, dass es sogar anfing wehzutun. Genau hier." Er rieb seine Brust.

„Es hat wehgetan?" Ich strich sanft mit meinem Finger über seinen Arm.

„Nicht mehr." Er gähnte und rollte sich an einer Seite meiner Brust zusammen. „Nicht, wenn ich bei dir bin."

Ich zog die Decke höher über ihn und bemerkte, dass die Wunde an seiner Schulter gut verheilt war. Ein feiner Flaum war bereits über der blassen Narbe gewachsen.

Die farbenfrohen Muster seiner Tattoos schienen in die Haut beider Schultern und Arme geätzt zu sein. Das Fell wuchs nicht über die Tinte, was seiner Körperkunst einen 3D-Effekt verlieh, als wären die Designs in seine Muskeln gemeißelt.

„Was bedeuten deine Tattoos?", fragte ich leise und fragte mich, ob er schon eingeschlafen war.

„Keine Bedeutung. Ich mochte einfach die Zeichnungen..." Seine Stimme klang schläfrig. „Dachte, sie sehen cool aus."

Kunst aus Eitelkeit – das war so typisch Agan. Und es störte mich überhaupt nicht. Da war eine gewisse Eitelkeit in ihm, ein selbstbewusstes Auftreten, das manchmal an Arroganz grenzte. Früher hatte mich das an ihm genervt. Aber inzwischen hatte ich gelernt, dass Agan auch genug bewundernswerte Eigenschaften besaß – Loyalität, Mut, Ehrlichkeit. Ich wusste, dass er sich manchmal ängstlich und verletzlich fühlte, und ich liebte, wie gut er damit umging – mit Humor. Er hatte keine Angst, über sich selbst zu lachen.

Agan ließ nicht zu, dass das, was ihm passiert war, ihn zu einem schlechteren Menschen machte. Tatsächlich glaubte ich, dass er gelernt hatte, besser zu werden.

„Sie sind coole Tattoos", sagte ich, aber er antwortete nicht mehr und schnarchte bereits sanft, um meine Brust zusammengerollt.

Nach einer Weile stand ich auf und verlagerte ihn auf die andere Seite des Bettes. Ich rollte eine Decke zu einer Art Baumstamm und legte sie als Trennwand zwischen uns, aus Angst, dass ich ihn im Schlaf versehentlich überrollen und verletzen könnte. Dann nahm ich einen meiner Seidenschals und deckte ihn damit zu.

„Gute Nacht, Agan", flüsterte ich.

KAPITEL 12

EMMA

„**B**itte, um Himmels willen, versuch stillzustehen", stöhnte ich genervt. „Du zuckst dauernd."

Es war der Morgen nach unserem verspäteten Valentinstagsdate, und ich hatte beschlossen, mein Versprechen einzulösen und Agan eine Hose zu nähen. Er schien es nicht eilig zu haben, meine Wohnung zu verlassen, und ich mochte es viel zu sehr, ihn hier zu haben, um ihn danach zu fragen.

Das Maßband, das ich an Agans Seite anlegen wollte, rutschte erneut von seiner Hüfte ab, als er sich vorbeugte, um zu beobachten, was ich tat.

„Siehst du?" Ich fixierte das Band erneut und notierte schnell die Zahl in meinem alten Notizbuch.

„Ich stehe still. Es ist etwas anderes, das zuckt", murmelte Agan.

Er stand auf dem Tisch, während ich ihn vermaß. Der dünne Lendenschurz, der um seine Hüften drapiert war, verbarg nur wenig von seiner halbmast stehenden Erektion.

„Ähm..." Ich biss auf meine Daumenspitze und überlegte, wie ich um dieses Ding herum messen sollte. „Ich muss nur noch die Schrittlänge nehmen, dann sind wir fertig."

„Was ist Schrittlänge?" Er kniff misstrauisch die Augen zusammen.

„Das ist die Länge deines Beins. Von innen."

„Von innen?"

„Ja. Von hier..." Ich lehnte mich näher und berührte die Innenseite seines Knöchels. „Bis... äh, zum oberen Teil deines inneren Oberschenkels." Ich ließ meinen Finger an seinem nackten Bein hochgleiten. Sobald ich über sein Knie hinaus war, machte er einen Schritt zurück und wich meiner Berührung aus.

„Vielleicht sollten wir zuerst ins Einkaufszentrum fahren, um den Stoff zu besorgen", schlug er etwas niedergeschlagen vor. „Oder vielleicht sollte ich doch einen voranischen Schneider das machen lassen."

„Hättest du es lieber, wenn jemand anderes dir eine Hose näht?"

„Jemand, der mir keinen Ständer verpasst, wenn ich ihn nur anschaue?" Er passte seinen Ton dem meinen an.

Ich biss mir auf die Lippe.

„Ist es das, was passiert ist?"

„Ach, Elf." Er streckte seinen Hals und ging zu seiner alten Hose, die auf dem Tisch lag. „Du hast keine Ahnung. Ich bin eigentlich die ganze Zeit hart, seit ich dich getroffen habe."

„Warte." Ich hielt ihn davon ab, seine Hose anzuziehen. „Da gibt es doch etwas, was wir dagegen tun können, oder?"

„Wie was?" Er blickte über seine Schulter zu mir.

„Nun, ich habe versprochen, über deinen Vorschlag von gestern Abend zu schlafen."

„Und?" fragte er erwartungsvoll. „Nimmst du ihn an?"

Ich nickte mit einem Lächeln.

„Sie sagen, es ist besser, etwas zu haben und zu verlieren, als es gar nicht gehabt zu haben", paraphrasierte ich grob den berühmten Spruch von Alfred Lord Tennyson, *„Es ist besser, geliebt zu haben und zu verlieren, als niemals geliebt zu haben."*

Ich wollte das Wort „Liebe" jetzt in keinem Zusammenhang aussprechen. Ich dachte, es wäre am besten, wenn wir die Liebe komplett außen vor ließen.

„Das heißt, ich hätte dich lieber für eine kurze Zeit als gar nicht, Agan."

Er schenkte mir das großartigste Grinsen überhaupt. „Du hast dich entschieden."

„Das habe ich."

Er sah so glücklich aus, als hätte ich gerade seinen Heiratsantrag angenommen und nicht bloß zugestimmt, ein paar kurze Tage miteinander zu verbringen. Etwas Großes und Wundervolles regte sich in meiner Brust als Reaktion auf sein Glück, aber ich drängte es schnell zurück – das hier war eine kurze Urlaubsromanze, nichts weiter.

„Komm her, jetzt." Ich legte mein Kinn auf meine Hand auf dem Tisch. „Lass mich dir mit diesem kleinen Problem helfen."

„Was meinst du?" Sein Lächeln verblasste.

„Lass mich dir genau zeigen, wo die Innennaht ist." Ich wackelte mit den Augenbrauen.

Doch er stand nur da und zögerte.

„Was ist los, Agan? Du hast doch gesagt, du würdest gerne mehr als nur küssen?"

„Mit *dir*", antwortete er leidenschaftlich. „Ich wollte dir so viele Dinge antun. Eigentlich wollte ich, dass es *nur* um dich geht."

„*Nur* um mich?" Die Freude über sein Geständnis wärmte mein Herz, aber sein Zögern verwirrte mich. „Sollte es nicht um uns beide gehen?"

Er hatte mich geküsst, obwohl ich dachte, es wäre unmöglich. Was ich ihm jetzt anbot, erschien mir einfach. Ich könnte ihn berühren, kosten, lecken, und ich wollte das alles tun.

„Wir können doch damit anfangen, dass ich etwas für dich tue, oder?" fragte ich. „Oder gibt es einen Grund, warum du meinen Mund nicht an dir haben willst?" Vielleicht hatte er Angst, dass ich ihm wehtun würde?

Er sog scharf die Luft ein, seine Erektion zuckte höher.

„Verdammt, Elf... Es gibt nichts, was ich mehr will."

Ich leckte mir über die Lippen.

„Dann komm näher. Bitte?" flehte ich. „Komm schon, ich will sehen, was du unter diesem Lendenschurz versteckst."

Ich hatte Agan noch nie so unsicher gesehen. Er fuhr mit den Fingern einer Hand durch sein Haar, die andere war an seiner Seite zur Faust geballt.

„Glaub es oder nicht," er lachte kurz, „aber ich glaube nicht, dass ich gerade in der besten Verfassung bin, um nackt vor einer Frau zu paradieren."

„Auch wenn die Frau ich bin?" fragte ich leise.

„*Besonders* vor dir. Dich, von allen Menschen, würde ich wirklich gerne beeindrucken – in allen Bereichen."

„Du bist der beeindruckendste Mann, den ich je getroffen habe, Agan." Ich stützte meine Ellbogen auf den Tisch und legte meinen Kopf in meine Hände. „Du hast meine Aufmerksamkeit vom ersten Moment an auf dich gezogen, als ich dich sah – nicht immer aus den richtigen Gründen, das muss ich zugeben. Aber je besser ich dich kennenlerne, desto mehr Dinge finde ich, die ich an dir mag." Ich neigte meinen Kopf mit dem süßesten Lächeln, das ich zustande bringen konnte. „Ich bin sicher, ich werde *diesen* Teil von dir auch mögen. Glaub mir, ich mag schon, was ich von hier aus sehen kann."

Er seufzte tief.

„Und jetzt neckst du mich wieder."

„Nein." Ich schüttelte den Kopf. „Nicht darüber. Niemals." Ich rückte meine Ellbogen näher zu ihm und lehnte mich über den Tisch. „Das sind ungewöhnliche Umstände, Agan, aber lass uns nicht zulassen, dass sie die kurze Zeit, die wir zusammen haben, verderben." Ich faltete meine Hände vor mir und legte mein Kinn darauf, wodurch ich mein Gesicht auf seine Augenhöhe brachte. „Ich möchte, dass du deine Zeit mit mir genießt. Bitte, lass mich dich berühren."

„Willst du das wirklich tun?" Sein harter Gesichtsausdruck entspannte sich ein wenig.

„Unbedingt." Ich schenkte ihm ein breites Lächeln.

Er trat auf mich zu.

„Na gut." Er nahm eine breitere Haltung ein. „Aber kein Necken und kein Lachen."

„Versprochen."

Mit einem entschlossenen Gesichtsausdruck riss er seinen Lendenschurz ab. Seine Erektion sprang frei.

Ich keuchte auf und lehnte mich zurück.

„Heilige... Verdammt, Agan! Wofür zum Teufel musst du hier schüchtern sein?"

Er blickte auf seine beeindruckende Erektion, die nun fast direkt nach oben zeigte.

„Es ist nicht mal so groß wie dein kleiner Finger", spottete er.

„Ach komm. Wenn es die Größe meines kleinen Fingers hätte, könntest du nicht laufen oder auch nur aufrecht stehen. Proportional gesehen ist es riesig."

Er warf einen weiteren – längeren – Blick auf seinen Schritt, als würde er versuchen, sein Organ aus meiner Sicht zu beurteilen.

„Agan, ich glaube nicht, dass ich mit diesem Ding viel hätte anfangen können, wenn du nicht geschrumpft wärst." Ich versuchte abzuschätzen, wie lang und dick es in seiner vorherigen Größe gewesen sein musste, und gab auf – es wäre wahrscheinlich außerhalb des Bereichs gewesen, den ich hätte bewältigen können. „Es muss gigantisch gewesen sein, bevor du geschrumpft bist. Oder denkst du, vielleicht ist es nicht so stark geschrumpft wie der Rest von dir?"

Er warf mir einen misstrauischen Blick zu. „Na, jetzt neckst du mich definitiv."

„Tut mir leid," ich kicherte leise. „Nur ein bisschen. Darf ich dich jetzt berühren?" Ich streckte meinen Finger aus.

Er nickte stumm und beobachtete, wie meine Fingerspitze seinen Körper berührte. Langsam strich ich über seine Brust und entlang seiner durchtrainierten Bauchmuskeln.

Das kurze, samtige Fell, das den größten Teil seines Körpers bedeckte, wurde an seinem Unterbauch noch weicher und feiner. An seinem Schaft fühlte es sich so fein wie reine Seide an. Er sog scharf die Luft ein, als ich seine ganze Länge entlangstrich, bis hin zur geschwollenen Spitze.

„Es fühlt sich... luxuriös an", hauchte ich, fasziniert von der Empfindung.

Ich beugte mich näher heran und streckte meine Zunge aus. Meine Nase stieß gegen seine Brust. Mit einem erstickten Knurren fiel er rückwärts auf seinen Hintern.

„Hoppla! Ich zuckte zurück. „Es tut mir so leid. Geht es dir gut?"

„Mir geht's gut, aber ich stehe nicht wieder auf." Er lachte, streckte sich flach auf dem Rücken aus, mit unter dem Kopf verschränkten Armen. „Mach weiter mit dem, was du vorhattest, meine Riesenfrau."

„Ich werde vorsichtiger sein", versprach ich.

Ich streckte meine Zunge heraus und leckte probeweise an seiner Erektion.

Er zischte, bog den Rücken durch und hob seine Hüften meiner Liebkosung entgegen. Ich zog mich ein wenig zurück, aus Angst, ihm wehzutun. Die Vorstellung, ihm zu schaden, machte mir Angst. So zäh Agan auch war, der körperliche Größenunterschied zwischen uns war enorm.

Nachdem ich die Spitzen meines Fingers und meines Daumens befeuchtet hatte, glitt ich vorsichtig an seiner harten

Länge entlang und streichelte ihn dann sanft, was ihn zum Stöhnen brachte.

„Gefällt dir das so?", murmelte ich und schnellte mit der Zunge heraus, um meine Lippen zu befeuchten.

Er stöhnte nur zur Antwort, und ich nahm seine Länge behutsam in meinen Mund.

Ein Brüllen vibrierte tief in seiner Kehle und resonierte durch seine Brust wie ein Schnurren, als ich sein Glied zwischen meinen Lippen nahm. Ich legte meine Hand neben ihn, und er umklammerte meinen Finger, pumpte mit Knurren seine Hüften nach oben, während sein Höhepunkt durch ihn hindurchschoss.

Mit ein paar letzten Strichen meiner Zunge schluckte ich die salzigen Tropfen seines Höhepunkts und ließ ihn dann herausgleiten, was einen weiteren Schauer durch seinen Körper jagte.

Ich stützte mich auf meine Ellbogen und beobachtete, wie er die Augen öffnete, sein Brustkorb hob und senkte sich schnell.

„Und?", fragte ich, innerlich etwas nervös. „Wie war es?"

Ein breites Lächeln breitete sich auf seinem Gesicht aus.

„Es war... bizarr." Er blinzelte und schüttelte den Kopf. „Das ist wahrscheinlich die außergewöhnlichste Erfahrung, die ich je gemacht habe."

„Also, hat es dir gefallen, einen Blowjob von einer Riesenfrau zu bekommen?", lachte ich.

„Ich habe es geliebt, ihn von *dir* zu bekommen", korrigierte er. „Das hat es so wunderbar gemacht." Er lächelte weiter – glücklich und entspannt – mit weit ausgebreiteten Armen.

„Soll ich jetzt die Maße nehmen?", deutete ich mit dem Kinn auf das weggeworfene Maßband in der Nähe.

Er folgte meiner Geste mit den Augen und lachte dann. „Jetzt bin ich wirklich froh, dass ich nicht zu einem Schneider gegangen bin!"

„Nein." Ich kicherte ebenfalls. „Ich bezweifle, dass du *diese* Art von Service dort bekommen hättest."

Er richtete sich auf seine Ellbogen auf und brachte sein Gesicht näher an meines. Sein Lächeln wich einem ernsteren Ausdruck.

„Du bist die Einzige, die mir ein Gefühl von Normalität gibt, Emma. Wenn ich bei dir bin, verblassen selbst meine dunkelsten Sorgen."

„SOLL ICH MEINE HAARE LÖSEN? Damit du dich darunter verstecken kannst?", fragte ich Agan auf der Parkplattform des Zentralen Einkaufszentrums.

Wir hatten ein Flugzeug gemietet, um an diesem Nachmittag hierher zu gelangen, nachdem ich endlich alle seine Maße genommen hatte.

Er saß auf meiner Schulter und trug noch immer seine alte Kampfhose. Wir waren ins Einkaufszentrum gekommen, um Stoff für seine neue Hose zu kaufen. Ich hätte den Stoff auch ohne Agan kaufen können, aber er hatte sich freiwillig angeboten, mit mir zu kommen.

Ich wusste, dass er sich wahrscheinlich Sorgen machte wegen der Aufmerksamkeit, die er an einem öffentlichen Ort wie diesem sicher bekommen würde. Ich könnte ihn in meine Handtasche stecken – sie war groß genug für eine Katze. Allerdings hatte ich das Gefühl, dass Agan das nicht mögen würde. Er war schließlich keine Katze.

„Hier." Ich griff nach meinem Haargummi.

„Nein." Er hielt mich auf, indem er meine Hand berührte. „Ich kann mich nicht ewig verstecken. Die Blicke stören mich nicht. Wenn du damit umgehen kannst, kann ich es auch."

„Wie du willst." Ich ließ meine Haare, wie sie waren, im Pferdeschwanz, und ging den Glasweg entlang, der die Landeplattform mit der Hauptglaskuppel des Zentralen Einkaufszentrums verband. „Darfst du überhaupt ausgehen?" Ich stellte mir vor, dass die Behörden Agans Existenz vielleicht vor der Öffentlichkeit geheim halten wollten, wenn auch nur, um ihn in Zukunft für weitere verdeckte Missionen einzusetzen. „Würdest du mit einer der beiden Regierungen Ärger bekommen, wenn du das tust?"

„Keine der beiden Regierungen kann mir mein altes Leben zurückgeben", erwiderte er verbittert. „Wenn sie versuchen, mich davon abzuhalten, überhaupt ein Leben zu haben, können sie mich mal kreuzweise."

Ich verstand seinen Wunsch, gewöhnliche Dinge frei tun zu können, genau wie alle anderen.

Das Einkaufszentrum war an diesem Nachmittag belebt. Voranier eilten vorbei und warfen mir neugierige Blicke zu. Einige entdeckten Agan auf meiner Schulter und blieben wie angewurzelt stehen. Ich tat mein Bestes, sie zu ignorieren, während ich einen breiten Gang mit Geschäften auf beiden Seiten entlangging.

„Wohin sollen wir zuerst gehen?", fragte ich Agan, während ich nach einer der Informationsdrohnen suchte, die normalerweise in der Nähe des Eingangs schwebten. „Ich würde sagen, wir besorgen zuerst den Stoff für dich. Dann möchte ich ein paar dieser niedlichen Kleider kaufen, die in Voran gerade in Mode sind, wenn es dir nichts ausmacht, noch etwas länger hier zu bleiben."

„Ich liebe Kleider an dir." Agan rutschte näher an meinen Hals und wickelte seinen Schwanz darum. Das mittlerweile vertraute Kitzeln der flauschigen Spitze jagte mir wohlige Schauer über die Arme.

„Entschuldigen Sie", blieb eine voranische Frau vor mir stehen.

Sie neigte den Kopf und starrte Agan an. Schnüre mit bunten Perlen baumelten von ihren langen, polierten Hörnern. Ich ließ einen anerkennenden Blick über ihr rosafarbenes Kleid mit einem ausgestellten, knielangen Rock und einem silbernen Band als Gürtel gleiten.

Mit der natürlichen Geburtenrate von einer Frau auf zehn Männer waren Frauen in Voran eine Minderheit. Hier im Einkaufszentrum gab es jedoch fast genauso viele Frauen wie Männer.

„Darf ich fragen, woher Sie das haben?", fragte sie und zeigte mit einer sauber gefeilten schwarzen Kralle, die mit silbernen Punkten bemalt war, auf Agan. „Ist das ein elektronisches oder ein mechanisches Spielzeug?"

„Weder noch." Ich wurde knallrot, äußerst beleidigt für Agan. „Er ist-"

„Ich bin eine KI", unterbrach mich Agan in fröhlichem Ton. „Eine künstliche Intelligenz. Eine Drohne der neuen Generation, vom Planeten Erde exportiert."

„Ist es irgendwo in Voran zum Verkauf erhältlich?", fragte die Frau mit offenem Mund, während sie mit mir sprach.

„Er steht nicht zum Verkauf", sagte ich und umschloss Agans Bein mit meinen Fingern, als würde die Frau ihn von meiner Schulter reißen wollen.

„Noch nicht", sagte Agan und fügte seiner Stimme absichtlich einen mechanischen Klang hinzu. „Das Exportabkommen befindet sich noch in der Phase der Zollverhandlungen."

„Oh, wie schade!", rief die Frau mit deutlicher Enttäuschung aus. „Er ist einfach bezaubernd. Ein Miniatur-Ravil!", schwärmte sie. „Ich hoffe, sie werden sie auch in anderen Spezies herstellen. Ich hätte gerne einen winzigen menschlichen Mann. Eure Männer sehen auf den Bildern, die ich gesehen habe, so niedlich und wehrlos aus, völlig haarlos und ohne Hörner oder Krallen."

Als sie endlich wegging, murmelte ich leise: „Wir werden es wohl nicht weit schaffen, wenn es so weitergeht."

„Hey, wir können damit Spaß haben", sinnierte Agan, während ich den Hauptgang des Einkaufszentrums weiterging und nach einem Stoffladen suchte. „Sag ihnen beim nächsten Mal, ich sei ein exotisches Haustier, nach deinen Vorgaben gezüchtet. Oder dass ich dein modifizierter menschlicher Freund bin, der eine Reihe invasiver Eingriffe über sich ergehen ließ, um für dich auf Reisegröße zu schrumpfen, damit du mich auf der Reise nach Neron im Handgepäck mitnehmen kannst. Das Fell und der Schwanz waren eben die Nebenwirkungen."

Ich bog um die Ecke in einen Seitengang und bahnte mir meinen Weg um einen großen Pavillon, der mit Ranken und Blumen behängt war. Mehrere Voranier ließen sich in Korbstühlen darin nieder. Die Drohnen des Einkaufszentrums servierten ihnen Tee. Kleine Vögel mit bunten Schmetterlingsflügeln und langen, komplizierten Schwänzen flatterten zwischen den Blumen.

Die Szene schien eher für eine Gartenparty als für ein Einkaufszentrum geeignet. Aber da Voranier ihre Gärten nach innen brachten, sahen die meisten Innenräume in Voran so aus.

„Oh, ich weiß", Agan gab nicht auf. „Erzähl ihnen, ich sei ein Hologramm oder noch besser ein Produkt ihrer Fantasie. Nur in dem Fall musst du schnell wegrennen, bevor sie anfangen, an mir herumzustochern, um herauszufinden, ob das stimmt."

„Du bist ja ein richtiger Ideensprudel, oder?", fragte ich und schaute auf den Bildschirm einer Informationsdrohne, um den Weg zum nächsten Stoffladen zu finden. „Ein Hologramm hätte wenigstens einen Stummschalter, hoffe ich."

„Ein Hologramm könnte dich nicht im Bett befriedigen", witzelte er. „Was ich übrigens heute Abend definitiv vorhabe."

„Agan!", ich blickte hastig zu den Voraniern um uns herum, um zu sehen, ob jemand ihn gehört hatte, was natürlich aus dieser Entfernung nicht möglich war, aber trotzdem... „Kein schmutziges Gerede im Einkaufszentrum."

„Nun", sein Lächeln löste sich in seiner Stimme auf. „Ich habe hier die perfekte Position dafür, direkt neben deinem Ohr."

„Bitte, bring mich nicht dazu, in der Öffentlichkeit zu erröten-", flehte ich.

„Hey, ich kenne sie!" Eine tiefe Stimme dröhnte unter der massiven Glaskuppel des Einkaufszentrums. Eine Gruppe von Ravil-Soldaten verließ das nächstgelegene Etablissement – ein Teehaus.

Es waren sechs an der Zahl. Riesig und natürlich oberkörperfrei, umringten sie mich schnell von allen Seiten.

„Sie gehören zur Panzereinheit der Erde, nicht wahr? Nummer Elf?", sagte einer von ihnen aufgeregt. „Ich habe Sie im Armeestützpunkt auf Tragul gesehen, ohne Ihren Anzug."

Viele Ravil-Soldaten hatten mich an dem Tag gesehen, als Agan und ich unser Gespräch mit Rick und General Trulgadi hatten. Niemand hatte mich damals angesprochen – wir waren direkt nach dem Treffen aufgebrochen.

„Hallo. Ich bin Emma." Ich bot dem Ravil-Soldaten meine Hand an.

Er starrte sie einen Moment lang verständnislos an, drückte dann aber stattdessen zwei Finger auf die linke Seite seiner Brust und gab mir den Ravil-Armeesalut. „Ich bin Aeveas. Sie haben auch Urlaub?"

„Sie ist hier bei mir", ertönte Agans Stimme von meiner Schulter, leise, aber bestimmt.

„Was zum..." Mit einem leisen Fluch unter seinem Atem wich Aeveas von uns zurück, genau wie die beiden anderen, die mir am nächsten standen.

„Agan?" sagte einer von ihnen und kniff die Augen zusammen, während er auf meine Schulter starrte. „Bist du das?"

„Wer sonst?", erwiderte Agan mit dicker Ironie in seiner Stimme. „Soweit ich weiß, bin ich der Einzige in meiner ganz besonderen Einheit für Kleine und Heimliche."

Ein lautes Gelächter brach unter den sechs aus, während sie wieder näher heranrückten.

„Bei Krokkans Abgrund!", brüllte einer und hielt sich vor

Lachen die Seiten. „Du bist ja noch kürzer als dein Schwanz früher war!"

Das klang gemein, aber ich biss mir auf die Lippe und unterdrückte eine patzige Antwort. Ich gehörte nicht zu dieser Gruppe und konnte nicht wissen, was hier akzeptabel war. Fürs Erste ließ ich Agan damit umgehen.

„Willst du damit sagen, du hast Agans Schwanz gemessen, Hahlut?", neckte ein anderer.

„Nein, aber kürzer als das konnte er nicht sein!"

„Hey, dank seiner Größe kam er in die Frauenquartiere der Unterhaltungseinheit, hab ich gehört." Einer von ihnen stieß den Mann namens Hahlut mit dem Ellbogen an. „Manche Frauen mögen ihre Männer wohl in Taschengröße."

„Genau", sagte Agan tonlos. „Glück für mich."

„Das muss stimmen!", kicherte Hahlut. „Schau, Emma lässt dich sogar in der Öffentlichkeit auf ihr reiten. Ich kann mir nur vorstellen, was sie dich im Privaten machen lässt."

Plötzlich sprang Agan auf meiner Schulter auf die Füße.

„Halt dein verdammtes Maul!", brüllte er. „Nimm das zurück. Sofort!"

Hahlut hob beschwichtigend die Hände.

„Oooooh. Tu mir nicht weh, Agan", wimmerte er dramatisch mit einem spöttischen Grinsen. „Biiiitte. Ich hab solche Angst."

Ich hängte meine Stofftasche über die andere Schulter, um meine Hände freizuhaben.

„Kann *ich* ihm wehtun?", fragte ich Agan und fixierte Hahlut mit einem Blick. „Bitte?"

Ich hatte oft genug gesehen, wie Ravil-Soldaten ruppig miteinander umgingen, um zu wissen, dass das kulturell akzeptabel war. Trotzdem wollte ich keinen Fehler machen, der zu mehr Hänseleien oder Spott für Agan führen könnte.

Er hielt sich an meinem Ohr fest, um das Gleichgewicht zu halten.

„Nur zu, Elf."

Ich trat mit meinem Turnschuh auf Hahluts Stiefel und verlagerte mein ganzes Gewicht auf diesen Fuß. Ich stellte mich auf die Zehenspitzen, um ihm in die Augen zu sehen, und packte ihn an der Kehle.

„Das war respektlos und völlig unnötig." Ich bohrte meine Finger tiefer in seinen dicken Hals. „Entschuldige dich, oder ich *werde* dir wehtun. In aller Öffentlichkeit."

Mehrere Voranier um uns herum wurden langsamer und beobachteten, was vor sich ging – eine kleine menschliche Frau, die einen Ravil-Krieger von doppelter Größe am Hals packte. Für Außenstehende mochte das komisch aussehen, aber das war mir egal. Ich war fest entschlossen, diesem Arschloch wehzutun, wenn er noch ein gemeines Wort über mich oder Agan fallen lassen würde.

Hahluts Blick wanderte von mir zu den Zuschauern und wieder zurück. Sein Schwanz zuckte zwischen seinen Beinen.

„Es war nur ein Witz", krächzte er.

„Nicht witzig." Ich schüttelte ihn leicht, es war, als würde man versuchen, einen Berg zu wackeln. Sein Gesichtsausdruck war jedoch wesentlich instabiler. „Entschuldige dich", forderte ich.

„Tut mir leid. Es tut mir leid", murmelte er. „Okay?"

Er schien mehr schockiert und verwirrt als wirklich ängstlich, aber es war das Endergebnis, das zählte.

„Das ist besser." Ich ließ ihn los, trat zurück und richtete meine Kleidung – eine Paisley-Bluse und Jeans. „Entschuldigung angenommen."

Die anderen hatten sich schnell von ihrem anfänglichen Schock erholt und lachten jetzt hysterisch, wieder an ihre Seiten geklammert.

„Hey, die gefällt mir!", quetschte einer durch sein Lachen hervor und zwinkerte Agan zu.

„Mir gefällt sie mehr." Agan zupfte sanft an meiner Ohrmuschel. „Glücklicherweise für euch alle ist sie heute in friedlicher Stimmung."

„Wir müssen jetzt gehen." Ich winkte ihnen kurz mit der Hand zu. „War schön, euch alle zu sehen."

„Wohin geht ihr?", fragte Aeveas.

„Einkaufen", gab Agan ihm eine kurze Antwort.

„Kommst du später mit auf einen Drink?"

„Oder auf *einen Tropfen*, in Agans Fall?", scherzte jemand, und die ganze Gruppe brach erneut in schallendes Gelächter aus.

„Ein anderes Mal", sagte Agan ruhig, während ich mich schnell entfernte, obwohl meine Hände juckten, doch noch Schläge auszuteilen.

„Was für ein Haufen Arschlöcher", murmelte ich leise, mehr beleidigt darüber, dass sie sich über Agan lustig machten, als über das, was Hahlut über mich gesagt hatte. „Ich bin so versucht, jeden zu verprügeln, der gelacht hat."

„Du bist ziemlich blutrünstig in deiner Rache, oder?", lachte Agan leise. „Beruhige dich, Elf. Sie sind nicht böse, nur manchmal dumm, besonders wenn sie versuchen, witzig zu sein."

„Sie sollten es weniger *versuchen*, denn es ist überhaupt nicht lustig, sich über einen Freund lustig zu machen. Sie sind doch deine Freunde, oder?"

Er ließ mein Ohr los und setzte sich wieder auf meine Schulter.

„Weißt du, was das Traurige ist, Emma? Hätten sich die Rollen umgekehrt, wäre ich vielleicht genau da mit ihnen gewesen und hätte mich über den kleinen Kerl lustig gemacht, der auf der Schulter eines Mädchens sitzt."

„Würdest du auch denken, dass du witzig bist?"

„Wahrscheinlich, ja. Ich kann verstehen, wie komisch meine Situation für jemanden von außen wirken könnte."

Ich umklammerte die Seilgriffe meiner Leinentasche, die ich

über meiner anderen Schulter trug. Beschützende Gefühle wurden in mir noch stärker.

„Ich finde nichts Lustiges an dem, was dir passiert ist, Agan."

„Das liegt daran, dass du auf der Innenseite bist, hier mit mir. Deine Größe hat sich nicht verändert, aber du warst von Anfang an bei mir, und du *verstehst*."

Er schwieg einen Moment, während ich über seine Worte nachdachte. Seit dem Vorfall im Labor fühlte ich mich Agan näher, nahm seine Probleme mir so zu Herzen, als wären es meine eigenen. Das Experiment des Professors hatte mich körperlich nicht beeinflusst, aber ich spürte die Folgen für Agan sehr deutlich.

„Wie auch immer." Er schüttelte die düstere Stimmung ab. „Es ist nicht leicht, winzig zu sein, aber solange *du* nichts dagegen hast, dass ich ‚taschengroß' bin..."

„Agan." Ich lächelte und schüttelte den Kopf. „Du könntest niemals wirklich ‚winzig' sein, selbst wenn du es versuchen würdest. Deine Größe mag klein sein, aber alles andere an dir ist größer denn je."

„Ja? Wie was zum Beispiel?"

„Dein Selbstvertrauen, deine Loyalität, dein Optimismus, dein Mut, deine Persönlichkeit," ich blickte seitlich zu ihm. „Wie viele Männer in deiner Situation hätten den Mut, eine Frau um ein Date zu bitten?"

„Nun, es hat geholfen, dass die Frau du warst. Ich wusste, dass du mich vom ersten Moment an mochtest", sagte er mit seiner selbstsicheren Überheblichkeit.

„Ach wirklich?" Ich lachte. „Ich hasse es, dein Ego damit zu verletzen, aber ich bin erst wirklich warmgeworden mit dir, nachdem du geschrumpft wurdest."

„Also stimmt es, was Hahlut gesagt hat, dass manche Frauen kleine Männer mögen?"

„Oder vielleicht habe ich einfach eine Schwäche für dich

persönlich entwickelt." Ich streichelte seinen Oberschenkel mit meinem Finger und fügte leise hinzu: „Mein winziger Riese."

KAPITEL 13

„Nimm mich mit ins Bett, Emma", forderte Agan kurz nachdem wir an diesem Abend bei mir zu Abend gegessen hatten. „Ich will mein Versprechen einlösen und dich zum Schreien bringen."

Am Tisch sitzend spielte ich nervös mit dem Saum meiner Bluse. Bei seinen Worten durchzuckte mich warme Vorfreude, doch die Beklommenheit überwog.

„Ähm... Wie genau hast du das vor?"

„Komm mit und ich zeig's dir", murmelte er verführerisch.

„Du klingst, als hättest du einen Plan." Er hatte immer einen, und ich liebte das an ihm.

„Emma, ich sterbe vor Neugier, ob ich groß genug bin, um deine Brustwarze in meinen Mund zu nehmen. Und ich warte keine Minute länger."

Ich lachte nervös auf. „Oh Gott, Agan! Die Dinge, die du sagst..." Trotzdem kribbelten meine Brustwarzen bei dem

Gedanken, Agans Lippen irgendwo in ihrer Nähe zu spüren. „Ich weiß nie, was als Nächstes aus deinem Mund kommt."

„Es ist eher das, was *hinein*kommt, was jetzt wichtiger ist, oder?" neckte er mich.

Mein Gesicht erhitzte sich, während ich auf seinen Mund starrte. Ich konnte nicht anders, als mich zu fragen, wie er sich auf mir anfühlen würde. Er hatte weder Bart noch Stoppeln, aber seine Koteletten waren lang und wirkten so weich. Heute hatte er sein Haar ungezähmt gelassen. Die dicken, welligen Locken umrahmten sein Gesicht, kräuselten sich über seinen Ohren und fielen ihm auf sexy, verwuschelte Weise über die Stirn. Wie würde es sich zwischen meinen Innenschenkeln anfühlen, wenn er...

„Hab dich zum Nachdenken gebracht, oder?" Er schenkte mir ein wissendes Lächeln.

Ich blinzelte, ertappt mit meinen schmutzigen Gedanken.

„Nimm mich mit ins Bett, Emma."

„ZIEH DEINE KLEIDUNG AUS", befahl Agan, während er am Nachttisch neben meinem runden weißen Bett saß.

„Ähm, alles?" Ich stand am Fußende des Bettes und schaute ihn an.

„Ja. Entweder ziehst du sie aus oder *ich* reiße sie dir vom Leib."

Ich glaubte nicht, dass es ihm physisch möglich war, mir die Kleidung vom Leib zu reißen, aber der befehlende Ton, den er benutzte, ließ mich glauben, dass er einen Weg finden würde, es zu tun. Allein die Vorstellung sandte einen Schauer der Erwartung durch meinen Körper.

Ich atmete tief aus und öffnete den obersten Knopf meiner Bluse.

„Ein bisschen schneller." Er legte seinen Arm über sein ange-
winkeltes Knie und machte es sich bequem, während er zusah.
„Aber nicht zu schnell."

„So?" Ich öffnete den zweiten Knopf und ließ meine Hand
zum nächsten gleiten, ohne den Blick von ihm zu nehmen.

„Genau so..." Er nickte langsam. „Jetzt zeig mir meinen Lieblingsort auf der Welt, Schatz."

„Hier?" Ich ließ meine Finger über mein Dekolleté gleiten. „Ist
das jetzt dein Lieblingsort? Obwohl du geschrien und getreten
hast, als ich dich zum ersten Mal hier reingesteckt habe?"

„Ich wusste nicht, wie gut ich es hatte, bis ich es verloren
habe." Er klang aufrichtig reuevoll. „Jetzt zeig mir mehr."

Ich atmete schneller, meine Brust hob und senkte sich.
Vorfreude durchströmte mich wie ein elektrischer Schlag. Ich
öffnete die restlichen Knöpfe und schob die beiden Hälften
meiner Bluse beiseite, sodass mein weißer Spitzen-BH darunter
zum Vorschein kam.

„Zieh den auch aus. Ich will sie frei sehen."

Ich schluckte schwer, ließ die Bluse von meinen Schultern
gleiten und öffnete dann den Verschluss meines BHs auf dem
Rücken.

„Mögen Ravil-Frauen die gleichen Berührungen wie
Menschen?", fragte ich, um meine Nervosität zu überspielen.

Spannung erfüllte die Luft zwischen uns, während er
hungrig seinen Blick über meinen Körper wandern ließ.

„Das werde ich gleich herausfinden." Er rutschte auf dem
Nachttisch herum, spreizte seine Beine etwas weiter und zupfte
an seiner neuen Hose, die ich für ihn noch am selben Abend
genäht hatte.

„Runter damit." Er deutete ungeduldig auf den BH.

Ich ließ die Träger von meinen Armen gleiten und ließ den
BH zu meinen Füßen fallen.

„Wunderschön." Er lehnte sich auf seine Arme zurück und

genoss den Anblick meines entblößten Oberkörpers. „Sogar besser als in meinen Träumen."

Meine Brustwarzen verhärteten sich unter seinem Blick, und meine Wangen röteten sich bei seinen Komplimenten.

„Bevorzugst du einen Mann, der an deinen Nippeln leckt, sie kneift oder beißt?", fragte er mit tiefer, rauer Stimme.

Mein Atem stockte kurz. Wer fragte denn so etwas?

„Nun..."

Jedes seiner Worte sendete einen kleinen Stromstoß in meinen Unterleib. Bei dem Wort „beißen" vibrierte ein Schaudern durch meine Brust und ließ meine Brüste schwerer anfühlen.

„Emma?", forderte er mich auf, offensichtlich eine Antwort erwartend.

„Alles...", krächzte ich.

Irgendetwas.

Ein Kribbeln breitete sich in meinem Körper aus und konzentrierte sich in meinen Brustspitzen und zwischen meinen Beinen. All diese Stellen wurden heiß und pochten, brauchten jetzt irgendeine physische Berührung.

Meine Finger zuckten, genau das zu tun – mich selbst zu berühren.

„Zieh deine Hose aus", befahl Agan.

Ich gehorchte, zog eilig meine Jeans aus und schlüpfte dann schnell aus meinem schwarzen Spitzenhöschen.

„Da *ist* der Ort, wo sie auf mich hört", murmelte er leise, ein zufriedenes Lächeln umspielte seine Lippen. „Habe ich im Schlafzimmer einen höheren Rang als du?", kicherte er.

Ich zuckte als Antwort nur mit den Schultern. Es erregte mich, seinen Befehlen im Schlafzimmer zu folgen. Es machte mir nichts aus.

„Leg dich hin." Er deutete auf das Bett. „Knie angewinkelt, Beine gespreizt. Berühr dich nicht selbst. Überlass alles mir."

Ich streckte mich auf der Bettdecke aus und tat, wie mir geheißen, völlig nackt.

Erregung vibrierte durch meinen Körper. Die Anspannung war auch noch da, aber ich vertraute Agan. Seine unerschütterliche Zuversicht war ansteckend. Mein Verlangen nach ihm ließ mich hoffen, dass alles möglich war.

„Und jetzt?"

„Jetzt musst du nur still liegen." Er zog sofort seine Stiefel aus, sprang dann aufs Bett und kletterte auf meinen Arm. „Solange du eben kannst", fügte er mit einem schiefen Grinsen hinzu.

Ich kämpfte darum, meine unregelmäßige Atmung zu kontrollieren.

Er wanderte entlang meines Schlüsselbeins, streichelte mit seiner Hand den Rand meines Kiefers. Er lehnte sich vor und platzierte einen schnellen Kuss auf meinem Mundwinkel, dann ging er meinen Brustkorb hinunter, entlang des Tals zwischen meinen Brüsten.

Am Ende meines Brustbeins angekommen, drehte er sich um und betrachtete meine Brüste ausgiebig. Meine Haut kribbelte unter einer neuen Welle der Wahrnehmung.

Bewunderung wärmte sein Gesicht. „Sie sehen genauso toll aus, wie sie sich anfühlen."

Er sank auf die Knie und breitete dann seine Arme aus, um beide Brüste zu streicheln.

Meine Brust hob und senkte sich mit flachen Atemzügen. Erwartung kribbelte und neckte mit Wärme zwischen meinen Beinen.

Agan wandte seine Aufmerksamkeit meiner rechten Brust zu. Er ließ beide Hände zur Spitze gleiten und quetschte meine Brustwarze zwischen seinen Handflächen, knetete sie fest.

Ein Schauer schoss durch meinen Körper mit einer weiteren Welle von Hitze. Ich stieß scharf die Luft aus, und am Ende kam ein leises Wimmern mit heraus.

„Gefällt dir das?", murmelte er und drückte seine Hände etwas fester. Er rutschte näher, platzierte seine Knie an jeder Seite meiner Brust und spielte mit der Spitze.

Die Empfindung konzentrierte sich auf diesen einen Punkt und wurde mit jedem Druck seiner Hände intensiver. Wellen der Lust breiteten sich durch meinen Körper aus und bauten sich zwischen meinen Beinen auf. Ich zog meine Knie höher und wölbte meinen Rücken.

„Sollen wir das mal probieren?" Agan beugte sich näher und öffnete seinen Mund.

Seine Lippen schlossen sich perfekt um die feste Knospe meiner Brustwarze. Heiß und glatt flatterte seine Zunge über die äußerste Spitze.

„Oh Gott, Agan...", stöhnte ich und rollte meinen Kopf auf dem Kissen.

Hitze durchflutete meinen Unterleib und pochte vor Verlangen zwischen meinen Schenkeln. Mit zitternder Hand griff ich nach unten, musste etwas gegen den schmerzenden Druck tun.

Er hob abrupt seinen Kopf, und die Brustwarze ploppte aus seinem Mund.

„Nein." Er fixierte mich mit seinem Blick. „Ich habe gesagt, du sollst dich nicht selbst anfassen. Hände hinter den Kopf."

Ertappt, kurz davor seinen Befehl zu brechen, gehorchte ich wortlos und legte beide Hände unter meinen Kopf auf das Kissen.

Er nickte zufrieden.

„Jeeeetzt", dehnte er das Wort, sein Ton wurde weicher. „Darf ich diese Schönheit hier nicht vergessen." Er widmete sich meiner linken Brust und umschloss ihre Spitze mit seinem Mund.

Das Kratzen seiner Fangzähne ließ sich nicht vermeiden – meine Brustwarze füllte seinen ganzen Mund aus und drückte gegen seine Zähne. Das leichte Prickeln seiner scharfen

Eckzähne verstärkte jedoch nur den Nervenkitzel, der mein Verlangen anfachte.

„Bitte…", stöhnte ich und streckte meinen ganzen Körper, als eine weitere Welle der Erregung durch mich rollte.

„Na, wenn du so nett darum bittest." Er ließ meine Brust los und setzte sich in die Mitte meiner Brust. „Kannst du dich aufsetzen, bitte, meine Riesenfrau?", sagte er mit einem Augenzwinkern. „Das geht so schneller."

„Aufsetzen?" Ich stützte mich auf meine Ellbogen, und er rutschte meinen Bauch hinunter, benutzte meinen Körper wie eine Rutsche.

„Das macht Spaß!", lachte er. „Auf mehr als eine Weise."

Er sprang auf die Laken und drehte sich dann zu mir um. Er stützte seine Hände auf meine Oberschenkel und hielt sie geöffnet.

So völlig entblößt kämpfte ich gegen den Drang an, meine Beine zu schließen, damit ich ihn nicht zwischen ihnen zerquetschte.

„Halte deine Hände jederzeit über deinem Kopf", warnte er streng. „Sonst binde ich sie an diesen Blumentopf dort drüben."

„Ja, Agan", hauchte ich. Aufregung kämpfte mit Verlegenheit in mir. Ich versuchte angestrengt, nicht an die ungehinderte Sicht auf den intimsten Teil meines Körpers zu denken, die er gerade hatte.

„So wunderschön", murmelte er, fuhr mit seinen Fingern durch die getrimmten Haare zwischen meinen Beinen und spreizte mich dann weit auseinander für sein Blickvergnügen. Ich spürte, wie seine Finger sanft über meine Falten strichen und dann um meinen Eingang herumglitten.

Seine offensichtliche Bewunderung linderte meine Befangenheit und ließ nichts als das Vergnügen seiner Berührung zurück.

„Was hast du vor? Ah-" Die Luft verließ meine Lungen in

einem Schwall, als er seine Hände auf die heiße, pochende Knospe zwischen meinen Falten legte.

„Das", schnurrte er, rieb mit seinen Händen, zuerst behutsam, dann mit zunehmendem Druck. „Das werde ich tun, bis du schreist."

„Oh..." Ich rollte meinen Kopf auf dem Kissen. Hitze schwoll zwischen meinen Beinen an, während Lust in immer stärkeren Wellen durch meinen Körper strömte.

„Schh." Er griff nach unten, fing etwas von der glitschigen Feuchtigkeit auf, die aus mir sickerte, und rieb weiter, wobei er leicht die Stärke und das Muster seiner Bewegungen variierte. „Versuch nicht zu sprechen, meine Süße. Fühl einfach."

Ihm zu gehorchen war so einfach. Ich schloss meine Augen und überließ meinen Körper seinen Händen.

„...Und stöhne", fügte er hinzu. „Stöhne, Emma. Lass mich wissen, wann ich es richtig für dich mache."

Alles, was er dort unten tat, fühlte sich richtig an. So, so richtig. Die Empfindungen wuchsen, bauten sich zu einem unerträglichen Niveau auf.

„Drück deine Brüste für mich zusammen", befahl Agan mit rauer Stimme. „Streichle deine Nippel, Emma."

Blind griff ich nach meinen Brüsten, rieb die Spitzen mit meinen Daumen. Meine Hüften bäumten sich auf durch eine intensive, neue Welle der Lust, die durch mich hindurchging.

„Braves Mädchen", murmelte Agan leise, drückte seine Hände fester und erhöhte sein Tempo.

Die Lust stieg an, gipfelte im Höhepunkt. Ekstase explodierte und durchflutete meinen Körper mit Glückseligkeit. Meine Hüften zuckten mit jeder orgasmischen Welle, die durch mich rollte. Wieder und wieder.

„Schh. Runter", gurrte Agan beruhigend, bewegte seine Hände weiter weg von der Stelle, die er durch seine Berührungen überempfindlich gemacht hatte. Stattdessen massierte er sanft um sie herum, bis die letzten Schauer meines Höhepunkts schließlich nachließen.

Dann kletterte er wieder an meinem Körper hoch, während ich noch immer von der Fülle an erstaunlichen Empfindungen keuchte, die er in mir ausgelöst hatte.

„War es gut?" Über meiner Schulter hockend, strich er eine verirrte Strähne meines Haares aus meinem Gesicht, das Tuch, mit dem ich es zurückgehalten hatte, lag längst irgendwo hinter dem Kissen verloren.

„Es war..." Ich drehte meinen Kopf zu ihm. „Es war unerwartet fantastisch, Agan."

„Unerwartet?" Er legte seinen Kopf schräg, echtes Interesse schimmerte durch den Humor in seinen Augen. „Was *hast* du denn erwartet?"

Unabhängig von seinen oder meinen früheren Erfahrungen war das, was gerade passiert war, etwas, das keiner von uns je zuvor getan hatte.

„Ehrlich gesagt, keine Ahnung. All das ist so neu." Ich lächelte träge.

Die Nach-Orgasmus-Glückseligkeit übernahm meinen Körper, ließ meine Arme und Beine warm und schwer anfühlen. Ich lächelte weiter, entspannt und behaglich. Es könnte die seltsamste Nacht meines Lebens sein, aber auch die glücklichste, wurde mir klar.

„Wie lange genau bleibst du in Voran, Elf?", fragte er plötzlich und riss mich aus meinem glückseligen Zustand, indem er mich zwang, über die Realität nachzudenken.

„Noch zehn Tage." Die zwei Wochen meines ursprünglichen Urlaubs waren fast vorbei. Da die Operation im Haus des Professors während dieser Zeit stattfand, hatte Rick mir eine zusätzliche Woche gegeben. Anfangs hatte ich geplant, sie abzulehnen. Mein neuer Anzug war fast fertig, und ich wusste, dass ich auf Tragul gebraucht wurde. „Und du?"

„Ich weiß nicht. Vorerst wollen sie, dass ich medizinische Untersuchungen durchlaufe. Zur Überwachung."

„Wann sind die Untersuchungen?"

Ich spürte sein Achselzucken, als er von meiner Schulter in meine Armbeuge rutschte. „Täglich."

„Heute auch?"

„Heute hab ich's ausfallen lassen. Es hat viel mehr Spaß gemacht, die Hose anfertigen zu lassen." Ein Lächeln schwang in seiner Stimme mit.

Ich konnte verstehen, warum er es bevorzugen würde, von mir *vermessen* zu werden, statt im Labor untersucht zu werden.

„Musst du bald wieder zur Unterhaltungseinheit zurück?" fragte ich.

„Ich will nicht zurück. Die Sticheleien beleidigen mich zwar nicht, aber sie werden *wirklich* allmählich alt und zermürben mich. Ich möchte bei dir bleiben. Zumindest solange du noch auf diesem Planeten bist. Darf ich, bitte?"

In diesem Moment glaubte ich, dass Agan mich sogar noch mehr brauchte als Tragul.

„Natürlich, Agan. Du kannst bleiben, solange ich hier bin." Ich versuchte nicht darüber nachzudenken, was danach kommen würde, wenn ich gehen müsste.

Er kuschelte sich tiefer in meine Armbeuge und strich mit seiner Hand über die feinen, blonden Härchen auf meinem Unterarm.

„Du hast doch Fell, Elf", sagte er. „An ziemlich vielen Stellen."

Sein erfreutes Lächeln brachte mich zum Lachen. „Und das macht dich glücklich?"

„Ich nehme dich, wie du bist, mit oder ohne Fell." Er gab meinem „pelzigen" Arm einen sanften Kuss. „Gute Nacht, Elf. Schlaf gut."

KAPITEL 14

EMMA

„Leutnant Drankai?", fragte der KI-Bildschirm, der an einer schwebenden Trage befestigt war, sobald Agan und ich den Empfangsbereich des Voranischen Armeehauptquartiers betraten. Nun ja, ich lief hinein, Agan ritt auf meiner Schulter.

Die Untersuchungen, die Agan täglich durchlaufen sollte, wurden im Militärlabor hier durchgeführt.

„Ja. Ich bin Leutnant Drankai." Agan salutierte spöttisch vor dem Bildschirm. „Bin da, um gepikst, betastet und durchleuchtet zu werden."

„Sie sind gestern nicht erschienen, Leutnant." Ein großgewachsener Ravil-Mann betrat den Empfangsbereich. Mit der Kampfhose und dem Brustpanzer gehörte er zweifellos zur Ravil-Armee. „Von jetzt an werden wir Sie in diesem Gebäude unterbringen, um Ihr Erscheinen in Zukunft sicherzustellen."

„Auf keinen Fall!", sprang Agan auf und stellte sich auf meine

Schulter. „Ich bleibe nicht. Ich tausche nicht ein Labor gegen ein anderes. Und wer sind Sie überhaupt?"

„Ich bin General Hicrai, der neue Anführer der Ravil-Armee. Beruhigen Sie sich, Leutnant, und zeigen Sie etwas Respekt."

Da der in Ungnade gefallene General Trulgadi sich derzeit auf ein Tribunal vorbereitete, war es nur eine Frage der Zeit gewesen, bis jemand anderes seinen Platz einnahm. Als ich den strengen Gesichtsausdruck des neuen Anführers sah, befürchtete ich, dass die Veränderung kaum zum Besseren war.

Er hatte meine Anwesenheit nicht zur Kenntnis genommen.

Agan gab seinem neuen Anführer einen schnellen Salut und ließ sich dann wieder auf meine Schulter plumpsen.

„Ich bleibe nicht hier", murmelte er stur.

„Als Ihr Vorgesetzter befehle ich Ihnen, im Labor zu bleiben."

„General...", ich salutierte und legte dann meine Hand an die Schulter. Agan ergriff schnell einen meiner Finger. „Sir, bitte halten Sie Leutnant Drankai nicht fest. Seine Lebensqualität hier-"

„Und wer sind Sie?", musterte er mich von meinen schwarzen Pumps bis hinauf zu meinem blonden Dutt. Da die Untersuchungen im Armeehauptquartier stattfanden, hatte ich für diesen Besuch meine Ausgehuniform angezogen.

„Ich bin Leutnant Nowak von der Speziellen Panzereinheit von der Erde. Ich war im Labor auf Tragul anwesend, als das Experiment durchgeführt wurde, das Leutnant Drankai geschrumpft hat."

„Ah, Sie sind *die* Frau", sagte er.

Ich unterdrückte die Irritation, die bei seinem abweisenden Ton in mir aufstieg.

„Bitte, General", sagte ich und hielt meine Stimme so ruhig wie möglich. „Leutnant Drankai hatte gestern einige... äh, Transportprobleme. Deshalb hat er die Untersuchung verpasst. Aufgrund seiner stark reduzierten Größe kann er nicht selbständig ein Flugzeug anfordern. Ich werde ihm von nun an dabei helfen. Ich verspreche, ihn täglich pünktlich herzubringen. Er wird es nicht wieder verpassen."

Der anhaltende Groll in den gelbgrünen Augen des Ravil-Generals gab mir nicht viel Hoffnung.

General Craxus von der voranischen Armee trat in diesem Moment ein, gefolgt von einem weiteren voranischen Mann in einem weißen Laboroverall.

„General Craxus", eilte ich zu ihm. „Leutnant Drankai wünscht, außerhalb dieses Gebäudes zu wohnen."

„Ist das wahr, Leutnant?", der Voranier richtete seinen dunkelorangefarbenen Blick auf meine Schulter.

„Ja." Agan stand wieder auf.

„Er ist gestern nicht erschienen." General Hicrai stellte sich vor mich und war sichtlich verärgert, dass ich ihn umgangen hatte.

Da beide Armeeoffiziere den gleichen Rang hatten und über gleichermaßen große Egos verfügten, war die Situation knifflig. In der Ravil-Armee war der Rang eines Generals höher als in der voranischen. General Hicrai hatte mehr Autorität, da er der Befehlshaber der gesamten Ravil-Armee war. Da wir uns jedoch in Voran befanden, hatte General Craxus vor Ort mehr Macht über die Dinge.

Auf jeden Fall waren mir definitiv zu viele Generäle im Raum.

„Es war meine Schuld, dass der Leutnant gestern nicht zu seiner Untersuchung erschienen ist", ich log kaum – Agan hatte den Tag mit mir verbracht. „Es wird nicht wieder vorkommen."

„Emma", tadelte mich Agan leise und zupfte an meinem Ohr. „General, Leutnant Nowak trägt in keiner Weise die Schuld für mein Handeln. Ich habe wenig Vertrauen in weitere Laborverfahren und keine Lust, Gegenstand weiterer Untersuchungen zu sein, besonders da es keine Garantie gibt, dass irgendetwas davon mir helfen wird, zu meiner ursprünglichen Größe zurückzukehren."

General Hicrai wandte sich ihm zu. „Wir glauben, dass die medizinischen Untersuchungen im Interesse der Ravil-Armee sind. Als Ravil-Krieger ist es Ihre Pflicht, sich ihnen zu unterziehen."

„Mit allem Respekt, General", wandte ich ein. „Da die Untersuchungen von der voranischen Regierung durchgeführt werden-"

„Ich rate Ihnen dringend, sich herauszuhalten", unterbrach mich General Hicrai. „Nichts davon fällt in die Zuständigkeit der Erde. Eigentlich gibt es überhaupt keinen Grund für Ihre Anwesenheit hier."

„Leutnant Nowak hat mich hierhergebracht, General", sagte Agan lauter. „Sie ist diejenige, die mich hier *rausholen* wird, wenn der ganze Kram vorbei ist."

Ich wusste nicht genau, was in der Ravil-Armee als Insubordination galt, aber ich war mir sicher, dass Agan, wenn er diese Grenze noch nicht überschritten hatte, definitiv gefährlich nahe daran war. Wenn sein Verhalten disziplinarische Maßnahmen gegen ihn zur Folge hätte, würden wir riskieren, auf die eine oder andere Weise getrennt zu werden.

„Ich bitte um Verzeihung, aber wir müssen anfangen", warf der Voranier in weißem Overall ein.

Beide Generäle starrten ihn an und dann wieder Agan und mich.

„Bevor irgendetwas beginnt, muss ich wissen, dass ich gehen darf, sobald *er* mit mir fertig ist." Agan zeigte auf den Mann im Overall.

„Sie sind nicht derjenige, der hier Entscheidungen trifft", entgegnete General Hicrai scharf.

Ich berührte leise Agans Fuß auf meiner Schulter.

„Nun." Er verschränkte die Arme vor der Brust. „Wenn Sie jemals vorhaben, mich für irgendeine Mission einzusetzen-"

General Craxus stoppte ihn mit einer Geste und tauschte dann einen Blick mit dem Ravil-General.

„Geben Sie mir Ihr Versprechen, dass Sie morgen zur gleichen Zeit hier sein werden", forderte General Craxus.

„Wenn Sie mich heute gehen lassen, komme ich morgen wieder", gab Agan nach, allerdings nicht sehr begeistert.

„Wir sind bereit für Sie, Leutnant." Derjenige, der wie ein Labortechniker aussah, trat schnell heran, begierig darauf, anzufangen.

General Hicrai funkelte beide Voranier böse an, widersprach ihnen aber nicht. Stattdessen zischte er Agan an: „Von jetzt an sorgen Sie dafür, dass Sie pünktlich sind, Leutnant Drankai. Jeden. Einzelnen. Tag."

Ich ging auf meinem Weg zur schwebenden Liege in der Nähe um ihn herum.

„Nehmen Sie bitte Platz", forderte der Voranier im Overall Agan auf.

Ich machte meine Hand flach, damit Agan darauf treten konnte, und ließ ihn dann zur Liege hinunter, wo er von meiner Hand auf die weiße gepolsterte Oberfläche trat.

Mit einem leisen Summen setzte sich die Liege in Bewegung und glitt auf die weit geöffnete Doppeltür zu. Ich wollte folgen, aber General Craxus hielt mich zurück, indem er seine Hand auf meine Schulter legte.

„Ich würde Sie bitten, hier zu bleiben", sagte er.

„Warum?", schaute ich ängstlich über seine Schulter und behielt Agan im Auge.

„Aus mehreren Gründen. Der Hauptgrund ist, dass Ihre Anwesenheit im Labor völlig unnötig ist."

Natürlich hatte er Recht. Ich war weder Wissenschaftlerin noch medizinische Fachkraft. Ich war auch nicht mit Agan verwandt, um darauf zu bestehen, ihn zu begleiten.

„Agan!", rief ich, als die Liege im Begriff war, durch die Türen zu verschwinden. „Ich warte hier auf dich. Okay?"

„Ich komme schon klar, Elf." Er hob eine Hand und winkte mir zu.

Mein Herz schlug wild in meiner Brust, während ich zusah, wie er aus meinem Blickfeld verschwand. Es war nicht das erste Mal, dass wir uns trennten, aber das Gefühl, ihn gehen zu sehen, hasste ich mehr denn je.

Ich packte den Voranier in dem weißen Overall am Ärmel, bevor er die Chance hatte, ebenfalls durch die Türen zu verschwinden. „Wie lange wird es dauern?"

„Ähm, etwa eine Stunde?" Er blinzelte mich an und schaute dann auf meine Finger, die den Stoff seines Ärmels festhielten. „Vielleicht zwei."

„Wie ist Ihr Name?"

„Meiner?" Er runzelte die Stirn. „Warum?"

„Nur für alle Fälle." Falls ich ihn aufspüren müsste, um Antworten zu verlangen, wenn General Hicrai seinen Wunsch durchsetzen würde, Agan festzuhalten, oder falls sonst etwas schiefgehen sollte.

„Mein Name ist Professor Kidreks." Er richtete sich auf und befreite seinen Ärmel aus meinem Griff. „Ich leite das Team, das beauftragt wurde, die Forschung von Professor Voltuds zu untersuchen, einschließlich des Experiments, das er am Leutnant durchgeführt hat. Wenn Sie mich nun entschuldigen würden, ich habe Arbeit zu erledigen." Mit einem kurzen Nicken folgte Professor Kidreks der Trage, die Agan weggebracht hatte.

General Craxus ging ebenfalls.

„Frau Nowak-" General Hicrai kam auf mich zu, sobald sich die Türen hinter ihnen geschlossen hatten.

„*Leutnant* Nowak", verbesserte ich mechanisch, während mein Blick an den weißen Türen klebte, die Agan und mich jetzt trennten.

„Was auch immer", schnaubte der General und ragte über mir auf. „Ich weiß nicht, welche Art von Beziehung Sie mit

Leutnant Drankai haben oder warum er irgendeine Art von Vereinbarung mit Ihnen eingehen würde. Jedoch möchte ich Sie daran erinnern, dass Sie absolut keine Autorität über einen unserer Krieger haben. Es gibt keine Vereinbarungen zwischen Tragul und der Erde – eheliche oder anderweitige. Der Friedenssicherungsvertrag, unter dem Sie arbeiten, stammt aus dem militärischen Abkommen zwischen der Erde und Neron. Sie haben keine Rechte auf Tragul und können keine Ansprüche auf irgendwelche Ravil-Leute erheben."

Der General zeigte mir meinen Platz. Leider hatte er in allen Punkten recht.

Ich straffte die Schultern und erwiderte seinen Blick direkt, auch wenn ich dafür meinen Kopf ganz nach hinten kippen musste. Wie alle Ravil war er so viel größer als ich.

„Ich erhebe keine Ansprüche auf Agan, General", sagte ich mit fester Stimme. „Er ist und war immer seine eigene Person. Aber ich verspreche Ihnen", ich hob meinen Finger, um meinen Punkt zu betonen, „wenn ihm wegen Ihrer schlechten Entscheidungen oder Fahrlässigkeit etwas zustößt, werde ich mich nicht auf irgendwelche Vereinbarungen berufen müssen. Ich werde persönlich *Sie* zur Verantwortung ziehen." Ich stieß meinen Finger durch die Luft in Richtung seiner Brustplatte. „Und Sie werden die Hölle bezahlen."

„GEHT'S DIR GUT?", fragte ich Agan, als wir endlich wieder unter uns waren.

Ein gemietetes Fluggerät brachte uns zurück zum Gebäude des Verbindungskomitees und zu meiner Wohnung.

Er gab mir als Antwort nur ein unverbindliches Achselzucken.

Offensichtlich war er nicht in der Stimmung zu reden. Normalerweise würde ich zurücktreten und den Mann eine Weile schweigen lassen, wenn das das war, was er wollte. In Anbetracht dessen, dass Agan gerade eine medizinische Untersuchung nach dem verrückten Experiment, das an ihm durchgeführt wurde, hinter sich hatte, konnte ich nicht schweigen. Ich musste wissen, was ihn beunruhigte und ob ich ihm irgendwie helfen konnte.

„Wie war es?", fragte ich.

Er zuckte zusammen.

„In Ordnung. Langweilig. Aufdringlich. Nichts Angenehmes, über das man nochmal reden müsste, wirklich." Er lehnte sich gegen die Rückseite des Sitzes und streckte die Beine vor sich aus.

„Glauben sie, dass es möglicherweise-", setzte ich vorsichtig an.

„Eine 'Heilung' oder so etwas gibt?", ließ er mich nicht ausreden. „Nein."

Wir saßen ein paar Momente schweigend da.

„Die einzigen vollständigen Daten, mit denen sie arbeiten können, stammen aus den früheren Experimenten von Voltuds", sprach er schließlich wieder.

„Die, die er an *Yirzi* durchgeführt hat?"

„Ja. Die Ravils haben das Labor gefunden und einige der *Yirzi* gefangen genommen."

Sein düsterer Gesichtsausdruck beunruhigte mich.

„Das ist doch gut, oder? Ich habe dieses kleine quadratische Ding, das ich aus dem Labor mitgenommen habe, Rick gegeben. Jetzt haben sie Zugang zu *all* diesen Geräten. Haben sie herausgefunden, wie man sie benutzt?"

„Nun, sie haben eine Menge lokaler Tiere geschrumpft."

„Geschrumpft? Aber haben sie irgendwelche wieder groß gemacht?"

„Nein." Er wandte sich ab und beobachtete die hohen, glasbekrönten Gebäude von Voran, die außerhalb des durchsichtigen Rumpfes unseres kleinen Flugzeugs vorbeizogen.

Mitgefühl schnürte mir das Herz zusammen. Ich konnte mir nur vorstellen, wie entmutigend es für Agan sein musste, immer wieder die Hoffnung zu verlieren. Selbst für einen von Natur aus optimistischen Menschen wie ihn musste das niederschmetternd sein.

„Haben sie irgendwelche Aufzeichnungen über Voltuds gefunden?", fragte ich.

Er sah mich nicht an, und ich fragte mich, ob er überhaupt antworten würde.

„Einige, aber nichts, was mich erwähnt", sagte er schließlich. „Das Arschloch hat sie entweder vernichtet oder er hatte riesige Datenmengen in seinem Kopf gespeichert. Sie haben allerdings die *Yirzi*-Wachen befragt."

„Und?"

„Die *Yirzi*, die Voltuds geschrumpft hatte, kehrten angeblich innerhalb von Sekunden nach dem Experiment zu ihrer normalen Größe zurück."

Das wären großartige Neuigkeiten. Nur dass Agan darüber nicht glücklich zu sein schien.

„Das ist doch toll. Wenn die Wirkung der Strahlen nur vorübergehend ist, könnte sie auch bei dir irgendwann nachlassen. Oder?"

Seine Brust hob sich mit einem langen Atemzug.

„Alle Versuchsobjekte starben innerhalb von Sekunden, nachdem sie ihre vorherige Größe wieder erreicht hatten."

„Alle?" Mein Atem stockte in meiner Kehle und bildete einen schmerzhaften Kloß. „Sie... starben."

„*Alle*, Emma. Ohne Ausnahme. Es hat anscheinend damit zu tun, dass verschiedene Körpersysteme mit einer plötzlichen Größenzunahme nicht zurechtkommen. Sie versagen innerhalb von Sekunden, was zum Tod des Subjekts führt."

Ich ballte meine Hände zu Fäusten und kämpfte gegen die

Angst an, die mit jedem seiner Worte mein Inneres zu Eis erstarren ließ.

„Das waren *Yirzi*, Agan." Ich klammerte mich an jede Hoffnung, die ich aufbringen konnte, ob real oder eingebildet. „Offensichtlich haben die Strahlen eine andere Wirkung auf Ravils."

„Stimmt." Er lachte traurig auf. „Niemand sagt, dass ich überhaupt jemals wieder meine ursprüngliche Größe erreichen werde."

Und wenn doch, könnte er Sekunden danach sterben.

Grauen rieselte kalt mein Rückgrat hinunter.

„So oder so", er drehte sich endlich wieder zu mir um, „sind meine Aussichten düster."

Seine Gesichtszüge waren hart und entschlossen, aber tief in seinen Augen erkannte ich eine Spiegelung meiner eigenen Verzweiflung.

„Agan..." Ich streckte die Hand nach ihm aus, aber er stand auf dem Sitz auf und kam auf mich zu.

Er kletterte auf meinen Schoß und streckte sich auf dem Rücken entlang meines Oberschenkels aus. Er faltete die Arme unter seinem Kopf und sah mir in die Augen.

„Das Gute ist, dass ich dich habe, Elf. Zumindest fürs Erste."

KAPITEL 15

EMMA

Der Nachteil einer kompletten Glaswand in einer kleinen Wohnung wie meiner war, dass es an sonnigen Morgen kein Entkommen vor dem Sonnenlicht gab. Egal wie viele Blätter und Ranken sich auf der Terrasse hinter dem Glas befanden, das Morgenlicht flutete den gesamten Innenraum.

Ein hartnäckiger Sonnenstrahl hatte seinen Weg zwischen all den Blättern, Zweigen und Blumen gefunden und sich direkt auf mein Gesicht gesetzt, an diesem Morgen zwei Tage nach der ersten Untersuchung, zu der ich Agan mitgenommen hatte. Ich gähnte und streckte mich, und überlegte, ob ich aufstehen und den langen Topf mit dem rankenbewachsenen Gitter verschieben sollte, der als Sichtschutz zwischen meinem Bett und dem Wohnbereich diente, oder ob ich stattdessen Helix befehlen sollte, es für mich zu tun.

Dann wurde mir klar, dass die Sonne bereits so hell schien, dass es wahrscheinlich sowieso Zeit war aufzustehen. Agan musste zurück zum Armee-Hauptquartier für seine nächste Untersuchung.

Mit einer weiteren Streckbewegung rollte ich aus dem Bett... und erstarrte dann, als ich auf die Stelle starrte, wo ich Agan letzte Nacht hingelegt hatte, nachdem er auf meiner Brust eingeschlafen war, wie er es jetzt jede Nacht tat.

Ein Arm lag über der Deckenrolle, die ich benutzt hatte, um ihn davor zu schützen, versehentlich von mir im Schlaf zerdrückt zu werden. Der Arm hatte Agans Tätowierungen und Muskeldefinition, nur dass er jetzt länger war als sein gesamter Körper gestern gewesen war.

Er war gewachsen!

Mein Herz machte vor Aufregung einen Satz, gefror dann aber vor Angst. Seine Worte darüber, dass die *Yirzi* sterben würden, wenn sie zu ihrer ursprünglichen Größe zurückkehren, erfüllten mich mit Entsetzen.

Dies war nicht seine ursprüngliche Größe – bei Weitem nicht – aber er war gewachsen.

Aus Angst zu atmen, tappte ich um das Bett zu seiner Seite.

„Agan...", rief ich mit leiser Stimme und ballte meine eiskalten Hände zu Fäusten, um ihr Zittern zu unterdrücken. „Liebling..."

Ich sank auf die Knie, hin- und hergerissen zwischen dem Drang, ihn wachzurütteln, und der Angst, dass er überhaupt nicht aufwachen könnte.

Völlig nackt lag er auf dem Bauch, ein Arm umarmte die Deckenrolle, ein Bein war angewinkelt, und sein langer Schwanz lag über seinem Oberschenkel. Mit etwa 45 Zentimeter war er immer noch eine deutlich kleinere Version seines früheren Selbst.

Unabhängig von seiner Größe hatte Agan jedoch nie zart oder kindlich ausgesehen. Seine Proportionen blieben immer die eines erwachsenen Mannes, stark und männlich. Wie er da in meinem Bett lag, erinnerte er mich an ein Kunstwerk, jedes muskulöse Glied perfekt geformt. Sein welliges, sandblondes Haar umrahmte seinen Kopf wie ein goldener Heiligenschein und schimmerte im Sonnenlicht.

Ich hoffte verzweifelt, dass er einfach nur schlief.

„Agan, Süßer...", streichelte ich seine Schulter und kämpfte gegen den Kloß, der sich in meiner Kehle bildete. „Bitte..."

Er sog einen tiefen Atemzug ein und drehte sich auf den Rücken.

Er lebte!

Erleichterung durchströmte mich in einem Schwall. Es fühlte sich an, als wäre auch in mich das Leben vollständig zurückgekehrt.

„Gott sei Dank!", atmete ich aus. Ich kletterte aufs Bett, neben ihn, und küsste sein Gesicht, dann seine Brust.

„Na... Guten Morgen." Er lächelte, blinzelte im Licht, während er mit meinen Küssen überschüttet wurde. „Was für eine tolle Art aufzuwachen."

„Wie fühlst du dich?", richtete ich mich auf meinen Armen über ihm auf.

„Ausgezeichnet!", er streckte seinen ganzen Körper durch und schlang dann seinen Schwanz um mein Handgelenk, um mich an sich zu fesseln. „Ich bin nicht sicher, was du da gemacht hast, aber bitte mach weiter."

„Bist du absolut sicher, dass es dir gut geht?", forschte ich in seinem Gesicht nach Anzeichen von Krankheit oder Schwäche.

Sein Lächeln wurde breiter. „Besser als gut, Elf." Er bog seinen Rücken durch, wobei seine morgendliche Erektion in der Luft wippte. „Planst du zu-", er hielt abrupt inne.

Er stützte sich auf die Ellbogen und starrte mich eindringlich an. „Emma? Geht es *dir* gut? Du siehst... kleiner aus."

Er drückte seine Hände in die Matratze und wollte aufstehen.

„Nicht so schnell!", ich hob beide Hände warnend. „Bitte sei vorsichtig. Steh langsam auf. Lass deinen Körper sich erst ein wenig anpassen."

Ich hatte keine Ahnung, was ich hier tun sollte oder wie ich mich über seine zunehmende Größe fühlen sollte, hoffnungsvoll oder ängstlich. Im Moment war ich beides.

„Was ist passiert?", er hob seine Hand, starrte sie an und legte sie dann auf meinen Arm neben ihm. „Ich... Bin ich gewachsen?" Er sah zu mir auf, seine Augenbrauen zogen sich zusammen. „Werde ich zu meiner alten Größe zurückkehren, Emma?"

Ich bedeckte meinen Mund mit der Hand und schaute ihn nur eine Sekunde oder zwei an.

„Ich bin nicht sicher, ob du gerade noch wächst, aber du bist definitiv über Nacht größer geworden, Agan. Schau." Ich streckte meine Hand neben seinen Arm. „So groß warst du gestern, die Länge meiner Hand. Und jetzt ist dein Arm länger als das. Du bist größer geworden, Liebling."

„Lass mal sehen." An meinem Finger festhaltend, stand er auf.

Vorsichtig, flehte ich in Gedanken.

Hoffnung und Angst kämpften ständig in meiner Brust. Ihn so aufrecht stehen zu sehen – stark und gesund – half der Hoffnung, zumindest für den Moment zu siegen.

„Wir müssen Professor Kidreks anrufen, damit er uns sofort im Labor trifft." Ich schwang meine Beine von der Matratze, bereit aufzustehen, aber Agan drückte meinen Finger fester und hielt mich zurück.

„Emma. Warte."

„Wir können nicht warten, Agan. Wenn man bedenkt, was mit dem *Yirzi* passiert ist... Wenn dein Körper Hilfe braucht, um sich an die Größenzunahme anzupassen–"

„Dann kann Professor Kidreks sowieso nicht viel ausrichten", beendete er den Satz für mich. „Emma, alles, was sie in diesem Labor machen, ist nur überwachen, messen und testen. Niemand weiß einen Scheißdreck darüber, was mit mir los ist oder wie man etwas ändern kann. Selbst der verdammte Voltuds wusste nicht, wie man die Ergebnisse seiner eigenen Experimente rückgängig macht. Er hat sich nur damit beschäftigt, Dinge *kleiner* zu machen. Er hat überhaupt nicht dazu geforscht, wie man seine Versuchsobjekte wieder größer macht."

„Wir müssen etwas tun, Agan", murmelte ich, hatte Angst um ihn und fühlte mich hilflos, genau wie all diese Wissenschaftler, die versuchten, Agan sein Leben zurückzugeben. Ich schielte auf Helix' Bildschirm über dem Bett. „Deine nächste tägliche Untersuchung ist erst in etwa zwei Stunden. Wir sollten den Professor anrufen, damit er uns früher trifft."

Er schüttelte entschlossen den Kopf.

„Ich habe es nicht eilig, ihn und sein Team zu sehen.

„Aber was, wenn es dir schlechter geht? Was, wenn du..."

Stirbst.

Ich konnte das Wort nicht laut aussprechen. Meine Kehle schnürte sich zu und schnitt mir für ein, zwei Sekunden die Luftzufuhr ab.

„Wenn ich sterbe", sagte er es für mich, „dann verbringe ich meine letzten Minuten lieber hier mit dir als auf der Liege des Professors."

Ich atmete zittrig aus. Ein Teil von mir wollte Agan schnappen und mit ihm ins Labor eilen, etwas tun – irgendetwas. Ein anderer Teil verstand, dass er ein erwachsener Mann war, fähig, seine eigenen Entscheidungen zu treffen und die Kontrolle über seinen Körper zu haben. Er hatte wahrscheinlich auch recht damit, dass der Professor für ihn keinen Unterschied machen konnte.

„Helix", fragte Agan die KI. „Wie lange dauert es noch, bis wir für meine Untersuchung hier weg müssen?"

„Eine Stunde und sechsundzwanzig Minuten, Leutnant Drankai", kam es von Helix' Bildschirm.

„Zeit genug also."

„Wofür?", fragte ich.

Er kam über die Matratze zu mir. „Ich habe dir versprochen, dir eines Tages ein Ravil-Gericht zu machen. Ich habe gestern endlich eine Ozeah-Muschel bekommen. Ich hatte vor, sie zum Abendessen zuzubereiten, aber…" Seine Stimme verlor sich.

Oh Gott, er wusste es. Er wusste, dass die Möglichkeit bestand, dass er es jetzt nicht mehr bis zum Abendessen schaffen würde.

Mein Herz sank und meine Hände zitterten.

Er umfasste meine Wange und streichelte mit der Nase an meiner Nasenspitze entlang. „Kopf hoch, meine Riesenfrau. Es wird ein guter Morgen. Ich verspreche es."

Auch wenn es sein letzter sein sollte.

Der morbide Gedanke schoss wie eine Kugel durch mein Gehirn und ließ mich aufrechter sitzen.

„Lass uns dieses Frühstück genießen." Agan suchte flehend meinen Blick.

Er stand vor mir, stark und gesund. Lächelnd. Größer als gestern. Das konnte etwas Gutes sein – es *musste* etwas Gutes sein.

Er hatte offensichtlich seine Entscheidung getroffen, und ich würde sie ihm nicht verderben.

Ich bemühte mich, mich zusammenzureißen, und zwang mich zu einem Lächeln.

„Ich kann es kaum erwarten, diese Muschel zu essen, Agan."

Er lachte, seine Züge entspannten sich erleichtert.

„Du isst nicht die eigentliche Muschel, Elf! Nur die Weichtiere darin." Er küsste mich schnell auf den Mund und sprang dann vom Bett. „Helix, ich brauche deine Hilfe in der Küche."

Ja, er war jetzt groß genug, um vom Bett zu *springen*, anstatt den ganzen Weg nach unten klettern zu müssen.

Es *musste* etwas Gutes sein.

GRÜNE RANKEN mit pink- und gelbfarbenen Blüten auf meiner kleinen Terrasse sahen wie Farbkleckse am klaren Wintermorgenhimmel hinter dem Glas aus.

„Ich kann es kaum erwarten zu hören, was du von der *Ozeah*-Muschel hältst." Agan stützte seine Ellbogen auf den Tisch und schaute mich erwartungsvoll an.

Aufgrund seiner zugenommenen Größe musste er nicht mehr *auf* dem Tisch sitzen. Stattdessen hatte ich meinen Koffer auf einen der Stühle gestellt, und er saß darauf, hoch genug, um mit mir zu essen.

Während er und Helix in der vergangenen Stunde in der Küche beschäftigt waren, hatte ich hastig eine neue Hose für ihn aus dem restlichen schwarzen Stoff genäht, den wir im Einkaufszentrum gekauft hatten. Die Hose, die ich früher gemacht hatte, war jetzt viel zu klein für ihn. Seine alte Lederhose war auch nicht mit ihm gewachsen.

Helix' Drohne stellte ein langes, abgedecktes Tablett in die Mitte des Tisches.

„Sieh dir das an", drängte mich Agan aufgeregt. Er wippte sogar ein wenig auf seinem Stuhl, wie ein Kind, das kurz davor ist, ein Geburtstagsgeschenk zu öffnen. Der Gedanke brachte mich zum Lächeln.

Die Drohne hob die Abdeckung vom Tablett und enthüllte eine große, gebogene Muschel in der Mitte. Dampf stieg von dem Gericht auf. Plötzlich wirbelten schillernde Strudel aus leuchtenden Farben entlang der Spirale auf der Oberfläche der Muschel.

„Wow...", hauchte ich ehrfürchtig. „Wie macht sie das?"

„Wenn du die Muschel frisch aus dem Ozean holst, ist sie blassgelb", erklärte Agan. „Einmal gekocht, verändert die Hitze ihre Farbe zu einem tiefen Lila. Während sie aus dem Ofen abkühlt, durchläuft sie das gesamte Farbspektrum des Regenbogens. Sie wird das jetzt stundenlang machen, bis ihre Temperatur die des Raumes erreicht. Hübsch, nicht wahr?"

Ich konnte meinen Blick nicht von den hypnotisierenden Farben abwenden, wie sie sich kräuselten, veränderten und über die strukturierte Oberfläche der Muschel tanzten.

„Agan. Das ist einfach spektakulär! Ich habe noch nie so etwas gesehen. Danke."

Er lehnte sich zurück, mit einem glücklichen Lächeln auf seinen Lippen.

„Ich wollte, dass du das siehst. Ich wusste, es würde dir gefallen."

„Wie isst man sie?"

„So."

Er griff nach zwei Besteckteilen vom Tisch. Mit ihren gebogenen Enden hakte er das gekochte Fleisch der Weichtiere in der Muschel ein und zog daran. Es kam als ein Stück heraus, wie eine lange, leicht gebogene gelbe Wurst, die an einem Ende spitz zulief.

Helix' Drohne hatte bereits ein kleines, längliches Tablett vor jeden von uns gestellt. An einem Ende des Tabletts befand sich ein kleines Schälchen mit cremiger Sauce.

„Schneide ein Stück ab", kommentierte Agan und schnitt das Weichtier in ordentliche runde Scheiben. „Dann tunke es in die Sauce und iss es." Er tauchte eine Scheibe in mein Saucenschälchen und legte sie auf mein Tablett. „Probier mal. Es schmeckt ziemlich gut. Obwohl natürlich nichts mit dem Aussehen mithalten kann."

Ich hakte das Stück mit meinem Besteck auf und nahm einen Bissen. Die Textur war zart und buttrig, wie eine Jakobsmuschel. Der Geschmack kam, wie ich vermutete, hauptsächlich von der Sauce, duftend mit einem Hauch von Gewürz.

„Das ist sehr lecker." Ich gab ihm ein zustimmendes Nicken.

Erst dann begann Agan zu essen.

„Es hat eine Weile gedauert, sie auf Neron zu finden, oder?"
Ich bewunderte die sich ständig verändernden Farben der
Muschel. „Sind sie hier nicht beliebt?"

„Nicht sehr verbreitet. Der Kochprozess der *Ozeah*-
Muscheln ist knifflig. Wenn es nicht richtig gemacht wird, wird
die Muschel einfach dunkel, und es ist die Farbshow, die das
Gericht wirklich ausmacht – das und die Sauce. Der eigentliche
Geschmack der Weichtiere ist für sich genommen sehr mild."

„Wie hast du den Kochprozess richtig hinbekommen?
Hattest du Übung, damals auf Tragul?"

„Meine Familie kommt aus einem kleinen Dorf am Meeres-
ufer. Als ich klein war, waren *Ozeahs* fast das Einzige, was wir
aßen."

Er hatte zuvor kaum je über seine Kindheit oder seine
Familie gesprochen.

„Würdest du mir bitte mehr über das Leben in deinem Dorf
erzählen?"

Er blickte kurz zu mir auf und senkte dann seine Augen,
seine lächerlich langen Wimpern warfen Schatten auf das
samtige Fell seiner Wangen.

„Ich erinnere mich nicht an viel", gab er zu. „Ich erinnere
mich daran, mit meinem Vater fischen zu gehen. Wir tauchten
nach den *Ozeah*-Muscheln. Sie sind nicht leicht zu erkennen im
orangefarbenen Wasser des Ozeans."

„Aber der Ozean auf Tragul ist doch grün."

„An der Oberfläche ist er das wegen des mikroskopischen
Pflanzenlebens und der Art, wie sich das Sonnenlicht darin spie-
gelt. Aber das eigentliche Wasser ist orange, genau wie in den
Flüssen. Das Gelb der *Ozeah*-Muscheln verschmilzt damit. Aber
je tiefer du tauchst, desto dunkler wird es – die blassen
Muscheln beginnen sich vom dunklen Wasser abzuheben. So hat
mein Vater sie gefunden, indem er so tief tauchte, wie er konnte.
Ich war zu jung, um so tief zu tauchen, also blieb ich in der Nähe

der Oberfläche und jagte Schwärme von Wasserfliegen, während ich darauf wartete, dass Vater wieder auftauchte. Mutter kochte die *Ozeahs* in einem riesigen Steinofen vor unserem Haus. Egal wie oft ich sie gesehen habe, wie sie den Deckel vom Gericht nahm, es hat mich immer wieder den Atem anhalten lassen, die Farben zu sehen, wie sie sich bewegten und veränderten."

Die Farbshow war faszinierend, fast magisch, musste ich zustimmen.

Er steckte sich ein weiteres Stück *Ozeah* in den Mund.

„Der Geschmack ist nie ganz derselbe wie damals, als Mutter es zubereitet hat, egal wie sehr ich versuche, es nachzumachen." Er seufzte schwer. „Vielleicht müsste ich wieder fünf Jahre alt sein, damit es genau so schmeckt wie damals."

Erinnerungen blieben verankert in der Zeit, in der sie zuerst entstanden waren, glaubte ich. Es war nie möglich, sie vollständig nachzubilden.

„Du vermisst deine Familie." Es war keine Frage, ich wusste, dass er sie vermisste, aber ich wollte, dass er weiterredet. Er hatte einmal gesagt, dass ich ihn verstehe, und ich hoffte, dass er wusste, dass er mir auch seine wertvollsten Erinnerungen anvertrauen konnte.

„Ja. Es tut nicht mehr so weh wie früher, aber ich vermisse sie immer noch. Jeden Tag." Er sah zu mir auf. Licht durchbrach die dunklen Schatten in seinem Blick. „Mutter hätte dich geliebt. Ich glaube, du hättest sie auch gemocht. Sie war eine großartige Näherin. Sie konnte viele Dinge unglaublich gut – stricken, Perlenarbeit, Filzen, Sticken, alles. Vater wäre allerdings sehr verwirrt von dir gewesen," lachte er. „So wie ich es war – immer noch bin, um ehrlich zu sein."

„Verwirre ich dich, Agan?" Ich lächelte.

„Ich glaube nicht, dass du jemals aufhören wirst, mich zu überraschen, Elf. Ich fühle mich jetzt nur besser darauf vorbereitet, mit all den neuen Entdeckungen über dich umzugehen."

„An mir gibt es nicht so viel. Wirklich." Ich lachte und schüttelte den Kopf.

„Da ist *eine Menge* an dir, Emma. So viel, dass ich nicht sicher bin, ob ein Leben ausreichen würde, um alles über dich zu erfahren."

Ich beobachtete, wie sich die Farbfäden auf der Oberfläche der außerirdischen Schale kräuselten und verfingen. Ein Leben mit Agan zu verbringen, einander kennenzulernen, fühlte sich an wie ein ferner Traum – einer, von dem ich nicht einmal wusste, dass ich ihn hatte, den ich jetzt aber nicht mehr aufgeben wollte. Mein Herz zog sich vor Sehnsucht zusammen.

„Erzähl mir von deiner Familie, Emma," fragte er. „Hast du Geschwister?"

Ich blinzelte, durch seine Frage aus dem Traum gerissen.

„Nein. Keine Geschwister," murmelte ich. „Ich bin Einzelkind."

„Wie ich also." Er nickte. „Und deine Eltern? Sind sie am Leben und gesund?"

„Ja. Beide sind auf der Erde. Sie haben meine Karriere unglaublich unterstützt, aber ich weiß, dass sie es vorziehen würden, wenn ich näher bei ihnen wäre."

„Würden sie die Erde verlassen, um dir hier näher zu sein?"

Das war natürlich eine weitgehend rhetorische Frage seinerseits – meine eigene Zeit in diesem Teil der Galaxie war begrenzt.

„Unser Vertrag mit den Voraniern endet in ein paar Wochen. Selbst wenn er verlängert wird, bin ich nur vorübergehend hier." Ich hatte mich darauf gefreut, irgendwann nach Hause zu gehen. Diesmal erfüllte mich der Gedanke daran mit unerwarteter Traurigkeit. Tragul zu verlassen bedeutete, Agan für immer Lebewohl zu sagen. „Theoretisch ja," räusperte ich mich. „Ich glaube, meine Eltern sind abenteuerlustig genug, um einen Umzug auf einen anderen Planeten in Betracht zu ziehen. Sie sind jetzt beide im Ruhestand. Mama war früher Schneiderin.

Papa war beim Militär. Er war der Grund, warum ich zur Akademie ging. Ich wollte genau wie er sein, und ich würde nicht zulassen, dass meine Größe oder mein Geschlecht mich zurückhält." Ich begegnete seinem Blick. „Egal was jemand darüber tat oder sagte."

„Ich bedauere jeden, der jemals versucht hat, dich davon abzuhalten, den Job zu machen, den du liebst, mich eingeschlossen," lachte er.

„Naja, du hast deine Meinung geändert. Irgendwie."

Er rieb sich die Stirn.

„Um ehrlich zu sein, bin ich immer noch schockiert. Jedes Mal, wenn ich dich in Aktion sehe, bin ich aufs Neue überrascht. Aber ich kann deine Fähigkeiten nicht leugnen. Wenn das ist, was du tun willst, dann gehörst du zur Armee."

„Kriegsführung könnte also doch ein Frauenjob sein?" fragte ich und neigte den Kopf.

„Ich kann nicht für alle Frauen sprechen, aber es ist definitiv *dein* Job, und du bist großartig darin. Ich kann in einem Kampf die Augen nicht von dir lassen," sagte er mit unverkennbarer Bewunderung im Gesicht.

„Du schaust gern zu, wie ich Ärsche trete?" Ich wackelte mit den Augenbrauen und lächelte.

„Ehrlich gesagt, wenn ich dich gegen einen Mann kämpfen sehe, der doppelt so groß ist wie du, bin ich hin- und hergerissen zwischen absoluter Angst und Ehrfurcht. Gleichzeitig... der Anblick von dir in Aktion macht mich an," fügte er mit einem leisen Stöhnen hinzu.

Ich hätte mich beim nächsten Stück *Ozeah* fast mit einem Kichern verschluckt.

„Was findest du daran so sexy? Ist es die Art, wie ich meine Beine einsetze, oder die Art, wie ich mit meinen Klingen umgehe?"

Er beugte sich vor und legte die Arme auf den Tisch. Seine Augen – von derselben lebhaften Farbe wie die Ranken um uns herum – ruhten auf mir. Das Lächeln war jetzt völlig aus ihnen verschwunden.

„Es ist die Art, wie du bist, Emma. Jede einzelne Sache an dir ist bemerkenswert."

Ich hätte es nie vermutet, als ich ihn zum ersten Mal traf, aber Agan entpuppte sich als der perfekte Date-Partner. Er war nicht nur großartig im Bett, sondern auch fähig, ein intimes, bedeutungsvolles Gespräch zu führen. Kein Wunder, dass unser Valentinstag sich inzwischen über Tage erstreckte, und ich hatte keine Lust, ihn zu beenden.

Die Zeit mit ihm war entspannt und angenehm. Es fühlte sich natürlich an, als wären wir schon immer zusammen gewesen.

Als ob wir *zusammengehörten*.

KAPITEL 16

EMMA

„Wie lange noch?", fragte ich die KI des Armeehauptquartiers. Ihr Bildschirm war auf einem Ständer montiert, der mich an einen Stabstaubsauger auf Rädern erinnerte.

„Die Auswertung läuft noch." Ihre teilnahmslose Stimme kratzte an meinem letzten Nerv.

Ich lief schon gefühlt seit Stunden im Empfangsbereich auf und ab. Agans medizinische Untersuchung dauerte heute Morgen viel länger als je zuvor. Ich vermutete, dass es etwas mit seiner plötzlichen Größenzunahme über Nacht zu tun hatte.

Was, wenn es doch Komplikationen gab?

Die fehlenden Updates waren eine Qual für mich.

„Ich muss wissen, warum es so lange dauert", verlangte ich von der KI. „Gibt es ein Problem?"

„Ich bin nicht berechtigt, Ihnen Updates zu geben."

„Und wer dann?", erhob ich meine Stimme gegen das Gerät. „Irgendjemand sollte mir doch sagen können, was los ist."

Die traurige Wahrheit war, dass niemand tatsächlich verpflichtet war, mir irgendwelche Informationen über Agan zu geben. General Hicrai hatte absolut recht, als er sagte, ich hätte keinen Anspruch auf Agan.

„Es ist Mittagszeit, Leutnant Nowak", schlug die KI in einem freundlichen, aber völlig nutzlosen Tonfall vor. „Warum gehen Sie nicht in die obere Etage und genießen ein Essen im Innenhof?"

Ich schaute den Bildschirm mit einem falschen Lächeln an und sagte in demselben Tonfall: „Warum hörst du nicht auf, mir zu sagen, was ich tun soll, und sagst mir stattdessen, was zur Hölle in diesem Labor passiert?"

„Das Labor wird derzeit gereinigt und desinfiziert", antwortete die KI plötzlich.

„Was meinst du damit? Ist es jetzt leer?", mir wurde klar, dass die KI zwar nicht berechtigt war, mich über Agans Status zu informieren, es ihr aber nicht ausdrücklich verboten war, mir den Status der Räume mitzuteilen. „Es ist niemand mehr dort?"

„Nein. Der Untersuchungsraum ist leer."

„Wie lange ist er schon leer?", ich verengte meine Augen auf den Bildschirm.

„Seit zweiundzwanzig Minuten."

Das war mehr als genug Zeit, um Agan zu mir zurückzubringen.

Wo war er?

Niemand hatte sich die Mühe gemacht, mich über seine Verlegung zu informieren. Warum auch? Ich war nicht Agans Familie. Ich gehörte weder seiner Armee noch seinem Heimatplaneten an. Egal, was er über mich dachte oder was ich für ihn empfand, was die beiden Regierungen betraf, war ich ein Niemand für ihn.

Wie sollte ich ihn jetzt finden?

„Wurden in letzter Zeit irgendwelche anderen Räume im

Gebäude belegt?", fragte ich die KI. Wenn sie beschlossen hatten, Agan ohne mein Wissen festzuhalten, mussten sie ihn irgendwo unterbringen.

„Wie kürzlich?"

„In den letzten zweiundzwanzig Minuten", sagte ich und fügte schnell hinzu: „Mach daraus dreiundzwanzig Minuten."

„Ja. Zwei Besprechungsräume wurden während dieser Zeit belegt." Der Bildschirm leuchtete mit Etagenplänen und Raumnummern auf. „Möchten Sie einen der verfügbaren Räume buchen?"

„Nein."

Ich erkannte den Standort der beiden Räume, die auf dem KI-Bildschirm hervorgehoben waren. Einer davon war derselbe Raum, in dem Agan und ich das Meeting mit Rick und dem voranischen General hatten, bevor wir den Einsatz im Haus von Professor Voltuds durchführten.

„Andererseits", sagte ich zur KI, „werde ich wohl deinen Rat befolgen und etwas essen gehen. Falls jemand nach mir sucht, lokalisiere mich bitte über eines deiner Geräte. Ich werde mich auch bei einer deiner Drohnen in den Gärten oder der Cafeteria melden."

Das hatte ich tatsächlich vor, allerdings erst, nachdem ich mir den Besprechungsraum angesehen hatte.

Ich verließ den Laborempfangsbereich und fuhr mit dem gläsernen Röhrenaufzug in die Etage, wo sich der Besprechungsraum befand, den wir das letzte Mal genutzt hatten. Je näher ich kam, desto stärker wurde das Gefühl in mir, dass Agan dort war.

Als ich mich der milchigen Glastür des Raumes näherte, legte ich mein Ohr daran und lauschte den Stimmen dahinter. Ich erkannte keine von ihnen als Agans, aber das tiefe Nuscheln beider Generäle war unverkennbar. Zumindest einer von ihnen sollte mir einige Antworten geben können.

„Madam, dies ist ein privates Meeting." Der neben der Tür montierte KI-Bildschirm erwachte zum Leben.

„Ich *muss* auch dabei sein", beharrte ich.

Es war inzwischen weit über zwanzig Minuten her, seit Agans Untersuchung beendet war. Was machten sie jetzt mit ihm? Wohin hatten sie ihn geschickt? Ich wusste, dass er keinen Moment länger als nötig in diesem Gebäude bleiben wollte. Sie mussten ihn gegen seinen Willen festhalten.

Der Bildschirm flackerte, als die Stimm- und Gesichtserkennungssoftware des Systems ansprang.

„Leutnant Nowak, Sie sollten eigentlich in der Cafeteria sein", tadelte die KI, ein schmollender Unterton schlich sich in ihre sonst so teilnahmslose Stimme.

„Ich habe beschlossen, zuerst hier vorbeizuschauen."

„Sie stehen nicht auf der Liste der zugelassenen Teilnehmer."

„Nun, das sollte ich aber." Ich legte beide Hände an die Tür und versuchte, sie aufzuschieben. „Könnten Sie mich bitte reinlassen?"

Vielleicht hatte ich noch eine Chance, den Leuten, die Agan gefangen hielten, zur Vernunft zu bringen, wenn ich mich beeilte.

„Bitte treten Sie von der Tür zurück. Sie stehen nicht auf der Liste-"

Die Frustration über den Widerstand der KI kollidierte mit meiner ängstlichen Sorge um Agan und löste eine Explosion der Wut aus.

Ich platzte heraus und verlor meine Geduld.

„Okay, weißt du was, das reicht! Wenn du mich nicht reinlassen willst, schaffe ich es eben selbst."

Ich zog den Rock meiner Uniform hoch und trat mit dem Bein so hart ich konnte gegen die Glastür. Das milchig-weiße Glas zersplitterte durch den Aufprall des harten Absatzes meines schlichten schwarzen Pumps.

Der KI-Bildschirm blitzte rot auf. „Sie werden disziplinarische Maßnahmen wegen Vandalismus und wegen-"

„Schön. Senden Sie den Bericht an Hauptmann Miller." Ich stieg über die Glasscherben in den Raum.

„Was soll das alles bedeuten?" General Craxus erhob sich drohend von seinem Sitz am sechseckigen Tisch und richtete seine Hörner auf mich.

Professor Kidreks sprang mit einem erstickten Schrei des Schocks von seinem Stuhl auf. „Leutnant Nowak!"

„Deshalb ist die Armee kein Platz für Frauen!" Auch General Hicrai sprang auf, sein Gesicht wurde unter der feinen Schicht des kurzen, goldbraunen Fells schnell knallrot. „Sie sind nicht zu dressieren!"

Auf einem breiten Brett sitzend, das auf den Armlehnen eines Stuhls am Tisch lag, war Agan der Einzige im Raum, der nach meinem zugegebenermaßen dramatischen Auftritt sitzen blieb. Mit hochgezogener Augenbraue blickte er mich mit einem warmen Lächeln im Gesicht und einem Funken Belustigung in den Augen an.

„Ach, Elf..." Er schüttelte den Kopf, bevor er ihn in seine Hand sinken ließ.

Die quälende Angst in mir ließ etwas nach, als ich ihn dort sah, unverletzt.

„Was geht hier vor?" Ich ließ meinen Blick von Agan zu allen anderen Anwesenden wandern.

„Ist Ihnen klar, Leutnant, dass Sie kein Recht haben, irgendwelche Fragen zu stellen?" sagte General Craxus barsch, seine Hörner immer noch in meine Richtung gerichtet.

„Genau!" tobte General Hicrai. „Und Sie haben absolut kein Recht, hier zu sein." Er wandte sich an die nächste KI-Drohne. „Sorgen Sie dafür, dass ein Bericht an ihre Vorgesetzten geht. Sie muss so schnell wie möglich von Neron entfernt werden. Ihr Platz ist auf dem Raumschiff von der Erde."

Ich holte Luft, um zu widersprechen.

„Ich mache es nicht!" sagte Agan schnell, laut und deutlich. „Wenn ihr Leutnant Nowak vom Planeten schickt, tue ich nicht, was ihr von mir wollt."

„Du kannst nicht ablehnen!" brüllte General Hicrai. „Es ist deine Pflicht gegenüber Ravie. Und gegenüber Tragul. Es ist ein Befehl, Soldat!"

„Wozu zwingen sie dich?" fragte ich und trat näher an Agan heran.

„Was wir hier besprochen haben, darf mit niemandem geteilt werden, Leutnant Drankai", erhob General Craxus warnend seine Stimme. „Leutnant Nowak ist kein Teil dieses Treffens oder Ihrer Mission." Er wandte sich zu mir. „Bitte verlassen Sie sofort den Raum."

Ich stellte mich beiden Generälen gegenüber.

„Ich melde mich freiwillig."

Alarm blitzte wild in Agans Augen auf.

„Elf, nein!"

„Wovon redest du?" spottete General Hicrai.

„Freiwillig wofür?" Der andere General runzelte die Stirn.

„Für welche Mission auch immer ihr Agan schickt, ich melde mich freiwillig dafür." Ich zog einen Stuhl an den Tisch und ließ mich darauf fallen. „So. Ich bin jetzt Teil seiner Aufgabe und muss bei diesem Treffen dabei sein. Also, bringt mich auf den neuesten Stand."

„Emma", sagte Agan fest. „Du kannst nicht mit mir kommen, nicht dieses Mal."

Ich warf ihm einen fragenden Blick zu. „Was ist dieses Mal so anders?"

„Leutnant-" begannen beide Generäle gleichzeitig.

Es blieb unklar, ob sie mit Agan oder mir sprachen. Ob sie mich erneut zurechtweisen wollten oder versuchten, Agan davon abzuhalten, das zu sagen, was er als Nächstes sagte.

„Ich gehe in den Abgrund von Krokkan, um den Zentralen Verstand der *Fescods* zu beseitigen, Emma."

„DAS IST... Selbstmord. Und das sollten sie wissen." Ich ballte meine Fäuste auf dem Tisch vor mir und vermied es, Agan anzusehen.

Er hatte darauf bestanden, ein paar Minuten mit mir unter vier Augen zu sprechen. Keiner der Generäle hatte viel dagegen einzuwenden. Sogar General Hicrai stand auf und verließ den Raum mit nur einem minimalen Knurren.

Ihre plötzliche Nachgiebigkeit bewies meine Vermutung. Sie wussten, dass Agan so gut wie tot war. Und mit Toten streitet man nicht, in keiner Welt und auf keinem Planeten.

Ich hörte, wie er tief einatmete.

„Der Grund, warum General Trulgadi seinen guten Namen ruiniert und mit einem Gauner wie Voltuds gemeinsame Sache gemacht hat, war, dass er hoffte, einen Weg zu finden, um die *Fescods* als Bedrohung für unser Land ein für alle Mal zu beseitigen," erklärte Agan. „Indem wir sie einzeln töten, konnten wir einige Gebiete tief in Ravie befreien, aber wir haben seit Jahren keine wirklichen Fortschritte mehr gemacht. Je mehr wir töten, desto mehr von ihnen kommen nach."

Ich starrte weiter auf meine Hände auf dem Tisch vor mir. Meine Knöchel wurden weiß vor Anspannung, als ich meine Fäuste zusammenpresste. „Wie hoffte dein General, sie zu beenden? Indem er sie schrumpft?"

Er nickte.

„Er hatte von Voltuds und seiner Arbeit gehört und bot ihm einen sicheren Ort an, um seine Forschung außerhalb von Neron fortzusetzen."

„Im Austausch für eine Art Superwaffe?"

„Richtig. Leider wurde früh klar, dass *Fescods* nicht geschrumpft werden konnten, nicht mit den Mitteln, die Voltuds in seiner Forschung verwendete. Lichtstrahlen werden von ihrer Haut reflektiert, einschließlich derjenigen, die Voltuds in seiner Forschung einsetzte. Nicht, dass es den Professor davon abgehalten hätte, seine Forschung an anderen Arten fortzusetzen, wie du weißt." Er legte seine Hand über meine Faust auf dem Tisch. „Emma, General Trulgadi hat niemals Experimente an mir oder irgendeinem anderen Ravil genehmigt, aber hier sind wir. Es ist passiert. Beide Regierungen wollen jetzt diese Gelegenheit nutzen—"

Ich drehte mich schnell zu ihm um.

„Wie genau planen sie, dich zu benutzen?"

„Hast du die Bilder des *Fescods*-Gehirns im Abgrund von Krokkan gesehen?", fragte er.

Der genaue Standort des *Fescods*-Gehirns war vor etwa anderthalb Jahren bestätigt worden. Allerdings konnte niemand einen Weg finden, es zu zerstören. Das Gehirn befand sich in der Schale eines riesigen Meerestieres, das in prähistorischen Zeiten auf Tragul gelebt hatte. Der Knochen des Skeletts, der wie eine poröse Blase geformt war, galt als unzerstörbar mit den Waffen, die derzeit beiden Arten zur Verfügung standen.

Ich hatte die neuesten Bilder gesehen, die aus der Ferne durch das Wasser aufgenommen worden waren.

„Ja, habe ich. Die Schale des Gehirns sieht aus wie ein Stück Honigwabe oder ein Schwamm."

Er nickte.

„Sie ist porös. Vor Millionen von Jahren war die Schale das Skelett einer riesigen Weichtierart. Als das Geschöpf starb, bildete sich darin neues Leben. Das ist die Theorie darüber, wie *Fescods* entstanden sind. Sie haben sich aus diesem einen Organismus – ihrem Gehirn – entwickelt. Sie sind alle nur Erweiterungen davon, fähig, die Oberfläche zu durchqueren und in unserem Land zu wüten, unter dem Befehl ihres stationären

Gehirns. Es kommuniziert mit ihnen allen, indem es Wellen durch die vielen Öffnungen der Schale sendet. Die Öffnungen wurden kürzlich als zu klein bestätigt, als dass eine normale Person hindurchpassen könnte, um das Zentrum zu erreichen."

„Agan, nein... bitte." Je mehr er sprach, desto klarer wurden mir die Absichten der Regierungen, und desto mehr tat mir das Herz weh.

Ich öffnete meine Fäuste, um seine Hand in meine zu nehmen – klein, aber rau und kantig, umklammerte sie meine Finger mit beträchtlicher Kraft.

„Alles, was ich je getan habe, Emma, fast mein ganzes Leben, soweit ich mich erinnern kann, ist, gegen sie zu kämpfen." Er blickte mir aufmerksam in die Augen. „Es ging all diese Jahre hin und her – wir gewannen eine Schlacht, wir verloren eine. Jahrzehntelang. Egal wie viele wir töten, es gibt immer mehr. Hast du jemals miterlebt, wie sich *Fescods* vermehren?"

Ich schüttelte den Kopf. *Fescods* brüteten nicht, sie teilten sich wie Zellen. Ich wusste das, aber ich hatte es nie tatsächlich geschehen sehen.

„Es ist, gelinde gesagt, beunruhigend", fuhr er fort. „Sie zucken ohne Vorwarnung. Eine blasse Linie bildet sich in der Mitte ihrer Körper. Dann zieht sie sich zusammen, wie ein Gummiband, wodurch die beiden Teile auf jeder Seite davon anschwellen. Im nächsten Moment teilt sich der *Fescod*, gegen den du gekämpft hast, in zwei, beide sind sofort kampfbereit."

„Das klingt..."

Erschreckend.

„Entmutigend", beendete er für mich. „Die gesamte feindliche Streitmacht verdoppelt sich direkt vor deinen Augen. Es lässt deine Bemühungen nutzlos erscheinen. Egal was du tust, egal wie hart du kämpfst und wie viele du tötest, es werden immer mehr sein. Skrupellos, gefühllos und mörderisch. Beherrscht von der Macht, die sicher am Grund des unzugänglichen Abgrunds versteckt ist." Er streichelte zärtlich meine

Hand. „Du bist auch Soldatin, Emma. Krieg ist unser Job, aber Frieden ist das ultimative Ziel jedes Krieges, oder nicht? Die meisten Ravils erinnern sich nicht mehr daran, was Frieden ist. Viele haben ihn überhaupt nie erlebt."

Ich atmete tief ein und spürte seine Frustration. Ich verstand die Verzweiflung seines Volkes und den Wunsch, den Krieg zu beenden, der oft endlos erschien.

Dennoch war ich nicht bereit, Agans Leben dafür zu opfern. Ganz gleich, wie großartig oder edel dieses Opfer auch sein mochte.

„Es gibt Gründe, warum *Fescods* ihre zentrale Gehirnmacht an diesem Ort verstecken, Agan. Der Abgrund von Krokkan ist unerreichbar."

Tief unter den orange-grünen Gewässern des tragulischen Ozeans war der Abgrund von Krokkan für keine Oberflächenkreatur außer den *Fescods* überlebbar. Der massive Wasserdruck in dieser Tiefe würde jedes bekannte empfindungsfähige Wesen zerquetschen, lange bevor es überhaupt den Boden erreichen würde.

„Bevor ich im Schoß von Professor Kidreks als sein neues Laborobjekt landete", sagte Agan, „arbeitete ein anderes Team von ihm an einem Material, das dem Druck des Ozeans im Abgrund standhalten kann. Sie hatten sogar eine komplette Kapsel und einen Tauchanzug fertiggestellt, bevor detailliertere 3D-Bilder bestätigten, dass eine ausgewachsene Person nicht durch das Netz der Schale passen würde. Offenbar hatten sie schon eine Weile die Idee, mich dort hinunterzuschicken. Aber da ich in letzter Zeit plötzlich größer geworden bin, wird das Projekt jetzt beschleunigt. Sie fertigen gerade einen Anzug für mich an. Er wird morgen fertig sein."

Morgen.

So bald.

Natürlich verstand ich, dass Agans Größe ihm einen Vorteil gegenüber jeder anderen Person da draußen verschaffte.

Kleiner als selbst ein Kind, konnte er durch die winzigsten Öffnungen der Schale passen, um das Innere des Gehirns zu erreichen und es zu zerstören.

„Deine jetzige Größe mag dir helfen, dorthin zu gelangen, aber sie macht dich nicht unverwundbar, Agan. Du bist genauso verletzlich wie wir alle, sogar noch mehr."

„Na, danke." Er verzog das Gesicht.

„Das stimmt. Du kannst dich leicht verletzen."

Fescods waren in der Lage, ihren inneren Druck an den außerhalb ihres Körpers anzupassen und hatten keine Probleme, unter Wasser zu überleben. Hunderte von *Fescods* bewachten die Schale und den Verstand darin, bereit, jeden und alles zu eliminieren, was den Verstand bedrohen könnte.

„Nichts gegen dich, aber egal wie stark und tödlich du früher warst, Agan, ein *Fescod* würde jetzt kurzen Prozess mit dir machen."

Er legte den Kopf schief, ein Funke der Herausforderung leuchtete in seinen brillant grünen Augen auf.

„Er müsste mich erst mal erwischen." Er grinste.

Ich seufzte schwer. Angst umklammerte mein Herz mit eisigen Fingern, die selbst die Wärme seines Lächelns nicht schmelzen konnte.

„Ich wünschte, die Drohnen könnten das erledigen." Ich schüttelte den Kopf.

„Leider können sie das nicht."

Ich wusste das – diese Information war Teil unseres Briefings, bevor meine Einheit überhaupt auf Tragul angekommen war. Der Verstand kommunizierte, indem er Signale an alle *Fescods* aussendete. Er nahm auch die Energiewellen um ihn herum wahr, was den Einsatz von Technologie unmöglich machte. Der Verstand hatte alle in den Abgrund geschickten Drohnen leicht erkannt und *Fescods* befohlen, sie zu zerstören, lange bevor eines der Geräte in seine Nähe kommen konnte.

Ich hatte auch gehört, dass die voranische Regierung ihre

Erkundungsbemühungen des Abgrunds eingestellt hatte, weil sie befürchtete, dass der Verstand, wenn er gestört würde, den *Fescods* befehlen würde, ihn zu verlegen. Die Voranier hatten fast zwei Jahrzehnte gebraucht, um ihn überhaupt zu lokalisieren, und sie wollten nicht riskieren, wieder von vorne anfangen zu müssen.

„Sei nicht böse, Elf," bat Agan, wahrscheinlich besorgt wegen meines düsteren Gesichtsausdrucks.

„Böse? Nun, ich sollte es sein." Vernichtende Angst und Sorge erdrückten meine Brust. Wut schien leichter zu ertragen, nur auf wen sollte ich wütend sein? Wenn es nur etwas bringen würde, auf etwas wütend zu sein. „Hattest du vor, mir von dieser... Selbstmordmission zu erzählen? Oder wolltest du einfach allein losziehen?"

„Natürlich wollte ich es dir sagen. Ich würde nicht gehen, ohne mit dir zu reden. Und es ist kaum ein Selbstmord, Elf. Ich habe voll und ganz vor, zu dir zurückzukehren. Ich werde auch nicht ganz allein sein. Ein Ravil-Krieger kommt mit mir bis zum Grund, um mir zu helfen, mich bei Bedarf um die *Fescods* zu kümmern, die den Verstand bewachen." Er drückte meine Hand wieder fest. „Ich muss das tun, Emma. Es könnte die einzige Chance sein, diese ganze Sache zu beenden. Ich hätte nie gedacht, dass ich lange genug leben würde, um das Ende dieses Krieges zu sehen. Jetzt könnte ich ihn selbst beenden, in weniger als einem Tag."

So sehr es mich auch niederschmetterte, ich verstand es. Ich war auch Soldatin. Ich hatte Schlachten verloren und die Frustration der Niederlage erlebt. Nur dass die Kriege, die ich geführt hatte, nicht in meiner Heimat stattfanden. Meine Familie, meine Lebensweise, mein Land waren nicht in Gefahr gewesen. Während einer Mission riskierte ich mein eigenes Leben, nichts weiter.

Dennoch hatte ich immer dasselbe Ziel, wenn ich in eine Schlacht zog – zu gewinnen.

Agans ganzes Leben war ein einziger ununterbrochener Kampf gewesen. Und er hatte gerade die Chance bekommen, sein Ziel zu erreichen – ihn ein für alle Mal zu gewinnen.

Wäre ich an seiner Stelle, würde ich diese Chance auch nicht verpassen. Da er jedoch derjenige war, der in Gefahr schwebte, konnte ich es nicht akzeptieren.

„Ich komme mit dir." Ich straffte meine Wirbelsäule.

„Nein." Seine Stimme war fest und unnachgiebig.

„Du machst das nicht ohne mich, Agan. Du wirst Hilfe brauchen."

„Ich werde Hilfe haben. Wie gesagt, jemand wird mit mir in der Kapsel kommen. Er wird mich dann zurückbringen, wenn ich fertig bin."

Inzwischen würde ich an der Oberfläche auf ihn warten, den Verstand verlieren, während er tief unter dem Meer sein Leben riskieren würde. Und wenn ihm dort unten etwas zustieße, würde ich es vielleicht nie erfahren...

Ich biss mir fest auf die Lippe und konzentrierte mich auf den körperlichen Schmerz, um mich davon abzuhalten zusammenzubrechen.

„Dich zurückzubringen ist *mein* Job, Agan. Das ist es, was *ich* tue."

Ein breites, warmes Lächeln breitete sich auf seinem Gesicht aus. „Ja, das ist es, meine große Frau. Und du warst wunderbar darin, mich sicher nach Hause zu bringen. Diesmal jedoch", er zwinkerte mit einem neckenden Funken in den Augen, „werde ich jemanden ohne Brüste oder Dekolleté haben, der das für mich tut."

Ich konnte es nicht fassen, dass jemand anderes auf ihn aufpassen sollte. Niemand konnte gut genug sein, um ihm Agans Leben anzuvertrauen. Niemand kümmerte sich so sehr um ihn wie ich. Das konnten sie einfach nicht.

„Agan, ich werde offiziell beantragen, dich zu begleiten, und ich glaube, die Generäle werden mir in diesem Fall zuhören."

Seine Augenbrauen runzelten sich, und ich beeilte mich, die Worte auszusprechen, bevor er mich unterbrechen konnte. „Siehst du, ich bin viel kleiner als jeder deiner Ravil-Krieger." Nie im Leben hätte ich meine zierliche Größe als Vorteil betrachtet. Zum ersten Mal in meinem Leben war ich tatsächlich froh, dass ich es nie über eins fünfzig hinaus geschafft hatte. „Ich kann dich weiter begleiten als jeder andere Soldat, der derzeit in einer der beiden Armeen dient. Ich bringe dich tief in diese Schale hinein."

„Nein." Er schüttelte heftig den Kopf. „Es wäre viel zu gefährlich."

„Also ist es okay für dich, dein Leben zu gefährden? Aber nicht für mich?" Ich schnaubte.

„Genau", gab er ärgerlich ruhig zu.

„Wir sind ein Team, Agan, erinnerst du dich? Wie würdest du dich fühlen, wenn *ich* diejenige wäre, die in die tödlichen Tiefen des Abgrunds taucht? Könntest du in Voran ruhig bleiben? Dich fragen, ob du mich jemals wiedersehen wirst, lebendig?"

„Nein." Er runzelte die Stirn, seine Fassung wankte. „Ich würde es nie zulassen. Ich würde verrückt werden."

„Warum ist es dann okay, mir das anzutun?"

„Weil ich nicht funktionieren kann, wenn du in Gefahr bist!", schnappte er, während er vom Stuhl aufsprang.

Ich rutschte von meinem Sitz und sank auf die Knie, um auf Augenhöhe mit ihm zu sein, während er im Raum auf und ab ging.

„Ich werde nicht den ganzen Weg mitgehen", flehte ich. Ich wusste, dass ich nicht durch *alle* Öffnungen in der Schale passen würde, um mit ihm den Verstand zu erreichen. „Aber bitte lass *mich* dich begleiten anstelle eines anderen Soldaten. Bitte lass mich diejenige sein, die dir am nächsten ist, die erste, die zu dir kommt, wenn du zurückkehrst."

Denn er musste zurückkommen. Und ich musste da sein, um sicherzustellen, dass es passierte.

„Bitte. Ich muss dabei sein, um zu wissen, dass wir beide es schaffen werden."

Oder dass keiner von uns beiden es schaffen würde.

Plötzlich wurde mir klar, dass es noch einen weiteren Grund gab, warum ich nicht zurückgelassen werden wollte – ich wollte nicht in einer Welt weiterleben, in der es Agan nicht mehr gab.

KAPITEL 17

EMMA

„*K*omm mit mir, Emma", sagte Agan und steuerte direkt auf das Bett zu, sobald wir an diesem Abend endlich in meiner Wohnung angekommen waren.

Ich war erschöpft. Mein Hals fühlte sich wund an, nachdem ich stundenlang geredet hatte, um erst Agan und dann die beiden Generäle zu überzeugen, mich mit ihm in die Tiefen des Abgrunds gehen zu lassen. Schließlich stimmten sie zu, da ich aufgrund meiner Größe und meiner militärischen Ausbildung und Erfahrung tatsächlich am besten geeignet war.

Im Fall von General Hicrai glaubte ich, dass er einfach deshalb nachgegeben hatte, weil er lieber mein Leben riskieren wollte als das Leben eines seiner Krieger. Was mir recht war.

Danach hatte ich ein Gespräch mit Rick, um die Logistik zu klären. Als Agan und ich endlich nach Hause gehen konnten, war es bereits Nacht.

Agan war im Flugzeug still gewesen. Ich wusste, dass ihm die Entscheidung, mich morgen mitkommen zu lassen, nicht leicht gefallen war. Ich erinnerte mich an das, was er zuvor gesagt hatte – dass er um mein Leben fürchtete, wenn er mich in Aktion sah, aber mich gleichzeitig in gefährlichen Situationen an seiner Seite brauchte. Ich war froh, dass Letzteres überwog. Er hatte meinem Mitkommen nicht ausdrücklich zugestimmt, aber er hatte aufgehört, dagegen anzukämpfen.

„Zieh dich aus." Er stand jetzt auf dem Bett und schaute mich an.

Ich hatte mich noch immer nicht vollständig an seine Größenzunahme gewöhnt. Kaum bis zu meinem Knie groß, wirkte er jetzt viel größer als das. Selbst als er noch bequem in meine Hand passte, konnte er einen Raum mit seiner Präsenz füllen.

„Zieh dich aus, Emma", wiederholte er mit leiser, aber fester Stimme.

Von der Größe her war ich überlegen. Bei der Arbeit waren wir gleichgestellt. Und im Bett übernahm Agan die Führung. Ich konnte im Armeehauptquartier mit ihm kämpfen oder im Dschungel mit ihm streiten. Hier, im Schlafzimmer, war ich machtlos, ihm nicht zu gehorchen. Und ich wollte es auch gar nicht.

Ein Kribbeln der Erregung schoss von Kopf bis Fuß durch meinen Körper. Langsam zog ich meine Uniform aus und schlüpfte aus meinen Schuhen. Ich griff nach dem Verschluss meines BHs auf dem Rücken, aber er stoppte mich: „Nein, lass mich das machen." Er rückte zur Seite und machte Platz auf dem Bett für mich. „Komm her."

Ich setzte mich, und er ging hinter mich.

„Wir müssen das nutzen, Elf", sagte er in einem leichteren, vertrauteren Ton, bevor er meinen BH öffnete. „Wir müssen den Moment nutzen. Was, wenn ich bald wieder schrumpfe?"

Er könnte schrumpfen oder wachsen. Beides könnte passieren, während wir im Abgrund wären. Was würde dann geschehen?

Ein Schauer des Grauens lief durch mich.

„Schhhh." Er ließ seine Hände über meinen Rücken gleiten. „Im Moment gibt es nichts, worüber du dir Sorgen machen musst, meine Riesenfrau. Es sind nur du und ich, und ich werde dir gleich zeigen, wie großartig ich in dieser Größe bin."

Er drückte sein Gesicht an meinen Rücken und küsste dann meine Haut, während er die Träger meines BHs von meinen Schultern zog.

Keiner von uns wusste genau, was der morgige Tag bringen würde. Heute Abend ging es aber nur um uns. Ich zwang alle beängstigenden Gedanken weg und konzentrierte mich nur auf seine Hände, die meinen nackten Rücken streichelten.

„Nicht um deinem Ego zu schmeicheln", lächelte ich. „Aber ich bin sicher, du bist in jeder Größe großartig, Schatz."

„Ich will, dass du sie alle ausprobierst", kicherte er gegen meine Haut. „All meine Größen."

Er ging vor mich.

„Leg dich hin", befahl er und warf meinen BH beiseite.

Ich legte mich auf den Rücken, und er setzte sich auf meinen Oberarm.

„Das ist jetzt viel einfacher, wo ich größer bin." Er umarmte meine Brust mit beiden Armen und nahm dann die Spitze in seinen Mund.

Der scharfe Druck seiner Zähne ließ mich aufschreien. Dann überflutete eine warme Welle der Lust meinen Körper, als er den Schmerz mit seiner Zunge linderte.

„Ich kann jetzt beide berühren." Er grinste und setzte sich rittlings auf mich. Mit einem Bein auf jeder Seite meines Brustkorbs streckte er beide Hände aus und streichelte mit jeder eine Brustwarze. „Dies wird für immer mein Lieblingsort auf der Welt bleiben." Er beugte sich vor und küsste das Tal zwischen meinen Brüsten.

Ich stöhnte leise. Die Lustfunken seiner Berührungen

verstreuten sich durch meinen Körper wie Wellen in einem Teich.

„Gib mir deine Hände", sagte Agan.

Unsicher, was er wollte, hob ich meine Hände über meine Brust.

„Halte diesen für mich. Genau so." Er positionierte meine Hand unter meiner Brust und arrangierte meine Finger genau so, wie er es wollte. „Drück die Spitze." Er justierte den Griff meines Daumens und meines Fingers an meiner Brustwarze.

Ich tat, was er verlangte, und ein weiteres Stöhnen entwich meinen Lippen, als eine Welle der Erregung durch meinen Körper jagte.

„Fester, Liebling, weil ich weiß, dass du es fester magst." Er drückte meine andere Brustwarze in seiner Hand, was meine Hüften vor einer Welle scharfer Lust zucken ließ. Er zog seine Zunge über die Spitze meiner Brust und folgte mit einem Kuss.

Er legte meine andere Hand um meine zweite Brust und glitt dann meinen Körper hinunter.

„Heb deine Hüften an." Er packte den Bund meines Höschens. „Genau so", murmelte er, während er es mir die Beine hinunter bis zu meinen Knöcheln zog. „Braves Mädchen."

Mit einer Hand an jedem meiner Schienbeine ließ er mich meine Beine beugen. Er ließ seine Handflächen über die empfindliche Haut meiner Oberschenkelinnenseiten gleiten und kam näher.

„Bereit?" Er sah zu mir auf und kniete sich zwischen meine gespreizten Beine.

Mein Atem stockte bei der sanften Berührung seiner Finger, als er meinen empfindlichsten Punkt umkreiste und dann fest den Ballen seiner Handfläche darauf drückte.

Ich konnte nur nicken als Antwort auf seine Frage. Die Worte hatten mich verlassen.

Mit einer Hand auf meiner heißen, geschwollenen Nervenknospe ballte er die andere Hand zur Faust.

„Lass mich dich innen fühlen." Er schob seine Hand hinein, und ich bog meinen Rücken durch mit einem Keuchen.

Es fühlte sich so gut an, ausgefüllt zu sein.

Er öffnete seine Faust in mir und streichelte etwas, das pure Lust durch meinen Unterleib flattern ließ. Meine inneren Muskeln zogen sich um seinen Arm zusammen.

„Oh, Agan... Das ist..." Ich stöhnte bei der exquisiten Empfindung seiner tanzenden Finger in mir. Er bewegte seinen Arm tiefer, bis meine Öffnung seinen Bizeps umschloss. Was auch immer ich sagen wollte, verlor sich in einem lauten Stöhnen, das tief aus meiner Brust kam.

Intensive Lust spiralte durch meinen ganzen Körper und baute sich höher und höher auf. Mit seinem Arm tief in mir legte Agan seinen Mund außen auf mich, knabberte und saugte neue Wellen der Ekstase aus mir heraus.

Die heiße Quelle des Drucks in mir spannte sich mit jeder Bewegung Agans an. Mit einem weiteren Lecken und Streicheln entfaltete sie sich und rollte mit Glückseligkeit durch mich hindurch.

Ich schrie, meine Schenkel zitterten, meine Arme verkrampften sich in den Bettlaken unter mir.

Für ein paar intensive, freudvolle Momente hörte die Welt auf zu existieren, während ich auf der Höhe des unglaublichsten Orgasmus ritt.

Mit einem langen, zitternden Einatmen entspannte ich mich zurück in die Laken, jeder Muskel in meinem Körper bebte mit der abklingenden Flut der Empfindungen, die Agan in mir ausgelöst hatte.

„Ich könnte jetzt sterben..." Die Worte schwebten träge aus meinem Mund. „Und ich würde absolut glücklich sterben."

Agan sprang über meinen Schenkel, kam an meine Seite und setzte sich dann wieder rittlings auf meine Brust, knapp unter meinen Brüsten.

„Stirb nicht." Er beugte sich näher und gab jeder meiner Brüste einen zärtlichen Kuss. Die Berührung seiner Lippen flatterte wie Schmetterlingsflügel über meine Haut – sanft und beruhigend. „Das ist erst der Anfang. Ich werde dich lieben, solange ich..." Seine Augenbrauen zuckten, rückten näher zusammen, und sein Adamsapfel bewegte sich beim Schlucken. „Solange ich am Leben bin."

Was vielleicht nicht mehr so lange sein wird...

Die wahre Bedeutung seiner Worte hallte in meinem Kopf wider und resonierte mit einem Schmerz in meiner Brust.

Selbst wenn die morgige Mission erfolgreich sein sollte, gab es nichts als Ungewissheit in Agans Zukunft.

„Wirst du so lange bei mir bleiben, Emma?", fragte er plötzlich. „Bis zum Ende meiner Tage?"

Ich hatte es mir nicht erlaubt, weit in die Zukunft zu denken, weil ich wusste, dass wir keine gemeinsame haben durften. Ich hatte mir verboten zu träumen und stattdessen jeden Moment genommen, wie er kam.

Doch als ich jetzt versuchte, mir mein Leben ohne Agan vorzustellen, konnte ich es nicht. Es fühlte sich leer an, unvollständig und erschütternd einsam.

„Ich habe dir nichts zu bieten, Emma, außer mir selbst, und selbst das ist nicht viel", sagte er mit einem kurzen Lachen. „Ein besserer Mann hätte dich zu deinem sicheren, friedlichen Leben auf deinem Planeten zurückkehren lassen." Er fixierte mich mit seinem Blick, sein Gesichtsausdruck wurde härter. „Aber ich bin ein Arschloch. Ich brauche dich mehr als die Luft zum Atmen, und ich will dich egoistischerweise behalten, egal was passiert. Bleib bei mir, Emma."

Ich atmete schwerer, meine Brust hob und senkte sich unter ihm.

„Wir können nicht..."

General Hicrais Worte kamen mir wieder in den Sinn, ‚*Sie haben kein Recht...*'

„Es gibt keine Abkommen zwischen unseren Planeten", sagte ich.

„Vergiss die Abkommen oder die Planeten." Agan schüttelte den Kopf. „Vergiss diese ganze verdammte Welt. Sag mir, was *du* denkst. Was fühlst du für mich, Emma?"

Seine Augen suchten meine, sein Ausdruck nachdenklich, als hinge sein Leben von dem ab, was ich als Nächstes sagen würde.

Ich suchte tief in mir nach der Wahrheit. Denn er verdiente die ehrlichste Antwort.

„Ich hatte nicht erwartet, überhaupt Gefühle für dich zu haben, Agan. Anfangs hast du mich genervt. Du hast mich bei ein paar Gelegenheiten richtig wütend gemacht. Trotzdem hat mich immer etwas an dir angezogen, selbst damals. Je besser ich dich kennenlernte, desto mehr mochte ich dich. Und jetzt..." Ich legte meine Hände auf seine Oberschenkel, und er umfasste meine Daumen. „Jetzt tut der Gedanke, dich zu verlassen, weh", sagte ich mit einem Kloß im Hals.

Scheiß auf General Hicrai. Agan zu verlassen wäre qualvoll schmerzhaft. Unmöglich.

Ich blinzelte und spürte, wie sich kommende Tränen hinter meinen Augenlidern sammelten.

„Verdammt, Agan." Ich setzte mich auf, wodurch er nach hinten rutschte und in meinem Schoß landete. „Ich kann mir nicht vorstellen, dich zu verlassen." Ich rieb mir die Stirn. „Ich will nicht daran denken. Das hier..." Ich wedelte mit der Hand zwischen uns hin und her, „Ich dachte, ich könnte eine einfache Urlaubsromanze mit dir haben. Leicht und unkompliziert, ohne Verpflichtungen..."

Was ich nicht berücksichtigt hatte, war er selbst, Agan. Ich hatte nicht erwartet, dass er zu tieferen Gefühlen fähig wäre. Ich hatte nicht gedacht, dass meine eigenen Gefühle für ihn so stark werden würden.

„*Verpflichtungen?* Welche Verpflichtungen?" Er berührte mit der Hand seinen Hinterkopf, wo normalerweise Übersetzer implantiert waren. „Das wurde nicht sehr gut ins Ravil übersetzt. Was meinst du damit?"

„Es ist ein Begriff für eine lockere Beziehung, ohne Bindungen, ohne Verbindung zwischen Menschen außer der körperlichen." Ich stieß langsam einen zittrigen Atem aus und flüsterte: „Nur Sex. Keine Bindung."

Er lehnte sich gegen meine angewinkelten Beine zurück, wie in einem Liegestuhl, und verschränkte die Arme vor der Brust.

„Oh, aber es gibt Bindungen, meine süße Nummer Elf." Er verengte die Augen, als wäre es ganz meine Schuld, dass *die Bindungen* entstanden waren. „Nicht nur Bindungen, sondern dicke Metallkabel, so dick wie mein Arm." Er schielte auf seinen Bizeps. „Na ja, so dick, wie er mal war", murmelte er, dann wandte er seinen Blick wieder zu mir. „Spürst du die Verbindung nicht? Es ist passiert, dagegen können weder du noch ich jetzt etwas tun."

„Die Seile, so dick wie dein Arm, werden sehr schwer zu durchtrennen sein, wenn ich weggehe." Meine Stimme klang zu leise, niedergedrückt von Traurigkeit. „Es wird wehtun. Sehr."

„Die würden nicht durchtrennt werden", sagte er entschlossen. „Ich *brauche* dich in meinem Leben. Wäre ich meine normale Größe, würde ich dich umarmen, dich halten und nie wieder loslassen. So wie es jetzt ist..." Er rollte mit den Schultern. „Kann ich nur betteln." Er hielt meine Augen mit seinem Blick fest, hielt mich fester an Ort und Stelle als jede Umarmung. „Bleib bei mir."

Oh, wie sehr ich ja sagen wollte, mehr als alles andere auf der Welt.

„Wenn ich das tue, wäre es Fahnenflucht, Agan. Ich würde gejagt, gefangen und vor Gericht gestellt werden..."

Sein Kiefer bewegte sich, sein Mund presste sich zu einer festen Linie zusammen.

„Dann nimm mich mit dir."

Schock durchfuhr mich.

„Würdest du deine Welt für mich verlassen?"

Er drückte meine Daumen noch fester, so fest, dass es anfing zu schmerzen.

„Es gibt nichts, was ich nicht für dich tun würde, Emma. Die Bindungen, von denen du sprichst, haben mich gefesselt. Es gibt keine Welt, kein Leben für mich ohne dich, jetzt."

Aber Agan mit mir zur Erde zu nehmen? War das möglich?

Irgendwie war es nicht einmal wichtig, denn es gab auch keine Welt für mich ohne ihn.

„Wir müssen es schaffen, Agan." Ich ließ meine Fingerspitzen an seinen Seiten entlang, über die harten Kanten seines Oberkörpers gleiten. „Wir bleiben zusammen."

Wir müssten einfach dafür kämpfen, wie wir schon für andere Dinge gekämpft hatten.

Mit einem langen Atemzug entspannten sich seine Gesichtszüge, als hätte meine Antwort bereits alles gelöst.

„Solange das ist, was du willst, werde ich alles tun, um es zu ermöglichen. Wir werden morgen tun, was sie von uns verlangen-"

Mir kam eine Idee.

„Agan. Wo wir gerade von Fäden sprechen. Du wirst ein Seil brauchen, das dich mit mir verbindet."

„Ein echtes Seil?" Er legte den Kopf schief, der vertraute sonnige Funke von Humor blitzte in seinen Augen. „Glaubst du nicht, dass die unsichtbaren Fäden ausreichen, um mich für immer an deiner Seite zu halten?"

„Nein, ich meinte für morgen." Ich lächelte. „Es gibt einen Mythos in meiner Welt, eine Geschichte über einen Helden, der in ein Labyrinth ging, um eine mörderische Bestie zu töten. Die Frau, die den Helden liebte, gab ihm einen Fadenknäuel und behielt das Ende am Eingang bei sich. Er ging hinein, fand die Bestie und tötete sie. Der Held folgte dann dem Faden, um den Weg zurück zum Ausgang und zu ihr zu finden."

„Du hast Angst, dass ich mich im Inneren des Schalenskeletts verirren könnte?"

Ravils Orientierungssinn war viel besser als der menschliche. Die Art und Weise, wie Agan mich damals aus dem Dschungel auf Tragul geführt hatte, hatte es mir bewiesen. Dennoch würde mich eine greifbare, physische Verbindung wie ein Seil zwischen uns morgen beruhigen, wenn er dorthin gehen würde, wohin ich ihm nicht folgen könnte.

„Du wirst nur begrenzt Zeit haben, um rein- und rauszukommen. Es könnte helfen."

„Okay. Wir besorgen ein Seil." Er streichelte zärtlich meine Hand. „Aber egal was passiert, ich werde immer den Weg zurück zu dir finden, Elf."

KAPITEL 18

„Machen Sie sich bereit für den Einsatz", ertönte eine mechanische Stimme außerhalb unserer transparenten Kapsel.

Die vertraute Mischung aus Aufregung und Beklemmung durchströmte mich, als der Countdown begann.

Die Stimme klang gedämpft, drang durch die Wände der Kapsel. Es gab keine Lautsprecher im Inneren. Wir hatten auch keine Mikrofone.

Die schmale Kapsel war wie ein Fischkörper geformt, seitlich abgeflacht, mit nur genügend Platz für mich, um in der Mitte zu liegen. Sie war am Heck des Transportschiffs positioniert, das gerade über dem tragulischen Ozean schwebte. Nur die Falltüren im Boden des Schiffes trennten uns von der Wasseroberfläche.

Agan saß auf meinen Oberschenkeln und hielt seinen Helm. Mein Helm lag weiter unten auf meinen Beinen. Wir beide trugen dunkelviolette Tauchanzüge, schlank und eng anliegend, hart, aber flexibel, aus einem ähnlichen Material wie die Kapsel.

„Los."

Die Türen öffneten sich, und ich griff instinktiv nach Agans Arm. Die Kapsel wurde schnell an einem Kabel herabgelassen.

Statt des Dschungels glitzerte unter uns das grüne Wasser, soweit das Auge reichte. Wir waren genau über dem Ort, an dem sich tief unten der Verstand der *Fescods* befand.

Ich erhaschte einen Blick auf die Wellen, die über den Ozean rollten, bevor das Kabel sich löste und die Kapsel auf die Oberfläche traf. Sie landete flach auf ihrer Seite und riss mich seitwärts mit. Dann sank der beschwerte Boden zuerst ein und zog die Kapsel in eine aufrechte Position.

Agan drückte einen Finger meiner Hand, die ich um seinen Bizeps geschlungen hatte, und ich zwang mich, meinen Griff zu lockern, aus Angst, ihm wehzutun. Er tätschelte beruhigend meine Hand.

Der grüne Ozean von Tragul erhielt seine leuchtende Farbe von den mikroskopischen Organismen an seiner Oberfläche und der Art, wie das Sonnenlicht von ihnen reflektiert wurde. Die im Wasser gelösten Mineralien ließen es seine Farbe ändern, je tiefer wir sanken.

Das Grün verschwand allmählich und das satte Gelb übernahm. Es verwandelte sich in dunkles Orange, je weiter wir gingen. Dann begann die echte Dunkelheit einzusetzen.

Agan und ich durften nicht sprechen. Wir hatten auch keine elektronischen Geräte, weder in der Kapsel noch an unseren Anzügen. Selbst unsere Gedanken könnten unsere Anwesenheit dem bizarren außerirdischen Wesen verraten, das über Gehirnwellen kommunizierte und vermutlich auch andere Wellenarten wahrnehmen konnte – elektronische, elektrische, möglicherweise magnetische oder sogar Schallwellen.

Die silbernen Hauben, ähnlich einer Skimaske geformt, bedeckten unsere Köpfe. Die Ausschnitte an der Vorderseite ließen nur unsere Augen und Nasen frei, während sie unsere Münder bedeckten, wahrscheinlich um uns zu helfen, jeder Versuchung zu sprechen zu widerstehen.

Die Dunkelheit draußen wurde absolut. Nach einer Weile nahm ich nicht einmal mehr die Bewegung der Kapsel wahr und fühlte mich wie im Vakuum schwebend. Das unheimliche Gefühl wurde immer beunruhigender, bis schließlich ein Hauch von Panik aufkam.

Ich atmete schneller und verbrauchte mehr von unserem begrenzten Sauerstoffvorrat.

Agan löste meine Hand von seinem Arm und legte sie sanft, aber bestimmt in seinen Schoß, wo er sie behutsam massierte. Ob er mich beruhigen oder seine eigenen Nerven besänftigen wollte, die rhythmischen Bewegungen seiner Finger wirkten beruhigend. Ich versuchte, meine Atmung mit dem Gleiten seiner Hand über meiner zu synchronisieren, als ob meine gesamte Existenz auf diesen einen Berührungspunkt zwischen uns beschränkt wäre – den Kontakt unserer Hände durch die zwei Handschuhschichten, die sie trennten.

Ich wusste, dass der Abstieg zum Grund etwa eine Stunde und fünfunddreißig Minuten dauern sollte. Es fühlte sich jedoch an, als sei eine Ewigkeit vergangen, schwebend in der absoluten Dunkelheit, bevor ein Leuchten aus der Tiefe das Wasser um uns erhellte.

Das Licht von tief unten drang durch die Masse orangefarbenen Wassers und gab ihr einen unheimlichen rostigen Farbton, die Farbe von getrocknetem Blut. Ich verscheuchte den morbiden Vergleich und sammelte meine Gedanken. Wie immer während einer Mission verengte sich mein Fokus auf den gegenwärtigen Moment, mein Geist schweifte nicht mehr ab, außer um die nächste Minute oder zwei zu planen.

Das Glühen wurde heller, je tiefer wir gingen, das Orange-Rot wechselte zu tiefem Magenta, dann zu hellem Rosa. Es konzentrierte sich in einer Kugel unter uns – ein pulsierendes

Lichtbündel, eingeschlossen in einem harten Netz aus uraltem Knochen, der stärker war als jedes Metall, das den verschiedenen Spezies der Galaxis derzeit bekannt ist.

Große, dunkle Gestalten schwebten darüber und unterbrachen das Licht – *Fescods*, die persönlichen Wächter des Verstands.

Kurze Zeit später berührte unsere Kapsel endlich den tiefsten Grund des weiten Ozeans von Tragul. Eine Wolke aus feinem roten Sand stieg auf und verbreitete sich langsam in Schwaden durch das Wasser.

Mit einem leichten Klopfen auf meine Hand drehte sich Agan zu mir um. Ich ließ seinen Arm los und griff nach meinem Helm hinter ihm. Mein Blick kreuzte sich mit seinem.

Aufrecht auf meinen Oberschenkeln stehend, riss er plötzlich die Maske von seinem Mund. Ich sog scharf die Luft ein, besorgt, dass er etwas sagen wollte. Ich wünschte mir, seine Stimme zu hören, mehr als alles andere in diesem Moment. Niemand wusste jedoch mit Sicherheit, ob der Verstand ein Sprachmuster in den Schallwellen erkennen konnte. Wir waren angewiesen worden, still zu bleiben.

Agan beugte sich näher, zog auch meine Maske herunter. Dann begegneten seine Lippen den meinen in einem kurzen, verzweifelten Kuss. Er endete viel zu schnell. Er zog sich zurück, sein intensiver Blick verweilte für einige endlose Sekunden auf meinen Augen.

Ein kurzer Kuss und ein langer Blick – bevor wir in die Gefahr eintauchten, aus der es vielleicht keine Rückkehr gab...

Ich durfte mir nicht erlauben, so zu denken. Eine lähmende Angst würde mich sicherer in den Tod führen als die enorme Wassermasse über uns oder die dunklen Gestalten, die über dem mörderischen Licht da draußen schwebten.

Ein plötzliches Zittern erschütterte die Kapsel. Dann breitete sich ein feines Netz von Rissen über ihre Oberfläche aus, wie ein sofortiges Spinnennetz.

Das sollte nicht passieren.

Alarm blitzte in Agans Augen auf. Er riss seine Maske zurück an ihren Platz, warf mir mit beiden Händen meinen Helm zu und setzte seinen eigenen auf.

Schnell befestigte ich meine Maske über meinem Mund und setzte den Helm auf, bevor die Seite der Kapsel zusammenbrach. Wasser flutete sie. Jetzt hatten wir nichts als unsere Anzüge, um uns vor dem enormen Druck des Ozeans über uns zu schützen, vor den fast eisigen Temperaturen hier unten oder einfach davor zu ertrinken. Zum Glück hielten unsere Anzüge, anders als die Kapsel, stand.

Mit einem Blick über seine Schulter zu mir schlüpfte Agan durch die kollabierte Seite und aus der Kapsel. Das dünne, metallisch-rote Seil begann sich von der Spule in der Tasche an seinem Oberschenkel abzuwickeln. Das andere Ende des Seils war an einer Schlaufe an meinem Gürtel befestigt.

Ich folgte ihm hinaus.

Die formlosen Gestalten der *Fescods*, die um die leuchtende Schale schwebten, warfen Schatten, wie Wolken, die vor der Sonne vorbeiziehen. Statt der Friedlichkeit von Wolken war jedoch eine nervöse Energie in ihrem Bewegungsmuster erkennbar. Sie hielten Ausschau, bewachten ihren Geist.

Agan reihte sich in einen vorbeiziehenden Schwarm goldener Tiefseefische ein und nutzte ihre papierdünnen, langen Körper als Deckung, um sich näher an die riesige Schale heranzuschleichen.

Die Fische zuckten zusammen und verzerrten ihre einheitliche Formation, als ein *Fescod* vorbeischwamm. Sein großer Körper dehnte sich und zog sich zusammen, während er sich mit einer für seine Größe unerwarteten Geschwindigkeit durchs Wasser trieb. Weder die Kälte noch der enorme Druck des Ozeans schienen ihm oder den anderen *Fescods*, die den Geist bewachten, etwas auszumachen.

„Ich wette, die sind wie Kakerlaken", blitzte plötzlich ein

Gedanke durch mein Gehirn. *„Die würden auch einen Atomangriff überleben.*

Agan duckte sich hinter den nächsten Felsen am Boden und zog mit seiner Hand an dem roten Metallseil, das uns verband. Ich ließ mich auch zu Boden fallen und schaffte es hinter den Felsen, einen Moment bevor der Fischschwarm komplett in der Dunkelheit jenseits des Leuchtens verschwand.

Ein mit langen Filamenten bedeckter Tentakel schnellte plötzlich aus einer der vielen runden Öffnungen an der Oberfläche des „Felsens" hervor. Er schlug mir gegen die Vorderseite meines Helms. Erschrocken zuckte ich zurück und riss an der roten Schnur, die Agan noch in der Hand hielt.

Er warf mir einen fragenden Blick über seine Schulter zu, und ich schüttelte den Kopf und gestikulierte, dass alles in Ordnung sei.

Er nickte und deutete auf den nächsten runden „Felsen" ein paar Meter von uns entfernt. Sobald der *Fescod*, der uns am nächsten war, die Richtung änderte und von uns wegschwamm, stieß sich Agan mit beiden Füßen vom „Felsen" ab und trieb sich zum nächsten.

Ich folgte ihm und ahmte seine Bewegungen nach.

Die Streuung der „Felsen" endete etwa dreißig Meter vor der riesigen Schale, die den Geist beherbergte. Sie erhob sich über uns, teilweise im roten Sand am Boden vergraben, größer als die größte Glaskuppel in Voran.

Strahlen von weiß-rosa Licht strahlten aus den unebenen, runden Öffnungen und durchdrangen das dunkle Wasser. Kurze Impulse von Rot und Orange schossen die Strahlen hinauf. Ich fragte mich, ob diese von Signalen verursacht wurden, die mörderische Anweisungen an die Soldaten der *Fescod*-Armee an der Oberfläche trugen.

Ehrfurcht überkam mich kurzzeitig beim Anblick der unheimlichen Lichtshow.

Agan schlug mir auf den Arm und riss mich aus meinen

Gedanken. Er deutete auf die Schale und zeigte auf den offenen Bereich, den wir überqueren mussten, um dorthin zu gelangen, in voller Sicht der *Fescod*-Wachen.

Ich beobachtete ihre Bewegungen um uns herum. Sobald der nächste weit genug entfernt schien, nickte ich Agan zu, und er neigte bestätigend seinen Kopf. Wir stießen uns vom „Felsen" ab und jagten beide durch das offene Wasser in Richtung der Schale.

Ihre Lichtstrahlen erleuchteten uns so hell wie ein Bühnenscheinwerfer. Ich konnte jedes einzelne Detail an Agans Anzug klar erkennen, während er weniger als dreißig Zentimeter vor mir schwamm.

Zwei der *Fescods* zuckten zusammen und änderten abrupt ihre Flugbahnen, um in unsere Richtung zu steuern – wir waren entdeckt worden.

Mit rudernden Armen und strampelnden Beinen trieb sich Agan durch das Wasser des offenen Raums. Ich gab mein Bestes, um mitzuhalten, und schwamm schneller, als ich es je zuvor getan hatte.

Wir schwammen durch die nächste Öffnung in der Schale, verlangsamten aber nicht. Das unebene, runde Loch war etwa so groß wie ein Doppelgaragentor – definitiv groß genug, dass auch ein *Fescod* durchkommen konnte.

Aus dem Augenwinkel sah ich eine dunkle Gestalt, die hinter uns hereinkam. Ohne anzuhalten, warf Agan mir einen schnellen, konzentrierten Blick zu und dann auf den *Fescod* hinter uns, und bedeutete mir weiter zu schwimmen. Ich schwamm weiter und hatte Angst, noch einen Blick auf das zu werfen, was uns verfolgte.

Im Inneren sah die Schale wie ein gehärteter Schwamm aus. Die Tunnel und Öffnungen variierten im Durchmesser, von den großen wie dem, in dem wir uns befanden, bis zu denen, die weniger als dreißig Zentimeter Durchmesser hatten.

Agan bog in eine der engeren Öffnungen ab, groß genug für

jeden von uns, aber zu klein für einen *Fescod*. Die rote Schnur spannte sich kurz zwischen uns und erschlaffte dann wieder, als ich ihm eilig folgte.

Ich hatte es fast durch die engere Passage geschafft, als ein harter Ruck an meinem Bein mich zurückwarf. Als ich mich umdrehte, stand ich Auge in Auge mit einem grauen, schlammigen Augapfel des *Fescod*. Er wackelte auf einem der vielen dünnen Auswüchse, die aus dem Klumpen seines Körpers herausragten.

Ich tastete an meinem Gürtel herum, zog schnell ein Stahlmesser aus seiner Halterung und versenkte die Klinge in einer Stelle direkt unter dem Auswuchs mit dem Auge.

Das Wasser verlangsamte meine Bewegungen. Der *Fescod* zog mich näher, weitere Fühler sprossen aus seinem Körper. Einige hatten Greifzangen an der Spitze, die sich an meine Arme und Schultern klammerten. Andere entrollten sich wie lange, schlangenartige Tentakel und wickelten sich um meine Handgelenke und Knöchel.

Ich hielt den Messergriff mit aller Kraft fest und zog die Klinge nach unten, wodurch ein Schnitt entstand, der so lang wie mein Unterarm war. Die Anstrengung gegen die Fühler, die meinen Arm zur Seite zogen, zehrte an meiner Kraft. Meine Hand zitterte, meine Finger rutschten vom Messergriff ab.

Die dunkle Wolke aus *Fescods* Blut strömte aus seiner Wunde und breitete sich durch das Wasser zwischen uns wie hauchdünne Seide aus. Durch sie hindurch, wie durch einen Schleier, sah ich, wie die Ränder des Schnitts, den ich gemacht hatte, zu zittern begannen und sich zusammenpressten. Der *Fescod* hatte den Geweberegenerationsprozess eingeleitet, der bald jede Spur der Wunde beseitigen würde.

Ich hatte das noch nie miterleben können. Oben an der Oberfläche tötete ich *Fescods* schnell, bevor die Regeneration eine Chance hatte, einzusetzen.

Mit gefesselten Händen und Füßen konnte ich jetzt nicht an

die Herzen des *Fescods* gelangen. Er zog an meinen Knöcheln und Handgelenken, spreizte mich wie einen Seestern und drückte dann meinen Rücken an die Wand des Tunnels. Da seine Scheren das Material meines Anzugs nicht durchdringen konnten, wurde mir mit Entsetzen klar, dass der *Fescod* mich töten wollte, indem er mich zwischen der Masse seines Körpers und der harten Oberfläche der uralten Schale zerquetschte.

Er presste sich flach gegen mich, wobei die graue Haut meine Sicht vollständig versperrte. Bisher hatte der Anzug dem zerquetschenden Druck des Ozeans standgehalten. Würde der zusätzliche Druck der Masse des *Fescods* zu viel für das experimentelle Material sein?

Durch den Anzug spürte ich plötzlich eine Zuckung des *Fescods*, der gegen mich gepresst war. Die graue Haut löste sich von meinem Helm.

Agan hatte seine Füße in den heilenden Schnitt in der Haut des *Fescods* gestemmt. Er hielt ihn offen und tauchte schnell hinein. Als er wieder auftauchte, hielt er triumphierend das blutige Bündel der noch schlagenden Herzen des *Fescods* hoch.

Agans Mund blieb hinter der silbernen Maske verborgen, aber sein neckisches Lächeln spiegelte sich in seinen Augen wider, als er ein langes Schneidwerkzeug aus der Scheide an seinem Gürtel nahm und dann demonstrativ das Herzbündel auf die brutalste Weise zerschnitt. Offensichtlich tat er es in so dramatischer Weise für mich, als komplettes Gegenteil zu meiner ordentlichen „mädchenhaften" Art, *Fescod*-Herzen zu entsorgen.

Ich schüttelte den Kopf und streifte die schlaffen Fühler des toten *Fescods* von meinen Armen und Beinen. Ein Lächeln umspielte meine Lippen unter der Maske, und ich machte keine Anstalten, es zurückzuhalten. Agans Neckerei brachte ein Gefühl von Normalität und linderte die Anspannung in meiner Brust.

Sein Blick glitt hinter meine Schulter; scharfe Konzentration vertrieb das Lächeln aus seinen Augen, als er mit dem Kopf zum Eingang des Tunnels zeigte.

Eine Gruppe von *Fescods* eilte durch die breite Öffnung von draußen herein. Agan gestikulierte in Richtung der engen Passage vor uns und schlüpfte als Erster hindurch. Ich folgte ihm sofort und gelangte außerhalb der Reichweite der *Fescods*.

Agan wartete, bis ich sicher drinnen war, bevor er weiter in das Netz des Schalenskeletts vordrang. Der rote Faden zog sich hinter ihm her und markierte für mich den Weg.

Ich schwamm ihm nach, in Richtung des hellen Lichts im Zentrum der Schale.

Die Öffnungen in der porösen Schale wurden kleiner, je näher wir dem Zentrum kamen. Kein *Fescod* konnte uns hier folgen. Nach einer Weile fand ich es jedoch zunehmend schwieriger, mich durch die Löcher zu quetschen, stieß mit den Schultern an und musste meine Hüften anwinkeln, während ich mich hindurchwand.

Ein Stück weiter wurde klar, dass ich nicht weiter mit Agan gehen konnte. Der Faden wickelte sich hinter ihm ab, während er weiter von mir fortschwamm.

Er hielt abrupt an, offensichtlich erkennend, dass er mich zurückließ. Er drehte sich um und ließ seinen Blick über den Knochenkreis schweifen, der mich von ihm trennte. Diese nächste Öffnung war offensichtlich zu klein, um selbst meinen Helm hindurchzubekommen.

Sein Blick traf meinen. Ich lächelte ermutigend und hoffte, dass er es in meinen Augen lesen konnte, auch wenn er meinen Mund nicht sehen konnte.

„Ich liebe dich", blitzte durch meinen Kopf und zwickte mein Herz mit intensiver Sehnsucht.

Ich liebte ihn. Ich liebte ihn wirklich. Ich liebte diesen Mann, und ich hatte es ihm nie gesagt.

Diese Erkenntnis traf mich wie ein Schlag in den Magen.

Dann drückte die bittere Reue, dass ich ihm diese drei Worte jetzt nicht sagen konnte, meine Brust zusammen.

Ich umklammerte den Rand der Öffnung, die zu klein war, als dass ich hindurchpassen könnte, und starrte auf seine Gestalt, wie sie aus dem Blickfeld verschwand, verschluckt vom unmöglich hellen Licht des fremden Verstandes.

Komm zurück, Agan. Tu, was du tun musst, und komm dann zu mir zurück.

Denn ich liebe dich.

KAPITEL 19

Er spürte Emmas Blick auf seinem Rücken, während er von ihr wegschwamm. Das Gefühl blieb bestehen, selbst als er sie nicht mehr sehen konnte. Es gab ihm Kraft zu wissen, dass sie auf ihn wartete. Das dünne, rote Seil war nicht das Einzige, was ihn mit ihr verband. Eine unsichtbare, aber viel stärkere Schnur erstreckte sich von seinem Herzen zu ihrem, eine Verbindung, die keine Entfernung brechen konnte.

Er musste bei dieser Mission Erfolg haben, und wenn nur, damit er zu ihr zurückkehren konnte.

Er schlängelte sich durch das Geflecht des uralten Knochens und nutzte dabei nichts als den angeborenen Orientierungssinn der Ravils und seine Instinkte, bewegte sich vorwärts, zum Zentrum und zum Verstand der *Fescods*.

Das blendende Licht wurde noch stärker, sodass er dagegen anblinzeln musste. Farbausbrüche schossen hindurch, an ihm vorbei. Durch die schmalen Schlitze zwischen seinen Augenlidern spähend, bewegte er sich weiter ... bis es plötzlich keinen Weg mehr gab.

Seine Hände drückten gegen eine feste Masse, obwohl es absolut keine visuelle Veränderung in dem Licht vor ihm gab, unmöglich hell und blendend.

Er tastete herum und vergewisserte sich, dass dies keine Verengung im Tunnel war. Die Masse unter den Handschuhen seines Anzugs gab nach, wenn er fester drückte – zäh und dick, aber weicher als der Knochen des Schalengerippes. Ähnlich der Haut der *Fescods*.

Er zog wieder sein langes Schneidewerkzeug heraus. Fast so lang wie sein Bein, war die schmale Klinge immer noch etwas kürzer als die Messer, die er zuvor als Waffen gegen die *Fescods* benutzt hatte. Seine alten Messer wären jetzt allerdings viel zu schwer für ihn.

Den schmalen Griff mit beiden Händen umklammernd, stieß er die Klinge nach vorne. Es war unmöglich, unter Wasser einen guten Schwung für einen Schlag aufzubauen. Stattdessen stemmte er seine Füße in die Wände des Tunnels und schob die Klinge langsam mit seinem ganzen Körper in die Masse vor ihm.

Ein blutrotes Blitzen zickzackte durch die sterile Weiße des umgebenden Lichts. Sendete der Verstand ein Notsignal? Einen Alarm? War es ein Zeichen von Schmerz?

Das war ihm egal. Die roten, pulsierenden Energiestöße um ihn herum ignorierend, versenkte er seine Waffe immer tiefer in die Masse vor ihm. Die Klinge drang ein, bis zum Griff. Auf dem Griff liegend, bewegte er ihn nach unten und schnitt die Masse auf.

Das rote Licht vibrierte entlang der Schnittkanten und markierte die Wunde, die er gemacht hatte. Sie war groß genug, damit er hindurchpasste. Er griff hinein, seine Hand traf auf den festen Muskel, kein Hohlraum, in dem er nach Herzen suchen konnte. Das galt, falls der Verstand überhaupt Herzen hatte.

Alles, was auf den Scans zu sehen war, war eine runde Form im Inneren – der Kern des Verstandes. Ihn zu erreichen, so glaubten die Voranier, war der einzige Weg, den Verstand zu töten.

Seinen Kopf und die Schultern durch den Schnitt schiebend, schnitt er weiter in den Muskel unter der äußeren Membran. Während er die Wunde vertiefte, drang er weiter vor und schnitt sich seinen Weg nach vorne.

Der Verstand der *Fescods* war innen genauso hell wie außen. Das Gewebe der Muskeln und der Membran strahlte Licht aus, als wären sie davon durchdrungen.

Mit einem weiteren Stoß sank seine Klinge plötzlich ein und traf auf keinen zähen Widerstand des Muskels mehr.

Ein Klumpen schimmernden, rosafarbenen Gels sickerte aus dem Schnitt.

Das Blut des Verstandes?

Er verlängerte den Schnitt, dann führte er seinen ganzen Arm bis zur Schulter hinein und suchte nach etwas Rundem und Festem, das der Kern sein könnte.

Seine Hand kam leer zurück.

Er befestigte die Klinge wieder an seinem Oberschenkel, schlüpfte durch den Schnitt und tauchte in die schimmernde, rosafarbene Masse des Inneren des Verstandes.

Durch sie zu schweben war, als würde man sich durch einen dichten Nebel bewegen. Er konnte vor seinem Helm nichts erkennen außer dem milchigen, rosafarbenen Schimmer mit roten Blitzen, die sporadisch hindurchzuckten.

Die Richtung der roten Ausbrüche erregte seine Aufmerksamkeit - sie schossen wie Sonnenstrahlen hervor, alle aus derselben zentralen Quelle kommend.

Der Richtung folgend, aus der die roten Schläge kamen, versuchte er schneller zu schwimmen. Die Bewegung erwies sich in der dicken, schimmernden Substanz als noch schwieriger. Dennoch schnitt nach einer Weile ein brillanter, runder

Lichtblitz hindurch. Eine kleine Kugel pulsierte rosa und schoss die roten Streifen in alle Richtungen, wie Energieblitze.

Der Kern des Verstands! Das muss er sein.

Er griff mit beiden Händen danach und schöpfte den Kern aus dem rosa Gel, in dem er schwebte. Er drehte sich um und bewegte sich zurück, dem roten Faden folgend, der sich hinter ihm erstreckt hatte. Er würde ihn jetzt den ganzen Weg zurück zu Emma führen.

Der Schlitz, den er in die Muskelschicht und die äußere Membran des Verstands geschnitten hatte, war bei seiner Annäherung leicht zu erkennen - eine wütende rote Linie inmitten des milchig-rosa.

Den Kern des Verstands in seinen Händen haltend, schob er seinen Kopf und seine Schultern in den Schnitt, begierig darauf, aus diesem rosa, mörderischen Durcheinander herauszukommen.

Der Heilungsprozess der Wunde hatte bereits begonnen. Die dicken Muskelschichten bewegten sich wellenförmig um ihn herum, die Gewebe bemühten sich, zusammenzudrücken.

Mit zuckenden Schultern, drängenden Ellbogen und tretenden Knien kroch er weiter durch die Öffnung, während sie sich um ihn herum schloss.

Der zusätzliche Druck komprimierte seinen Anzug und quetschte ihn darin. Er steckte seinen Kopf aus der Öffnung und befreite seine Arme. Er drückte seine Ellbogen in die äußere Oberfläche der Membran und hievte sich hoch, bemüht, den Kern nicht fallen zu lassen.

Die geschnittenen Gewebe quetschten ihn in einem hektischen Krampf, der ihm die Luft aus den Lungen presste. Mit zusammengedrückter Brust war er nicht in der Lage, einen weiteren Atemzug zu nehmen. Er erstickte, obwohl noch genug Sauerstoff in den Tanks seines Anzugs für Stunden vorhanden war.

Dunkelheit schwebte am Rande seines Bewusstseins,

Schwindel ließ seinen Kopf drehen und desorientierte ihn. Mit einem letzten verzweifelten Kampf riss er seinen Körper aus der Wunde des Verstands, wobei der Kern seinen Fingern entglitt. Er griff mit beiden Händen danach.

Dann erlosch das unmöglich helle Licht um ihn herum, als die Dunkelheit ihn umfing.

EMMA

Ich wartete und wartete und wartete... Gefangen im Knochenkäfig des Skeletts konnte ich Agan nicht physisch erreichen. Doch mein Herz war bei ihm, und hinterließ ein klaffendes Loch von der Größe des Ozeans in meiner Brust, während er weg war.

Der rote Faden, meine einzige physische Verbindung zu Agan, schwebte vor mir und verschwand in dem Labyrinth aus Knochen und hellem Licht vor mir. Er war da draußen, irgendwo am anderen Ende davon. Was, wenn ihm etwas zugestoßen wäre? Ohne Kommunikationsgerät gab es für mich keine Möglichkeit, es herauszufinden.

Ich zog vorsichtig an dem Faden, und er gab leicht nach. Ich faltete den Durchhang in der Mitte und hielt ihn locker, bereit, ihn beim geringsten Zug loszulassen. Aber da war kein Zug. Überhaupt keine Bewegung.

Was könnte mit Agan passiert sein? Eine Million Dinge, über die ich nicht einmal spekulieren konnte, weil ich nicht genug über den Verstand und seine Biologie wusste. Niemand wusste das.

Ich zog wieder an dem Faden, dann noch einmal. Er kam leicht herein und ließ mich glauben, dass ich ihn von der Spule abwickelte. Nach einem weiteren Zug spürte ich einen leichten

Widerstand - das Seil endete. Das andere Ende war an der leeren Spule in der Tasche an Agans Anzug befestigt.

Mit dem locker zwischen meinen Fingern gehaltenen Seil wartete ich auf jeden Zug vom anderen Ende und maß die Zeit mit den Schlägen meines Herzens, das laut in meiner Brust hämmerte und dessen Geräusch in meinen Ohren widerhallte.

Nichts.

Kein Zug, der eine Bewegung von mir weg anzeigte.

Kein Durchhang, der eine Bewegung zu mir hin zeigte.

Absolut gar nichts am anderen Ende...

Ich zog. Der Widerstand war da, aber das Seil gab nach. Ich zog stärker und zog das Gewicht, das am anderen Ende befestigt war, zu mir.

Agan. Was war mit ihm passiert?

Der Widerstand war nicht stark, möglicherweise nur das Gewicht seines Körpers, aber nichts anderes. Und das ängstigte mich noch mehr, weil es bedeutete, dass er bewegungslos sein musste.

Ich zog das Seil schneller und schneller. Meine Angst drohte bei dem Gedanken, was ich am anderen Ende der Schnur finden könnte, in Panik auszubrechen.

Endlich durchschnitt seine dunkle Silhouette das Licht vor mir.

Mit ein paar weiteren Rucken am Seil schwebte Agan durch die Öffnung des Tunnels und in meine Arme.

Sein Körper war schlaff, seine Augen geschlossen, sein Gesicht wirkte friedlich hinter dem leicht getönten Material des Helms.

Agan!

Ich schüttelte ihn leicht. Sein Kopf wackelte im Helm hin und her. Er öffnete die Augen nicht. Seine Arme fielen von seiner Brust weg und gaben eine golfballgroße Kugel aus weißrosafarbenem Licht frei, die er umklammert hatte.

Der ruhige Ausdruck auf seinem Gesicht jagte mir einen

kalten Schauer des Grauens über den Rücken. Es breitete sich in meinem Herzen aus und drohte, mich vor Entsetzen zu lähmen.

Ich holte kurz und rau Luft und kämpfte gegen das Grauen an, ihn zu verlieren, das sich dick und erstickend über mich legte.

Das konnte nicht das Ende sein.

Du bist immer noch auf der Mission, Leutnant Nowak.

Ich musste hier raus, bevor ich völlig die Fassung verlor. Ich musste Agan zurück an die Oberfläche bringen.

Die kleine Lichtkugel schwebte im Wasser zwischen uns.

War das, wofür Agan sein Leben riskiert hatte?

Ich griff nach der Kugel und steckte sie in eine Tasche an meinem Gürtel. Dann benutzte ich das rote Seil, um Agans reglosen Körper an meine Brust zu binden. Mit beiden Armen und Beinen steuerte ich zurück zum offenen Wasser außerhalb der Schale des Verstandes.

Die *Fescods* schwammen weiterhin im Freien herum. Nur gab es jetzt einen merklichen Unterschied in ihren Bewegungen.

Sie kreisten nicht mehr über der Schale, bewachten und beschützten sie nicht mehr. Jetzt waren ihre Bewegungen chaotisch, ihr Schwimmmuster wild und verwirrt.

Der mir am nächsten schwimmende entdeckte ein langes, flaches Meeresgeschöpf am Boden. Bei seinem Sturzflug darauf wirbelte er eine Sandwolke auf, die meine Seite der Schale des Verstandes verhüllte.

Die Sandwolke als Deckung nutzend, stürzte ich zum nächsten „Felsen".

Ein anderer *Fescod* jagte einem Schwarm vorbeiziehender Tiefseefische nach. Sein formloser Körper streckte sich, durchschnitt das Wasser und verschwand dann außer Sichtweite jenseits des Leuchtens des Verstandes.

Was auch immer Agan im Zentrum der Schale getan hatte,

es schien zu wirken. Die Kontrolle des Verstandes über die *Fescods* hatte sich gelockert, wenn nicht sogar vollständig aufgelöst. Ohne seine Befehle änderte sich ihr organisiertes Verhalten ins Chaotische.

Das machte die *Fescods* für mich nicht weniger gefährlich. Unkoordiniert und unorganisiert blieben sie brutal und blutrünstig. Derjenige, der den flachen Meeresbodenbewohner gefangen hatte, riss das arme Geschöpf jetzt in Stücke, sein dunkles Blut breitete sich in roten Bändern im Wasser aus.

Ich zog wieder mein Messer heraus und löste dann auch Agans Klinge, um in jeder Hand eine Waffe zu haben.

Die Felsen-Geschöpfe als Deckung nutzend, hielt ich mich in den Sandwolken, die von dort aufstiegen, wo der *Fescod* das Meeresgeschöpf fraß.

Der Blutrausch der *Fescods* schien ihre Aufmerksamkeit beeinträchtigt zu haben. Keiner von ihnen bemerkte mich, als ich mich aus dem hellen Lichtkreis herausbewegte und nach oben steuerte, um den stundenlangen, gefährlichen Aufstieg zurück an die Oberfläche zu beginnen.

Ich schwamm in Richtung Oberfläche, wo ich hoffentlich Hilfe für Agan bekommen konnte.

Falls es nicht bereits zu spät war.

KAPITEL 20

EMMA

„Wo ist Agan?", fragte ich die KI des Militärkrankenhauses wahrscheinlich schon zum millionsten Mal.

In dem Moment, als Agan und ich erfolgreich aus dem tragulischen Ozean von der voranischen Transportcrew gefischt worden waren, wurden wir getrennt. Ich wurde direkt auf dem Schiff untersucht, während Agan weggebracht wurde, ohne dass ich irgendwelche Updates erhielt.

Zurück im Krankenhaus in Voran führte ein medizinisches Team eine ausführliche Untersuchung meines Körpers und all seiner lebenswichtigen Funktionen durch. Gerade hatte ich von ihnen grünes Licht bekommen, übermittelt durch die teilnahmslose KI.

„Wie geht es ihm?", ließ ich nicht locker, während ich in die von meiner Einheit bereitgestellte Kleidung schlüpfte – ein schwarzes Tanktop und eine armeegrüne Hose.

„Leutnant Drankai ist in guten Händen. Er wird versorgt",

gab mir die KI die gleiche Standardantwort, die ich von allen bekommen hatte, seit wir aus dem Ozean gerettet wurden.

Ich glaubte, das bedeutete, dass er am Leben war. Obwohl ich mir nicht sicher sein konnte, bis ich ihn mit eigenen Augen sah.

„Ich muss ihn sehen." Ich schob meine Füße in ein Paar Kampfstiefel und ging zur Tür des Untersuchungsraums.

Draußen im hell erleuchteten Korridor reihten sich auf beiden Seiten mehrere weiße Türen aus Milchglas.

„Wo ist er?", fragte ich den KI-Bildschirm, der neben der Tür meines Untersuchungsraums an der Wand angebracht war. „Ich muss ihn sofort sehen."

„Ich müsste eine Besuchserlaubnis für Sie einholen."

„Dann mach das."

„Es besteht eine hohe Wahrscheinlichkeit, dass die Anfrage abgelehnt wird. Genau wie die letzten acht Mal, als Sie mich gebeten haben, sie zu senden."

„Mach es noch einmal", bestand ich darauf.

Als der Bildschirm mit dem Geräusch einer versendeten Nachricht piepte, drückte ich schnell die Text-zu-Sprache-Taste neben dem Bildschirm. Die KI-Geräte an den meisten öffentlichen Orten hatten diese Tasten zusätzlich zu Sprachbefehlen. Sie waren für Sehbehinderte oder für Außerirdische wie mich gedacht, die kein Voranisch lesen konnten und den Text laut vorlesen lassen mussten, damit die Übersetzerimplantate die Bedeutung erfassen konnten.

Die mechanische Stimme der KI schien einen Anflug von Verärgerung zu haben, als sie mir die Bestätigung laut vorlas, einschließlich der Nummer des Raums, an den die Nachricht gesendet worden war.

„Danke!", rief ich und eilte den Korridor hinunter, wobei ich unterwegs neben jeder Tür die Text-zu-Sprache-Tasten drückte, auf der Suche nach Agans Zimmernummer.

„Leutnant Nowak", die KI flehte mich von jedem Bildschirm

an, an dem ich vorbeiging. „Wenn Sie kein Verwandter sind, können Sie keinen Patienten in diesem Krankenhaus ohne formelle Genehmigung besuchen."

Ich war nicht Agans Familie. Wir waren nicht von derselben Armee oder auch nur vom selben Planeten. Soweit es die herzlose KI betraf, waren Agan und ich völlig Fremde, ohne Rechte und ohne Ansprüche aufeinander.

Mit der Zeit war Agan mir jedoch näher gekommen als jeder andere in der Galaxie. Diese Tatsache einem Roboter zu erklären wäre schwer, selbst einem so fortschrittlichen wie dem voranischen KI-System. Ich konnte meine Verbindung mit Agan selbst kaum verstehen oder erklären, ich *fühlte* sie einfach mit ganzem Herzen.

„Hier!", schlug ich mit der Hand auf das Milchglas der Tür, die zu dem Raum mit der richtigen Nummer auf dem Bildschirm führte. „Öffne sie", befahl ich der KI.

„Ohne Genehmigung-"

„Ich sagte, öffne sie!", schrie ich aus voller Kehle.

Adrenalin schoss durch meinen Körper. Agan und ich hätten in den letzten vierundzwanzig Stunden millionenfach sterben können. Ich hatte keine Geduld, mich jetzt mit einer störrischen KI auseinanderzusetzen, die mich von ihm fernhielt.

„Leutnant Nowak-", begann die KI.

„Lass sie rein!", ertönte die geliebte Stimme aus dem Raum. Sie zu hören durchflutete mich mit einem überwältigenden Gefühl der Erleichterung und Zärtlichkeit. „Sonst wird sie wieder etwas kaputt machen."

„Agan!", stürmte ich hinein, sobald die Tür zischend aufglitt.

„Sie ist klein, aber wild, meine Frau." Er saß auf einer schwebenden Trage, bis zur Taille von einem Laken bedeckt. Schläuche und Kabel ragten an verschiedenen Stellen aus seinem Körper und verbanden ihn mit den umliegenden Bildschirmen und Geräten.

Mehrere Voranier in medizinischen Anzügen umringten

ihn, traten jedoch zur Seite, als ich an der Trage niederkniete und mich über den Rand zu ihm lehnte.

„Da bist du ja." Agan traf meinen Blick mit seinem. „Ich wollte gerade nach dir suchen, weil sie mich nicht zu dir bringen wollten." Er warf Professor Kidreks und einigen seiner Teammitglieder, die in der Nähe standen, einen bösen Blick zu.

„Wie fühlst du dich?" Ich schob meine Hand näher, hatte Angst, ihn zu berühren, sehnte mich aber nach körperlichem Kontakt mit ihm.

„Leutnant Drankai hat eine Reihe von Verletzungen erlitten", sprach Professor Kidreks für Agan. „Drei gebrochene Rippen führten zu inneren Blutungen-"

„Ich werde überleben." Agan umschloss meine Finger mit seiner Hand. „Dank dir, Elf. Meine Glückszahl." Seine grünen Augen schimmerten voller Zärtlichkeit, als er mich anschaute. Ich sah es nicht nur, ich *fühlte* es. Die Emotion, die in seinen Augen leuchtete, lebte auch in meiner Brust.

„Ich liebe dich, Agan."

Das mochte nicht der richtige Zeitpunkt oder Ort sein, um es zu sagen, mit dem voranischen medizinischen Team, das uns anstarrte, aber ich weigerte mich, auf einen besseren Moment zu warten, wenn niemand wusste, wie viele Momente ihm noch blieben oder was als Nächstes mit uns geschehen würde.

„Ich liebe dich, meine kleine Riesin, mit meinem ganzen Herzen." Ich schluckte schwer, das warme Gefühl in meiner Brust wuchs und durchflutete mich vollständig. Emotionen drohten, sich mit Tränen zu entladen.

„Emma...", er nahm meine Hand und lehnte sich zu mir.

„Wie geht es unserem Helden?", dröhnte General Hicrais Stimme durch den Raum, als er in diesem Moment eintrat.

„Hörst du das?", blinzelte ich meine Tränen schnell weg und lächelte Agan an, ohne von meinen Knien an seiner Seite aufzustehen. „Du bist jetzt ein echter interplanetarer Held, Agan."

„Du genauso." Er zuckte mit den Schultern.

Ich schüttelte den Kopf.

„Du hast den Großteil der Arbeit geleistet." Die leuchtende Kugel, die Agan aus den Tiefen des Ozeans geborgen hatte, befand sich nun irgendwo in einem voranischen Labor, wie die KI mir zuvor mitgeteilt hatte. Es wurde bestätigt, dass sie keine Signale mehr aussendete, um *Fescods* zu organisieren und zu führen, dennoch blieb etwas im Inneren lebendig und pulsierend. Sowohl die voranische als auch die ravilische Regierung hatten sich darauf geeinigt, sie nicht zu verbrennen – wie einige es gewünscht hatten – sondern sie stattdessen zu untersuchen, in der Hoffnung, ein besseres Verständnis der *Fescods* als Spezies zu erlangen. „Du hast den Krieg beendet, Agan."

„Aber wo wäre ich ohne dich, die mich in Sicherheit gebracht hat, Elf? Jedes. Einzelne. Mal." Er betonte jedes Wort, indem er meine Finger fest drückte. „Du bist mein sicherer Hafen."

„Gouverneur Eehie, der Leiter der ravilischen Regierung, hat zu Ihren Ehren eine Feier angeordnet, Leutnant", verkündete der General mit einem äußerst zufriedenen Gesichtsausdruck. „Es wird auch eine Siegesparade hier in Voran geben, die im Fernsehen übertragen wird, mit Aufnahmen, die nach Tragul gesendet werden." Er wandte sich an das medizinische Personal. „Wie geht es ihm?"

„Alles in allem, besser als erwartet." Professor Kidreks konsultierte das Tablet in seinen Händen. „Wir haben die neue Regenerationstechnik angewendet, und sie hat phänomenal gut funktioniert. Die inneren Blutungen, die der Leutnant erlitten hatte, wurden gestoppt, alle betroffenen Gewebe sind fast geheilt, und die Knochen werden voraussichtlich in den nächsten Tagen vollständig wiederhergestellt sein."

„Mit anderen Worten, General, mir geht es gut und ich bin bereit zu gehen." Agan warf das Laken, das ihn bedeckte, zur Seite.

Ich zog diskret eine Ecke des Lakens über seinen Schritt, da er darunter splitternackt war.

„Wir werden Sie zurück nach Ravie transportieren", versicherte der General Agan und ignorierte dabei - wie üblich - völlig meine Anwesenheit. „Sobald die guten Ärzte hier ihre Erlaubnis geben, natürlich."

„Nicht vor einer weiteren Woche", widersprach Professor Kidreks. „Ich würde bis dahin von jeder interplanetaren Reise abraten."

„Ich bitte darum, jetzt aus dem Krankenhaus entlassen zu werden", sagte Agan und ergriff wieder meine Hand. „Ich bleibe in Voran, solange Leutnant Nowak in der Stadt ist."

„Jetzt?" Der General blinzelte Agan an und dann die Mitglieder des medizinischen Teams. „Kann er überhaupt schon aus der medizinischen Betreuung entlassen werden?"

„Ich nehme an, wir könnten den Heilungsprozess zu diesem Zeitpunkt auf ambulanter Basis fortsetzen", sagte der Professor langsam und überprüfte die Werte auf den Bildschirmen um Agan. Er gab dann den anderen Medizinern ein Zeichen, die Schläuche und Kabel von ihm zu entfernen. Jemand reichte Agan seine Hose. „Er wird natürlich in der Stadt Voran bleiben müssen, bis sein Wohlbefinden keine Sorge mehr bereitet."

„Wann wird das sein?", fragte ich.

Seit Agan geschrumpft worden war, hatte *meine* Sorge um sein Wohlbefinden nicht nachgelassen. Sie war nur stärker geworden, je mehr ich mich um ihn kümmerte.

„Zu diesem Zeitpunkt wäre es unmöglich, das zu sagen", antwortete der Professor, ohne den Blick von dem Tablet in seinen Händen zu nehmen.

„Gibt es *einen Punkt*, denken Sie, an dem es möglich wird?", beharrte ich.

Er ließ seinen Blick vom Tablet zu mir gleiten. „Wir können immer hoffen."

Hoffnung war alles, was ich hatte.

„Ich werde anordnen, den Transport zum Ravil Armeestützpunkt zu organisieren, Leutnant", donnerte der General.

Ich versteifte meinen Rücken und machte mich bereit, den General zu bekämpfen.

„Das wird nicht nötig sein", widersprach ich.

Agan und ich hatten einander versprochen, zusammenzubleiben.

„Ich bleibe in der Wohnung im Gebäude des Verbindungskomitees", erklärte Agan. „Mit Leutnant Nowak."

„Mit ihr?" Der General fixierte mich mit einem Blick, in dem deutlich Groll zu lesen war.

Befreit von Schläuchen und Kabeln, zog Agan schnell seine Hose wieder an.

„Wir werden auch zusammen zur Zeremonie kommen." Er stand auf der Liege und schloss seinen Gürtel. „Denn Leutnant Nowak ist ebenfalls die Heldin des Tages."

„Ist sie das?" Der General starrte mich weiterhin an, als wäre ich ein Schmutzfleck auf seiner Kleidung. „Warum sollte eine Frau überhaupt Wert darauf legen, als Kriegerin anerkannt zu werden? Darin liegt nicht der Wert einer Frau."

Nur die Rücksichtnahme auf die interplanetare Beziehung zwischen der Erde und Tragul hielt mich davon ab, dem guten General genau zu sagen, was ich von seiner Meinung über „den Wert einer Frau" hielt.

Wenn ich den Mund aufmachte, fürchtete ich, nicht mehr aufhören zu können, also sagte ich nichts und kochte nur innerlich.

Agans Gesichtszüge verhärteten sich, seine Augen verengten sich zu Schlitzen – zwei Scherben intensiven Grüns.

„Die Mission war eine gemeinsame Anstrengung", presste er durch seine Zähne. „Sie war *nur* deshalb vollständig erfolgreich, weil Leutnant Nowak ein Teil davon war. Ich nehme an keinen Paraden oder Feierlichkeiten ohne sie teil. Wenn Sie sie nicht als Heldin feiern, werden Sie überhaupt keinen Helden zu feiern haben."

Plötzlich war es mir egal, was der General gesagt hatte oder was er jetzt sagen würde. Feiern oder Paraden interessierten mich auch nicht mehr.

Agan verstand mich perfekt. Er erkannte meine Rolle in der Mission an, er schätzte meine Erfolge, er hielt große Stücke auf mich. In seinen Augen war ich eine Heldin. In diesem Moment war es völlig egal, was der Rest der Welt über mich sagte oder dachte.

KAPITEL 21

Dank unserer gemeinsamen Sturheit und Entschlossenheit hatten Agan und ich die Erlaubnis bekommen, dass er die nächste Woche in meiner Wohnung verbringen durfte. Wir konnten uns zusammen ausruhen und erholen.

Zwei Tage nachdem wir zu mir zurückgekehrt waren, wachte ich durch eine sanfte Liebkosung auf meinem Gesicht auf.

„Agan?"

Er war letzte Nacht auf meiner Brust eingeschlafen, wie er es fast jede Nacht getan hatte seit dem Tag, an dem er sich in der Cupcake-Box als mein Valentinstagsdate hatte liefern lassen.

Jetzt größer, hatte er letzte Nacht seinen Kopf auf meine linke Brust gelegt und sie wie ein Kissen umarmt, bevor sein sanftes Schnarchen – oder eher sein tiefes, samtiges Schnurren – begann.

Es erstaunte mich, wie schnell er einzuschlafen pflegte, als wäre jeder Moment des Friedens zu kostbar, um ihn mit Hin- und Herwälzen zu verschwenden – die Zeit eines Kriegers durfte nur für Ruhe oder Aktion genutzt werden und nichts dazwischen.

Ich streckte mich mit geschlossenen Augen, mein Bewusstsein kehrte langsam zurück und verscheuchte die letzten Reste des Schlafes.

Das Gefühl von etwas Riesigem und Schwerem, das sich in meine Seite lehnte, überkam mich. Jemand Großes war dabei, mich anzugreifen.

Panik durchbohrte meine Brust. Mein Training setzte mit der Geschwindigkeit eines Reflexes ein. Ich schlug in die Richtung, wo ich den Hals meines Angreifers vermutete, und rammte mein gebeugtes Knie in seinen Schritt.

„Urrrgh", kam ein tiefes, dröhnendes Stöhnen, laut wie ein Erdrutsch.

Ich rollte schnell aus dem Bett und sprang auf die Füße – alles, bevor ich überhaupt richtig die Augen öffnete.

„Na, dir auch einen guten Morgen, Elf", knurrte Agan. Laut, so viel lauter als gestern.

Meine Augen flogen weit auf, als ich ihn anstarrte.

Zusammengekrümmt in meinem Bett, beide Hände zwischen seine Beine gepresst, wo ich ihn getreten hatte, nahm er den meisten Platz ein – den ganzen Platz. Das Bettgestell ächzte, die Matratze bog sich unter seinem Gewicht, als er schließlich aufstand.

„Agan...", flüsterte ich und legte den Kopf in den Nacken, um ihn ganz zu erfassen, während er aufrecht stand. „Du bist... zurück."

Ich hatte vergessen, wie unglaublich groß Agan früher war. Seine Präsenz übernahm die Wohnung vollständig. Ich hatte Mühe zu atmen, als hätte er mit seinem enormen Körper und seiner noch größeren Persönlichkeit den Sauerstoff aus dem Raum gepresst.

„Wie fühlst du dich?", fragte ich schnell.

„Gut." Er schlenderte um das Bett herum zu mir.

„Warte!", ich hob beide Hände zwischen uns und brachte ihn zum Stehen. „Komm her, aber langsam. Bitte?"

Die Veränderung geschah so plötzlich, es war überwältigend. Sein Näherkommen fühlte sich nicht anders an als ein Berg oder ein Tsunami, der sich bewegte – einschüchternd. Er verdeckte das Licht wie eine Gewitterwolke, die vor die Sonne zieht.

„Emma", dröhnte seine tiefe Stimme unsicher, als er einen zögerlichen Schritt in meine Richtung machte. „Ich bin's doch."

„Näher...", hauchte ich.

Schritt für Schritt erreichte er mich. Meine Nase drückte irgendwo weit unterhalb seiner Brust. Er war so stark gewachsen, so schnell.

Sorge schnürte mir das Herz zu. „Fühlst du dich wirklich okay?"

Er rollte seine massigen Schultern mit einem lässigen Lächeln. „Ausgezeichnet."

„Wir sollten dich sofort zu Professor Kidreks bringen."

Er packte meine Schultern und hielt mich an Ort und Stelle fest.

„Keine Labore mehr."

„Aber *Yirzi*–"

„*Yirzi* sind eine andere Spezies. Voltuds Strahlen hatten offensichtlich eine andere Wirkung auf mich als auf sie. Meine Größe hat sich stufenweise und über Zeit verändert, was es meinem Körper leichter gemacht hat, sich anzupassen. Emma, vertrau mir, ich fühle mich großartig." Er holte tief Luft, wodurch sich sein Brustkorb weitete. „Ich fühle mich, als wäre ich wieder in meiner eigenen Haut. Endlich wieder meine normale Größe."

„Gut", atmete ich erleichtert aus, so glücklich für ihn.

Langsam lehnte ich meine Stirn gegen das Ende seines Brustbeins, mein Blick fiel auf seine enorme Morgenerregung, die nahe meinem nackten Bauch zuckte.

„Warst du schon immer so riesig?" Ich hob meinen Kopf und suchte irgendwo weit oben nach seinen Augen. „Bist du sicher, dass nichts wehtut? Schwindel? Übelkeit?" Mir selbst war definitiv schwindelig, als ich so zu ihm hochstarrte.

Er schenkte mir eines seiner frechen Lächeln.

„Nur ein anhaltender Schmerz in meinem Schwanz. Aber das ist ein normaler Zustand in deiner Nähe."

Ich prustete los. Er sah gleichzeitig vertraut und anders aus. Seine Worte kamen jedoch definitiv von dem Agan, den ich kannte.

„Okay. Ähm... Gott, du bist so groß." Ich konnte meinen Blick nicht von ihm abwenden, obwohl mein Nacken bereits schmerzte, weil mein Kopf so weit zurückgeneigt war. „Bist du sicher, dass du nicht versehentlich noch ein paar Zentimeter mehr gewachsen bist?"

„*Wo* genau?", gluckste er.

Ich schaute wieder nach unten. „Überall."

Ich hatte Agan nicht ohne Hose gesehen, bevor er geschrumpft war. Sein Penis war mit Abstand der beeindruckendste, den ich je gesehen hatte, wurde mir klar. Und auch der einschüchterndste.

„Es gibt keine Möglichkeit, dass du jetzt noch zwischen meine Brüste passen könntest", sagte ich langsam und starrte ihn aus irgendeinem Grund an.

„Nicht meinen ganzen Körper, nein", lachte er, lehnte sich näher und presste sich an mich. „Aber wir könnten trotzdem mit einigen Variationen davon spielen."

Ich richtete meinen Blick auf seine Brust. Kurzes, lohfarbenes Fell bedeckte seine harten Brustmuskeln. Die Morgensonnenstrahlen verfingen sich darin und verliehen ihm einen goldenen Schimmer.

Mein goldener Junge.

Zögernd hob ich meine Hand. Seine Brust hörte auf sich zu bewegen, als er den Atem anhielt. Langsam legte ich meine Handfläche direkt über sein Herz und ließ sie dann zu seiner Schulter gleiten. Sein Fell fühlte sich glatt und seidig an, aber nicht so fein wie damals, als er kleiner war. Ich legte auch meine andere Hand auf seine Brust, um das Gefühl, ihn zu berühren, neu zu lernen.

„Emma?", fragte er sanft, die Worte vibrierten in seiner Brust unter meiner Hand. „Ist alles in Ordnung?" Ein besorgter Unterton mischte sich in seine Stimme.

„Ja." Ich ließ meine Hände zu seinem dicken Hals hinaufgleiten und zeichnete mit meinen Fingern die harten Muskelstränge nach. Nachdem ich mit meinen Handflächen über die wulstigen Erhebungen seiner Schultern gestrichen hatte, bewegte ich meine Hände als Nächstes an seinen Armen hinunter. „Es gibt so viel von dir, Agan." Ich fuhr mit dem Finger eine der eleganten Linien seines farbenfrohen Tattoos nach, über den steilen Berg seines Bizeps und in die Vertiefung seiner Armbeuge.

„Ist es *zu* viel?" Er runzelte die Stirn. „Bin *ich* zu viel für dich, Emma?"

Ich lehnte mich zurück, um seine Augen besser sehen zu können, und fand mich darin versinkend.

Er hielt mich an den Schultern fest und ließ nicht zu, dass ich mich weit von ihm wegbewegte.

„Willst du mich immer noch, Emma", fragte er. „Mich ganz, so groß wie ich bin? Mit meinem aufgeblasenen Ego? Meiner übertriebenen Art?"

„Und deinem größer-als-das-Leben-Charakter?" Ich lächelte und streckte mich, um sein Gesicht zu umfassen. Die Härte seiner gemeißelten Wangenknochen wurde durch das seidige Gleiten seines Fells gemildert.

Ich war nicht groß genug, um ihn zu küssen. Selbst auf Zehenspitzen konnte ich seinen Mund nicht mit meinem erreichen, nicht einmal annähernd. Zum Glück beugte er sich herunter und suchte selbst nach einem Kuss.

„Du bist genau richtig für mich, Agan", flüsterte ich gegen seine Lippen und vergrub meine Finger in der dicken Masse seines welligen Haares. „Für mich bist du absolut perfekt. Ich nehme so viel, wie du mir geben willst. Und ich werde es alles wertschätzen."

Er hob mich mühelos hoch und küsste mich innig. Seine Lippen beanspruchten meine. Seine Zunge drang in meinen Mund ein. Agan erhob seinen Anspruch auf mich auf eine neue Weise – gründlich und vollständig.

„Ich habe davon geträumt", murmelte er und zog Küsse von meinen Lippen zu meinem Hals. Mit meinen Beinen um seine Taille hielt ich mich an seinen breiten Schultern fest, während seine kräftigen Arme mich festhielten. „Ich wollte *dich ganz* in meine Arme nehmen." Ohne mich loszulassen, schlenderte er zurück zum Bett. „Ich will dich nehmen, Emma, dich zu meiner machen. In jeder Hinsicht."

Er legte mich auf die Matratze und kletterte dann selbst darauf. Der Bettrahmen ächzte unter seinem Gewicht, hielt aber stand, als er mich wieder küsste, mit dem Hunger eines Mannes, der seit Ewigkeiten am Verhungern war.

Mein Körper war fast vollständig unter seinem verborgen. Seine Arme und Beine umschlossen mich wie ein Käfig, hielten jedoch den Großteil seines Gewichts von mir fern. Seine Hände waren überall gleichzeitig. Und er nahm alle meine Sinne ein.

Die Berührung seines Fells auf meiner nackten Haut fühlte sich belebend an und elektrisierte jeden Nerv in meinem Körper. Alles in mir vibrierte vor Aufregung und Vorfreude.

Das Verlangen nach ihm wuchs mit jedem Strich seiner Zunge und jeder Bewegung seiner Hände.

Ich spreizte meine Beine weiter und ließ die harte Kante seiner Erregung gegen meinen Kern drücken. Der Kontakt schickte eine neue Welle der Begierde durch meinen Unterleib, pulsierend und heiß zwischen meinen Beinen.

„Ich will dich, Agan", wimmerte ich, hob meine Hüften und rieb mich an ihm.

„Verdammt...", küsste er gierig meinen Hals, bevor er sich etwas zurücklehnte. „Ich kann nicht länger warten."

Die dicke Spitze seiner Erektion drückte gegen meine Öffnung, und ich warf meinen Kopf zurück und schloss die Augen. „Mehr."

Er stieß langsam tiefer, rotierte seine Hüften und dehnte mich. Ein langes, tiefes Grollen rollte durch seine Brust, begleitet von einem Stöhnen der Lust, als er eindrang.

„Das ist unglaublich, Emma." Er stöhnte über mir und schob einen weiteren Zentimeter hinein. „Du bist so winzig, meine Riesenfrau. So unglaublich eng."

Mein Körper kribbelte und dehnte sich um ihn herum, als er tiefer eindrang und mich vollständig ausfüllte. Er stieß noch einmal zu, und ich wimmerte erschrocken – es gab keinen Platz mehr, um noch tiefer zu gehen. Es fühlte sich an, als würden meine inneren Organe gleich verrutschen.

Er war einfach zu groß.

Besorgt drückte ich beide Hände gegen seine Brust. „Nicht mehr, Agan. Ich kann nicht alles von dir aufnehmen."

Ich bezweifelte, dass irgendjemand das könnte, aber vielleicht hatte er recht, und ich *war* winzig – zu klein für ihn.

Er zog sich sofort zurück.

Er nahm mich in seine Arme und zog mich in seinen Schoß, während er sich aufsetzte.

„Habe ich dir wehgetan?", fragte er besorgt und schmiegte

sanft seine Nase an meinen Hals. Sein Schwanz umschlang behutsam meine Taille, die flauschige Spitze strich beruhigend zwischen meinen Beinen.

„Nein." Ich umarmte ihn. „Aber dieses Monster von dir könnte definitiv Schaden anrichten." Ich versteckte mein Gesicht an seiner Schulter. „Erinnerst du dich, als du zu schüchtern warst, deine Hose vor mir auszuziehen, weil du dachtest, ich würde dich auslachen, weil du zu klein bist?" Ich atmete tief aus. „Jetzt bin ich zu klein für dich."

Ich zuckte zusammen und schloss meine Augen. Agan und ich hatten in jeder Hinsicht so gut zueinander gepasst. Es tat weh zu wissen, dass wir keine vollständige körperliche Intimität erleben konnten, selbst jetzt nicht, wo er endlich zu seiner Größe zurückgekehrt war.

„Elf." Er fasste mein Kinn und hob mein Gesicht zu seinem. „Du und ich, wir passen genau richtig zueinander. Du wurdest für mich geschaffen." Er küsste mich sanft. „Wir kriegen das hin. Es gibt viele andere Wege. Wie wäre es mit diesem hier?" Er drehte mich in seinem Schoß herum, sodass mein Rücken an seiner Brust lag. Sein Arm umschlang mich, während er meinen Hals mit seinen Lippen liebkoste. „Ich gehöre ganz dir, Liebling. Nimm so viel oder so wenig, wie du möchtest."

Ich positionierte mich auf meinen Knien und platzierte sie zu beiden Seiten seiner Schenkel. Ich stellte mich über seine gewaltige Erektion und senkte meine Hüften langsam ab, um ihn erneut in mich aufzunehmen. Ich wünschte mir so sehr, dass es funktionieren würde.

„Genau so, meine Liebe", murmelte er, als ich tiefer rutschte.

Das Gefühl der Dehnung kehrte zurück, betäubend und kribbelnd zugleich. In dieser Position musste ich jedoch nicht seine ganze Länge aufnehmen. Als meine Oberschenkel seinen Schoß berührten, verursachte der Teil von ihm, der in mir war, keinen Schmerz oder Unbehagen, sondern nur ein belebendes Gefühl des Ausgefülltseins und der Dehnung bis zum Äußersten. In diesem Winkel erzeugte der Druck von ihm in mir auch ein verzweifeltes Verlangen nach mehr.

„Es funktioniert, Agan", flüsterte ich aufgeregt und wackelte mit meinen Hüften.

„Ich hab dir gesagt, wir sind perfekt füreinander", flüsterte er zwischen meinen Schulterblättern. „Ich habe es immer gewusst."

Oh ja, das waren wir. Wir waren schon immer richtig füreinander, egal welche Größe.

Ich richtete mich etwas auf meinen Knien auf und ließ einen Teil seiner Länge herausgleiten, dann senkte ich mich langsam wieder in seinen Schoß.

Er zischte und umfasste meine Brüste. Fasziniert beobachtete ich, wie sie in seinen großen Händen völlig verschwanden. Es war schwer zu glauben, dass er einmal seinen ganzen Arm um meine linke Brust gewickelt hatte. Davor hätte sich sein ganzer Körper um nur eine Seite davon krümmen können.

„Du gehörst mir, Agan." Ich legte meine Hände auf seine, hob mich an und glitt an seinem Schaft entlang wieder hinab. „Du gehörst ganz mir, egal wie viel oder wie wenig von dir da ist."

Mein Atem wurde schwerer, während ich mich schneller bewegte und mit zunehmender Geschwindigkeit in seinem Schoß auf und ab hüpfte. Die Lust zog sich in mir zusammen, wand sich heiß und war bereit zu explodieren. Ich griff nach unten, um sie zu befreien, aber Agan schlug meine Hand weg.

„Mein", knurrte er. Er drückte seinen Finger auf die empfindliche Stelle zwischen meinen Beinen und schickte einen Hitzeschwall durch meinen Bauch und meine Innenschenkel hinunter.

Das Grollen in seiner Brust vibrierte an meinem Rücken, als er kam, und sein Höhepunkt löste auch meinen aus. Ich beugte mich vor, als die Ekstase durch mich hindurchfuhr, und Agan hielt mich mit seinem starken Arm um meine Taille fest.

Er presste seine Lippen auf meinen Rücken und glitt dann

vorsichtig aus mir heraus, nachdem die letzten Zuckungen unseres Orgasmus abgeklungen waren.

„Ich liebe dich, Emma." Er hielt mich auf seinem Schoß, sein großer Körper umgab meinen. „Wohin du gehst, gehe ich auch. Nichts kann uns jetzt noch trennen."

KAPITEL 22

AGAN

„Wenn du die Wahl hättest, würdest du lieber zur Erde zurückkehren oder hier bleiben?", fragte er Emma, während sie sich für die Zeremonie zum Ende des Krieges in Ravie anzogen.

Das medizinische Team hatte ihm endlich die Erlaubnis zum Reisen gegeben. Er und Emma waren vor einem Tag nach Tragul gekommen. Sie hatten die Nacht in der Stadt Ravie, der Hauptstadt des Landes, in der Suite im zweiten Stock des Rathauses verbracht, die ihnen die Regierung vorerst zugewiesen hatte.

„Hmm, ehrlich gesagt bin ich mir nicht einmal sicher", ertönte ihre Stimme hinter einem bestickten Seidenschirm, der den großen Raum der Suite teilte. „Solange ich bei dir sein kann."

Da der Verstand der *Fescods* nun sicher im voranischen Labor auf Neron aufbewahrt wurde, hatten die Angriffe der

Fescods aufgehört. Die Kreaturen streiften noch immer durch den Dschungel von Tragul, so wild wie eh und je. Aber ohne eine intelligente Kraft, die sie organisierte und lenkte, waren sie nicht gefährlicher als jedes andere Raubtier in freier Wildbahn.

Der Krieg war vorbei. Die Ravils konnten nun ihr Land wiederaufbauen und zu dem friedlichen Leben zurückkehren, das sie schon so lange nicht mehr erlebt hatten.

Die heutige Zeremonie in der Stadt Ravie fand zu seinen Ehren statt. Für sein Volk war er der ravilische Heldenkrieger, der den jahrzehntelangen Krieg beendet hatte. Was viele von ihnen nicht verstanden, war, dass er das nicht geschafft hätte, ohne die kleine, wilde menschliche Frau an seiner Seite.

Er hatte es sich zur Aufgabe gemacht, sie über Emmas Rolle bei der Beendigung des Krieges aufzuklären. Er hatte darum gekämpft, ihren Namen in das Programm, auf die Banner und in jede Berichterstattung über ihn aufzunehmen. Sie war genauso eine Heldin wie er. Wenn sie ihn feierten, mussten sie auch sie feiern.

Er hatte das auch dem Anführer des Landes Ravie, Gouverneur Eehie, deutlich gemacht. Als der Gouverneur ihm eine Audienz gewährte, weigerte Agan sich, sie anzunehmen, bis Emmas Name der Einladung hinzugefügt wurde.

Emma schien sich nicht so sehr darum zu sorgen, potenziell Ruhm und Aufmerksamkeit zu verpassen. Sie sagte, es mache ihr nichts aus, nicht im Rampenlicht zu stehen, aber er wusste, dass sie seine Bemühungen zu schätzen wusste.

„Ich komme raus", kündigte sie hinter dem Schirm an. „Bist du bereit, mein Outfit zu sehen?"

„Ich sterbe vor Neugier, es zu sehen", gestand er begierig.

„Hoppla, nur eine Minute…", murmelte sie leise. „Diese Seide ist so rutschig."

„Komm her, ich helfe dir." Er band sich die blaue Zeremonienschärpe mit den goldenen Fransen um die Taille.

Die Seide der Schärpe fühlte sich glatt und luxuriös in seinen schwieligen Händen an. Das Wildleder seiner neuen, sandroten Hose war weich und bequem. Das geprägte schwarze Leder seines ebenfalls brandneuen Brustpanzers war frisch mit leuchtenden Mustern in Gold und Grün bemalt.

Er hatte schon sehr lange keine Zeremonienkleidung mehr getragen. Heute war er für den Auftritt gekleidet, nicht für den Kampf.

„Brauchst du Hilfe beim Binden oder Schnallen?", fragte er und starrte auf den Schirm, der ihn von seiner Frau trennte.

„Nein, danke." Sie lachte leise. „Ich weiß, was passieren wird, wenn ich oben ohne rauskomme – wir würden es nie zur Zeremonie schaffen."

Sie hatte recht. Sein Schwanz pochte, wenn er daran dachte, wie sie hinter diesem Schirm in irgendeiner Phase der Entkleidung stand. Den Tag damit zu verbringen, in ihr vergraben zu sein – sein Körper und seine Seele ihrer Gnade ausgeliefert – das wäre für ihn die beste Art der Feier.

„Ta-da!", Emma trat hinter dem Schirm hervor.

Für die Zeremonie musste sie als ravilische Kriegerin gekleidet sein. Da es jedoch keine weibliche Version der ravilischen Armeeuniform gab – weder zeremoniell noch anderweitig –, stellten ihr die Offiziellen die traditionelle Kleidung einer ravilischen Frau zur Verfügung.

Emma trug einen langen, fließenden Rock aus blauer Seide, der mit Rot und Grün bestickt war, den Farben des Dschungels von Tragul und den offiziellen Farben von Ravie. Ein Schal mit goldenen Fransen, ähnlich seiner Schärpe, war um ihre Brüste gebunden. Ihr offenes, blondes Haar fiel knapp unter ihre Schulterblätter. Ihr Lächeln passte zu dem Glück, das in ihren himmelblauen Augen tanzte, und brachte ihn dazu, sie dort und dann küssen zu wollen.

„Was denkst du?", Sie drehte sich, wodurch der voluminöse

Rock um ihre Beine wirbelte. Er entdeckte die flachen Riemchensandalen seines Volkes an ihren Füßen.

Die Frau, die er liebte, gekleidet wie eine Angehörige seines Volkes – sofort wünschte er sich, er könnte das öfter sehen.

„Du siehst wunderschön aus."

„Nicht zu freizügig, meinst du?", Sie zog den Schal ein bisschen nach oben, um mehr von ihrem Dekolleté zu bedecken. „Für einen öffentlichen Auftritt, meine ich?"

„Die meisten Anwesenden werden oben ohne sein, also…" Er zuckte mit den Schultern. Ravils trugen generell ungern Hemden, ihr Fell und das milde Klima seines Landes erlaubten es ohne Weiteres.

Er kam näher zu ihr und legte seine Hände an ihre Taille. Seine Daumen landeten auf ihrer nackten Haut über dem Bund des Rocks, und er streichelte sie dort, genoss das vertraute glatte Gleiten ihrer haarlosen Haut unter seinen Händen.

„Du hast meine Frage vorhin nicht wirklich beantwortet. Wenn du wählen müsstest, wo würdest du lieber leben – hier oder auf der Erde?"

Ihr neuer Heldenstatus könnte ihnen diese Wahlmöglichkeit verschaffen.

„Nun, dich mit zur Erde zu schmuggeln wäre jetzt viel komplizierter, wo du die Größe eines Lastwagens hast. Ich kann dich nicht mehr in meinem BH verstecken." Das neckische Lächeln, das er so liebte, funkelte in ihren Augen und spielte in ihren Mundwinkeln.

„Würdest du in Betracht ziehen, hier in Ravie zu bleiben?" Er hielt den Atem an, während er auf ihre Antwort wartete.

Die Priorität war, dass sie zusammenblieben, entweder auf der Erde oder auf Tragul, oder sogar auf einem anderen Planeten, wenn es sein musste. Logischerweise verstand er, dass Emma vielleicht lieber zu ihren Eltern nach Hause zurückkehren würde. Er hatte keine Familie auf Tragul. Aber vielleicht war ihm gerade deshalb der Planet selbst viel wichtiger geworden. Ravie war sein Zuhause. Er hatte es geliebt, selbst vom Krieg verwüstet. Er würde gerne sehen, wie es in Frieden wachsen und gedeihen würde.

Sie seufzte.

„Ich bin in der Armee, erinnerst du dich? Ich habe noch über ein Jahr meiner Pflichtdienstzeit übrig. Außerdem werden meine Eltern mich irgendwann brauchen. Sie werden auch nicht jünger."

Mit dem Ende des Krieges würde das Militärabkommen zwischen der Erde und Neron nächsten Monat nicht verlängert werden, was bedeutete, dass Emmas Spezialeinheit bald zur Erde zurückkehren würde.

Ihrem Schwur treu, zusammenzubleiben, hatte Emma einen Antrag gestellt, um als Teil der gemeinsamen interplanetaren Sicherheitstruppe zurückzubleiben, die gebildet worden war, um Ravie von den verbleibenden *Fescods* zu befreien, die noch im Land umherstreiften. Bei Genehmigung könnte ihr Vertrag um ein weiteres Jahr verlängert werden. Aber das reichte nicht. Agan brauchte sie für sein ganzes Leben.

„Was, wenn wir deine Eltern auch hierherholen würden?"

„Als ob das so einfach wäre?" Sie legte den Kopf schief.

„Das ravilische Gesetz fördert den Zusammenhalt von Familien. Der Krieg hat zu viele von ihnen auseinandergerissen. Wenn du hier bleiben kannst, können es deine Eltern auch."

„Nun, da ist dieses 'wenn'." Sie streichelte seinen Arm. Das Gleiten ihrer kleinen Handfläche über sein Fell sandte Wellen des Vergnügens durch seine Haut. Er zog sie näher an sich.

„Würdest du jemals in Betracht ziehen, die Armee zu verlassen? Wenn du natürlich einen gleichwertigen Job hier bekommen würdest," fügte er schnell hinzu. Er kannte Emma gut genug, um zu verstehen, dass sie beschäftigt bleiben müsste, mit dem, was sie liebte, wenn er sie glücklich sehen wollte. Und sie glücklich zu halten, war jetzt die wichtigste Mission seines Lebens.

„Wenn meine Militärdienstzeit nächstes Jahr endet, könnte ich einen Antrag auf Rücktritt stellen. Aber es gibt keine Möglichkeit für mich, in Ravie zu bleiben, erinnerst du dich? Es gibt keine Abkommen über irgendeine Art von Einwanderung zwischen unseren Nationen. Und selbst wenn es sie gäbe, würde ich einen gleichwertigen Job in Ravie bekommen können? Frauen haben hier nicht genau die gleichen Rechte, oder?"

„Rechtlich gesehen haben ravilische Frauen genau die gleichen Rechte wie Männer. Kulturell gesehen könnten sich für eine Frau, die das tut, was als 'Männerjob' gilt, Herausforderungen ergeben," gab er ehrlich zu.

„Nun, ich bin nicht die, die vor einer Herausforderung zurückschreckt." Sie lächelte.

„Weiß ich doch." Er zog sie ganz dicht an sich und wünschte sich wirklich, dass sie nicht dort hinaus müssten, damit er den Rest des Tages zwischen ihren Beinen und die Nacht mit seinem Kopf auf ihrer Brust verbringen könnte.

„Es könnte schwierig für mich sein zu bleiben, Schatz." Sie lehnte sich an ihn und drückte ihre Wange knapp unter seine Brust. Die flachen Sohlen ihrer Sandalen verliehen ihr keine zusätzliche Größe, um höher zu reichen als das. „Laut General Hicrai-"

„Der General ist dafür nicht zuständig. Ich werde persönlich beim Gouverneur Eehie dafür eintreten, dass du bleiben kannst. Ich muss nur wissen, dass ein Leben in Ravie das ist, was du willst."

„Ich will bei dir sein." Sie schaute zu ihm auf, und er liebte, was er in ihren Augen sah. Da waren so viel Vertrauen und Hingabe, dass es ihn umhaute. „Solange wir zusammen sind, lebe ich überall."

„Ich werde dich heiraten, meine Riesenfrau," sagte er laut, was er tief in seinem Herzen fühlte. „Egal, wo wir am Ende leben werden, du wirst meine Frau sein."

„Fragst du mich gerade, ob ich dich heiraten will?" Sie zog mit einem Lächeln eine Augenbraue hoch. „Denn das klingt nicht wie eine Frage."

„Das liegt daran, dass es keine ist. Du gehörst mir bereits. Alles, was wir tun müssen, ist, das allen anderen klar zu machen."

EMMA

Der zentrale Platz der Stadt Ravie war voller Menschen. Die meisten Ravils waren oberkörperfrei, wie Agan es vorhergesagt hatte. Ich hatte auch ein paar Voranier unter ihnen entdeckt, deren lange dunkle Hörner aus der Menge herausragten. Von meinem Standort aus konnte ich Rick und die anderen Jungs meiner Einheit in der Menge nicht finden, aber ich wusste, dass sie auch da waren. Als Kriegsverbündete der Ravils war die gesamte Erdeinheit offiziell zu den Feierlichkeiten eingeladen worden.

Die stämmigen, zweistöckigen Holzgebäude der Stadt waren mit grünen und roten Bannern geschmückt. Die weißen Pilzdächer glänzten hell unter der Vormittagssonne. Bands spielten auf den mit Blumen und den langen, glänzenden Blättern der Bäume aus dem Dschungel geschmückten Balkonen.

Genau wie der Stadtplatz war jede gepflasterte Straße, die zu ihm führte, voll mit Menschen, die nur einen schmalen Freiraum um die hölzerne Plattform in der Mitte des Platzes ließen, auf der ich neben Agan stand.

Gouverneur Eehie – ein großer, mittelalter Ravil ohne Hemd, aber mit einem langen grün-goldenen Umhang, der seinen breiten Rücken hinabfiel – hielt eine Rede an die Menge.

Seine Frau, eine stattliche Frau mit einem reich bestickten Schal um ihre Schultern, stand an seiner Seite.

Der Gouverneur legte unter donnerndem Jubel und Applaus eine goldene Schärpe über Agans Schulter.

Agan legte seine rechte Hand auf die linke Seite seiner Brust, verbeugte sich vor dem Gouverneur und seiner Frau und dann vor der Menge. Danach trat er zur Seite und machte mich zum Mittelpunkt der Aufmerksamkeit.

„Danke, Leutnant Nowak von der Erde." Der Gouverneur neigte seinen Kopf zu einer Verbeugung vor mir und legte mir eine identische goldene Schärpe über die Schulter. Seine Frau schenkte mir ein gezwungenes Lächeln.

Dieses Mal setzte der Applaus nur zögerlich ein. Er begann zaghaft aus verschiedenen Richtungen, als ich meine Hand über mein Herz legte und mich vor dem Gouverneur verbeugte, so wie Agan es getan hatte.

„Danke, dass Sie Frieden in unser Land gebracht haben." Der Gouverneur klatschte in die Hände und spornte die Welle der Jubelrufe an.

Ich drehte mich zur Menge, ließ meinen Blick über den gesamten Platz schweifen und nahm so viel von den angrenzenden Straßen auf, wie ich sehen konnte.

Könnte dieses Land meine Heimat werden? Würden diese Menschen mich jemals so akzeptieren, wie ich bin? Würde ich hier ich selbst bleiben können, ohne jemanden durch Verstöße gegen kulturelle Normen zu beleidigen?

Agan trat vor. „Als Ausländerin hat Leutnant Nowak das Recht, für den Dienst, den sie unserem Land erwiesen hat, vom Volk Ravies eine Belohnung zu fordern." Er wandte sich an den Gouverneur. „Das ist doch das Gesetz, nicht wahr?"

Der Gouverneur runzelte die Stirn, mehr aus Verwirrung als aus Wut oder Verärgerung, wie ich hoffte.

„Es ist eine alte Tradition, kein Gesetz", sagte er. „Ein Krieger außerhalb der Stadt Ravie, der für die Stadt gekämpft und gewonnen hat, konnte vom Bürgermeister eine Belohnung erbitten."

„Da Leutnant Nowak nicht nur von außerhalb der Stadt, sondern auch von außerhalb des Landes stammt, sollte ihre Belohnung von Ihnen kommen, richtig?", fragte Agan unschuldig.

Madame Eehie keuchte leise. „Sie ist eine Frau, kein Krieger."

„Sie ist beides", stellte Agan nüchtern fest.

Der Gouverneur richtete seinen Blick auf mich.

„Beabsichtigen Sie, eine Belohnung für Ihren Dienst zu fordern, Leutnant?"

Ich sah zu Agan, der mir ein ermutigendes Lächeln schenkte. Es war einen Versuch wert. Ich atmete tief ein, bevor ich herausplatzte: „Ja."

Ein Raunen ging durch die Menge. Die Leute schienen neugierig zu sein, obwohl viele missbilligend klangen. Offensichtlich eine Belohnung für eine gute Tat zu verlangen, schien verpönt zu sein. Nun ja, ich hatte nicht viel zu verlieren.

„Ich würde gerne etwas von Ihnen erbitten, Gouverneur", sagte ich laut und deutlich, damit auch die Menschen am Rande des Platzes mich hören konnten.

„Ich bin sicher, das könnte später besprochen werden", flüsterte Madame Eehie halblaut ihrem Mann ins Ohr.

„Meine Bitte ist ganz unkompliziert", fügte ich schnell hinzu und gab ihm keine Gelegenheit, jetzt einen Rückzieher zu machen. „Es gibt nicht viel zu besprechen oder zu verhandeln." Ich wandte mich wieder an die Menge. Deren Zustimmung bedeutete mir so viel mehr als die des Gouverneurs oder seiner Frau. „Volk von Ravie, die einzige Belohnung, um die ich bitte, ist eure Erlaubnis, euer Land meine Heimat nennen zu dürfen. Ich möchte hier bleiben und mir ein Leben aufbauen, hier auf Tragul."

Eine rauschende Welle ging durch die Menge, und ich

versuchte verzweifelt einzuschätzen, ob es Zustimmung oder Missfallen war. Wenn die Ravils mich nicht akzeptierten, spielte es kaum eine Rolle, was ihr Gouverneur sagen würde. Ich war bereit, hart zu arbeiten, um vollständig in ihre Gesellschaft integriert zu werden. Offene Feindseligkeit würde mein Leben hier jedoch so viel schwieriger machen.

„Sie wollen in Ravie bleiben?", starrte mich der Gouverneur an. „Als eine unserer Bürgerinnen?"

„Ja."

„Warum?"

Ich holte tief Luft und wandte mich wieder der Menge zu.

„Ich möchte helfen, das wiederaufzubauen, was ich euch geholfen habe zu retten – ein friedliches Leben. Ich würde gerne Teil eurer erfolgreichen Zukunft sein... Ich..."

In meinem Kopf tummelten sich noch viele weitere große Worte. Sie alle waren wahr, aber keines erschien wirkungsvoll genug für diesen Moment.

„Ich möchte bei dem Mann bleiben, den ich liebe", sagte ich und öffnete mein Herz für sie. „Mein Zuhause ist dort, wo er ist."

Agans große Hand schloss sich um meine, als er an meiner Seite Platz nahm.

„Es gab so viele Verluste und Trennungen während des Krieges", wandte er sich an sein Volk. „Lasst unsere Geschichte eine der Verbindung sein."

Und dieses Mal war die Welle des Jubels, Klatschens und Schreiens eindeutig die der Unterstützung. Sie brach wie ein Tsunami des Lärms aus, rollte über den Platz hinweg und weit darüber hinaus.

„Für ihre Hilfe bei der Befreiung Ravies", verkündete Gouverneur Eehie laut, obwohl nicht viele jenseits der Holzplattform ihn über die tosende Begeisterung der Menge hören konnten, „wird Leutnant Emma Nowak von der Erde die ravilische Staatsbürgerschaft erhalten. Es ist eine Ehre, Sie als eine der Unseren willkommen zu heißen, Leutnant."

Tränen des Glücks prickelten hinter meinen Augenlidern. Ich stieß einen langen Atemzug aus, nur um schnell wieder einzuatmen, da die Luft plötzlich knapp an Sauerstoff zu sein schien.

Ich hatte noch keine Gelegenheit gehabt, dieses Land und seine Bewohner persönlich kennenzulernen. Ich hatte dafür gekämpft, mein Leben dafür riskiert, und doch blieb vieles davon weitgehend unbekannt für mich. Trotzdem blickte ich mit Aufregung und einem starken Lernwillen in die Zukunft. Es würde nicht einfach werden – nichts war das jemals –, aber in meinem Herzen gab es keine Angst oder Beklemmung.

„Danke", flüsterte ich, denn bei dem Lärm würde mich niemand hören, selbst wenn ich die Worte geschrien hätte. Ich legte meine Hand auf meine Brust und verbeugte mich tief, weil jeder diese Geste meiner Dankbarkeit gegenüber dem Ravil-Volk sehen konnte, dafür dass sie mir diese Chance gaben.

„Willkommen." Der Gouverneur legte beide Hände auf meine Schultern und küsste meine Stirn.

„Willkommen." Seine Frau wiederholte seine Geste. „Ähm..." Sie verweilte vor mir und schien nach Worten zu ringen. „Ich bin mir nicht sicher, ob Sie in Ihrem derzeitigen Beruf als Kriegerin weitermachen möchten... Wir haben mehrere Organisationen, die Sie als Ravil-Frau willkommen heißen würden, was vielleicht nicht Ihren Interessen entspricht..."

Sie sprach nicht weiter, offensichtlich verwirrt darüber, wie sie mich behandeln oder einordnen sollte.

„Emma ist eine ausgezeichnete Näherin", sagte Agan völlig unerwartet.

Ich blinzelte ihn an und fragte mich, warum er das erwähnte.

„Wirklich?" Madam Eehies Augen leuchteten vor Begeisterung auf. Auf ihrem Gesicht war deutlich Erleichterung zu erkennen. „Wir haben so viele großartige Handwerkerinnen in Ravie. Ich nähe selbst und würde gerne sehen, welche Techniken du mit uns teilen könntest."

„Äh, klar." Ich lächelte, als sie meine Hand in ihre beiden nahm, wobei jede Spur von Unbeholfenheit zwischen uns schnell dahinschmolz.

„Es gibt in Voran eine große Nachfrage nach Kleidung und anderen Artikeln, die von Ravil-Frauen hergestellt werden. Voranier sind in ihrer Textilproduktion weitgehend von Maschinen abhängig. Sie schätzen unsere handgefertigten Produkte. Ich würde gerne unsere Handwerkerinnen organisieren, ihnen die nötige Unterstützung geben, um eine regelmäßige Produktion und Export ihrer Produkte aufzubauen..."

Madam Eehie redete aufgeregt weiter, ihren Arm in meinen eingehakt, während wir zusammen mit unserer kleinen Gruppe von der Plattform stiegen und uns in Richtung der Gärten des Rathauses begaben.

Hier, unter den Pergolen mit grasgeflochtenen Baldachinen, waren lange Tische in Reihen angeordnet. Riesige Mengen an Speisen lagen auf Tabletts und großen runden Platten.

„Sie können gerne hier sitzen, neben mir, wenn Sie möchten, Leutnant Nowak", lud Madam Eehie ein und deutete auf die lange Bank an einem der Tische.

„Danke", nahm ich meinen Platz neben ihr ein, mit Agan, der auf meiner anderen Seite saß. „Bitte, nennen Sie mich Emma."

„In Ordnung, das werde ich." Sie lächelte und strich sich eine wellige Strähne ihrer schulterlangen Mähne beiseite. „Ich bin dann Inkra."

„Leutnant Drankai!" Die scharfe Stimme von General Hicrai ließ mich zusammenzucken.

Er näherte sich unserem Tisch mit weiten, entschlossenen Schritten und begrüßte hastig den Gouverneur und seine Frau, wobei er mich - wie üblich - völlig ignorierte.

Agan stand auf und stellte sich ihm entgegen.

„Freut mich zu sehen, dass Sie wieder in bester Kampfform sind." General Hicrai klopfte ihm auf die Schulter. „Vielleicht können Sie jetzt Ihre Frau besser kontrollieren." Endlich nahm er meine Anwesenheit zur Kenntnis, indem er mir einen vorwurfsvollen Blick zuwarf.

„Ich höre auf", sagte Agan plötzlich. „Ich verlasse die Armee. Das ist mein Rücktritt."

„Was?" Für einen Moment sah der General aus, als hätte er an etwas Scharfem gewürgt. „Sie können die Armee nicht verlassen!" brüllte er. „Die Armee zu verlassen, nennt man Fahnenflucht – und die ist nach dem Gesetz strafbar."

„Der Pflichtdienst in der Ravil-Armee beträgt zwanzig Jahre. Danach kann man jederzeit aufhören." Agan verschränkte ruhig die Arme vor der Brust. „Ich habe die obligatorischen zwei Jahrzehnte Dienst vor zwei Jahren abgeschlossen. Ich höre auf."

„Sie sind erst seit zwölf Jahren bei der Armee." Der General bohrte seinen Finger in Agans Brustpanzer. „Sie haben noch einen weiten Weg vor sich, bevor Ihre Pflichtzeit abgelaufen ist."

Agan schüttelte den Kopf.

„Gemäß dem Gleichstellungsgesetz werden Jahre der Aktivität in einer zivilen Widerstandsorganisation zu den Jahren des aktiven Armeedienstes gezählt."

„Sie sind noch nicht einmal dreißig", spottete General Hicrai. „Sie können auf keinen Fall die vollen zwanzig Jahre haben. Wann haben Sie angefangen? Als Sie acht Jahre alt waren?"

„Sechs. Und jetzt bin ich fertig." Agan entfaltete seine Arme und trat einen Schritt näher an den General heran. „Und da Sie nicht länger mein vorgesetzter Offizier sind..."

Er drehte seinen Oberkörper, holte mit der Faust aus und landete einen kräftigen Schlag auf dem Kiefer des Generals.

Ein leises Keuchen kam von dort, wo Madam Eehie, Inkra, saß. Mir stockte der Atem, als ich wie in Zeitlupe beobachtete, wie General Hicrai zurücktaumelte und dann mit einem lauten „Humph" auf seinen Hintern fiel.

Er rappelte sich schnell wieder auf, zögerte aber, einen Gegenangriff zu starten, angesichts von Agans grimmigem Gesichtsausdruck und der erhobenen Faust, die bereit war, erneut zuzuschlagen.

„Das ist Körperverletzung!", schrie der General stattdessen.

„Ein Ravil-Mann hat das Recht, seine Ehre zu verteidigen", sagte Agan ernst. „Sie haben meine Frau respektlos behandelt und mich damit beleidigt."

„Wie habe ich deine Frau respektlos behandelt?" Der General warf mir einen Blick zu, diesmal eher ängstlich als hasserfüllt.

Agan grinste und schaute mich an.

„Du hast angedeutet, dass ich das Recht hätte, sie zu kontrollieren."

Ich lächelte zurück und ignorierte den stechenden Blick des Generals.

„Agan!", rief jemand aus der Menge, während die Leute weiterhin ihre Plätze an den Tischen einnahmen. Diejenigen, die nicht sitzen wollten, versammelten sich um die hohen Ständer mit Speisen, die im Garten aufgestellt worden waren.

„Hey, Hahlut, schau mal! Da ist Agan!" Ich erkannte die Stimme eines von Agans Kameraden, *ehemaligen* Kameraden jetzt, da er gerade gekündigt hatte.

„Redest du von dem kleinen Kerl auf der Schulter des mickerigen Menschen?" Hahlut lachte.

Sie hatten offensichtlich die Zeremonie verpasst und waren nur für die Party gekommen.

Agan drehte sich langsam in Richtung der Stimme.

„Ich bin gleich wieder da." Er beugte sich vor und gab mir einen schnellen Kuss auf die Wange.

„Agan...", begann ich besorgt.

„Es dauert nicht lange." Er reckte seinen Hals und knackte mit den Knöcheln. „Ich muss nur kurz mit Hahlut *reden*."

„Warum?"

„Ich muss ihm ein für alle Mal beibringen, wie man respektvoll über meine Frau spricht."

Ich verdrehte die Augen. „Nein, musst du nicht. Ich habe bereits im Einkaufszentrum mit ihm gesprochen. Er hat sich entschuldigt, erinnerst du dich?"

„Du hast für *mich* mit ihm gesprochen. Jetzt bin ich dran, für *dich* mit ihm zu 'sprechen'." Er sprang über eine Bank auf dem Weg zu seinen ehemaligen Kumpels. „Keine Sorge, ich werde ihn nicht verkrüppeln."

Ich schüttelte den Kopf und fing den vorwurfsvollen Blick auf, den General Hicrai mir zuwarf, als er Agan hinterhereilte. Als wäre es meine Schuld, dass Agan beschlossen hatte, seine neu gewachsenen Muskeln erneut spielen zu lassen.

„Schauen Sie nicht *mich* an", sagte ich zum General und seufzte. „Es ist ja nicht so, als könnte ich ihn aufhalten."

Ich wandte mich wieder Inkra zu, die vorsichtig begonnen hatte, ihren Teller mit Essen zu füllen.

„Ich konnte ihn kaum zurückhalten, als er noch taschengroß war", murmelte ich leise. „Wie soll ich das jetzt schaffen, wo er so groß wie ein Haus ist?"

„Männer." Sie zuckte lässig mit den Schultern, völlig unbesorgt. „Ich kann nie genau herausfinden, was in ihren Köpfen vorgeht. Hier...", sie legte ein kleines Stück von etwas auf einen Teller für mich. „Probier das mal, bitte. Das ist Schlagkäse aus *Marid*-Milch."

„Die Reittiere?"

„Genau. *Marids* werden für viele Zwecke gehalten." Sie nahm einen kleinen dunklen Würfel von einem anderen Servierteller. „Das ist *Marid*-Fleisch, gewürzt und gepökelt."

Ich betrachtete neugierig die große Vielfalt an Speisen, die auf den Tabletts vor mir ausgebreitet waren, und versuchte zu erraten, was das alles war.

Inzwischen kehrte der Gouverneur an unseren Tisch zurück, mein Mann kam mit ihm.

Strahlend ließ sich Agan neben mir auf die Bank plumpsen. „Gouverneur Eehie hat mir gerade einen Job bei der zivilen Grenzschutzeinheit angeboten", verkündete er, schnappte sich sowohl den Schlagkäse als auch den Fleischwürfel von meinem Teller und stopfte sie sich beide in den Mund.

„Hast du angenommen?" Die Dinge passierten mit halsbrecherischer Geschwindigkeit. Er hatte einen Job verloren und innerhalb von Minuten einen neuen bekommen.

„Ich sagte, ich müsste erst mit meiner Frau darüber sprechen."

„Mit deiner *wem?*" Mein Kiefer erschlaffte, mein Mund stand offen.

Mit einem Finger unter meinem Kinn schloss er meinen Mund. „Ich habe gesagt, ich würde dich heiraten. Ich meinte es ernst."

„Wann?"

„So bald wie möglich."

Ich lächelte über seinen Eifer.

„Vielleicht sollten wir wenigstens warten, bis sie meinen Vertrag verlängern und meinen neuen Standort bestätigen?"

„Wenn Sie nach Ihrem Ausscheiden aus der Armee im nächsten Jahr bei Ihrer derzeitigen Tätigkeit bleiben möchten, Frau Leutnant", sagte der Gouverneur und nahm auf der anderen Seite seiner Frau Platz. „Wir könnten Ihre Fähigkeiten definitiv auch gebrauchen. Wir bauen eine Grenzkontrolltruppe auf, um *Yirzi*-Banden und *Fescods* davon abzuhalten, in unser Land einzudringen. Ich würde Sie gerne als eine der Kämpferinnen haben, die unser Land vor zukünftigen Invasionen schützen. Sie können, wenn Sie möchten, an der Seite Ihres zukünftigen Ehemanns arbeiten."

„Wir werden zum ersten Mal in derselben Organisation sein." Agans Grinsen wurde breiter. „Endlich bekomme ich die Chance, dein Chef zu sein und dir Befehle zu erteilen."

„Es sei denn, ich werde zuerst deine Chefin, natürlich." Ich lachte und schnippte mit dem Finger gegen seine Nase.

Er fing meine Hand in der Luft und drückte sie an seine Lippen. „Jeder Wunsch von dir ist bereits mein Befehl. Ich würde alles für dich tun, meine Glückszahl Elf."

„Ich habe alles, was ich mir je gewünscht habe und mehr." Ich fuhr mit den Fingern entlang seines samtigen Wangenknochens. „Solange ich dich habe, mein Liebster."

EPILOG

Ich stand auf einem Hügel, direkt außerhalb der Stadtmauer von Irlie, einer kleinen Grenzstadt in Ravie. Agan hatte hier einen Job bei der Grenzwache, und ich hatte noch ein paar Monate meines Friedensmissionsvertrags auf Tragul übrig. Wir beide arbeiteten daran, die Stadt und das Land dahinter vor *Yirzi* und *Fescods* zu schützen, die im Dschungel umherstreiften.

Meine obligatorische Dienstzeit neigte sich dem Ende zu, danach hatte ich bereits einen Job bei der Grenzwache in Aussicht. Ich würde hier bleiben und Seite an Seite mit Agan arbeiten.

Es war in letzter Zeit ruhig gewesen, da wir inzwischen sowohl die *Yirzi* als auch die *Fescods* weit vom Land weggelockt hatten.

Agan und ich nutzten die ruhige Zeit, um unser süßes zwei-stöckiges Haus einzurichten und endlich unsere Hochzeit zu planen. Seit unserem Umzug hierher hatte ich auch den gesamten Einwanderungsprozess abgeschlossen, um meine Eltern nach Tragul zu holen. Sie waren inzwischen ebenfalls hierher gezogen und hatten sich glücklich in einem Haus um die Ecke von unserem niedergelassen.

Mama war beschäftigt in dem weitläufigen Garten, den sie in den paar Monaten seit ihrer Ankunft angelegt und zum Wachsen gebracht hatte. Und Papa, seit jeher ein geselliger Mensch, freundete sich mit den Nachbarn an. Er und Mama bekamen fast jeden Abend Einladungen zum Abendessen.

Gerade jetzt standen sie beide auf der Stadtmauer, zusammen mit vielen unserer Nachbarn und Freunde. Ich konnte ihre Gesichter aus dieser Entfernung nicht sehen und hörte nur ein stetiges Gemurmel von Stimmen. Ich konnte ihre Worte nicht unterscheiden, aber ich wusste, dass sie mich beobachteten, während sie Getränke in den Händen hielten und Blütenblätter in ihren Händen bereit hatten.

Die Brise erfasste die weiße Seide meines langen, weiten Rocks. Er bauschte sich wie ein Segel um meine Beine. Ein goldbestickter Schleier floss über mein Haar, und ein weißer Schal mit goldenen Fransen bedeckte meine Brust.

Gold und Weiß waren die Hochzeitsfarben in Ravie. Ich stand auf dem Hügelgipfel und wartete darauf, dass mein neuer Ehemann mich „entführte", wie es die alte Tradition der Ravil-Leute verlangte.

Fast genau ein Jahr nachdem Agan sich selbst in meinen Schoß verschifft hatte, heirateten wir endlich. Es hatte viel länger gedauert als gedacht, es offiziell zu machen. Aber mit so vielen Veränderungen im vergangenen Jahr brauchte die Hochzeit eine Weile, um geplant und organisiert zu werden.

Außerdem hatte ich wunderbare Neuigkeiten für ihn. Ich hatte sie seit drei Tagen geheim gehalten und beschlossen, es ihm heute Abend zu erzählen – als Teil meines Hochzeitsgeschenks an meinen Mann.

Ein Reiter erschien aus dem Dschungel. Auf einem *Marid*

reitend, dem eleganten sechsbeinigen Reittier der Ravils, ritt er auf mich zu. Die untergehende Sonne schien auf das goldweiße Fell des Tieres und die dicke, wellige Mähne meines Mannes.

Vor langer Zeit waren die Heiratsraubzüge genau das: Ein Ravil-Mann schnappte sich die Frau, die er heiraten wollte, mit oder ohne ihre Erlaubnis.

Im Laufe der Jahrhunderte hatten sich Gesetze und Bräuche geändert. Jetzt war die illegale Entführung ein Verbrechen, das vom Gesetz bestraft wurde. Allerdings blieb die Tradition des *Marid*-reitenden Bräutigams, der seine Braut fortträgt, ein Teil der Hochzeitsfeier.

Agan war eine Erscheinung in weißen Seidenhosen und einer goldenen Schärpe, die um seine schlanke Taille gebunden war. Die langen Enden der Schärpe flogen hinter ihm her und bauschten sich im Wind. Er war in seinem Element, in seiner Welt. Ein breites, glückliches Grinsen breitete sich auf seinem Gesicht aus, als er sich mir näherte.

Angetrieben von der Brust des *Marids* und dem breiten Oberkörper seines Reiters traf mich die Luftmauer, als sie näher kamen. Ich zog meinen Kopf in die Schultern, überwältigt von der Masse und Geschwindigkeit der beiden. Aber ich hatte keine Angst, ich vertraute Agan.

Ohne langsamer zu werden, beugte er sich vor und hob mich mit einem Arm vom Boden auf.

„Hab dich!" Er setzte mich vor sich in den Sattel, und ich umklammerte ihn um seine Mitte und drückte mich an ihn.

„Halt mich fest."

„Immer." Agan verlangsamte den *Marid* ein wenig und schlang seinen Arm fester um mich.

Ein Jubel brach von den Stadtmauern aus, wo unsere Hochzeitsgäste ihre Gläser auf unsere glückliche Ehe erhoben und Blütenblätter in unsere Richtung warfen.

Wir würden keinen von ihnen bis zur nächsten Woche sehen. Agan brachte mich in die Stadt auf dem Hügel, wo er für unsere Flitterwochen eine Hütte neben einem wunderschönen Wasserfall gemietet hatte.

„Jetzt gehörst du ganz mir." Agan küsste meinen Kopf, sein Herz hämmerte wild in seiner Brust, die an mich gedrückt war. Er verlagerte die Zügel in die Hand an meiner Taille, dann griff er mit der freien Hand in seine Schärpe. „Ich habe etwas für dich." Er hielt einen goldenen Ring mit einem undurchsichtigen runden Stein hoch. „Das ist doch deine Tradition von zu Hause, oder? Am Hochzeitstag Ringe auszutauschen?"

Ich schnappte nach Luft beim Anblick des wunderschönen Steins. Die Sonnenstrahlen schienen durch ihn hindurch und erzeugten ein Spektrum mehrfarbiger Funken.

„Woher wusstest du das?"

„Dein Vater hat es mir erzählt." Er grinste und steckte mir den Ring an den Finger.

„So wunderschön." Ich drehte meine Hand und bewunderte das Lichtspiel im Inneren des Steins. „Und er passt perfekt."

„Natürlich passt er", antwortete er selbstsicher. „Ich kenne deinen Körper in- und auswendig, jeden einzelnen Teil davon. Auch jede Größe."

Ich schmiegte mich an seine Brust. Meine Wangen wurden heiß bei dem Gedanken an all das „Kennenlernen" unserer Körper, das wir im vergangenen Jahr betrieben hatten.

„Ich habe auch etwas für dich", sagte ich leise, während mein Herz vor Aufregung und ein wenig Bangen schneller schlug. „Pass nur auf, dass du nicht aus dem Sattel fällst, wenn ich dir sage, was es ist."

„Aus dem Sattel fallen?" Er lachte herzlich. „Ich wurde im Sattel geboren. Nichts könnte mich von einem *Marid* werfen."

Ich hob mein Gesicht zu seinem, denn ich musste seine Augen sehen, wenn ich es sagte. „Ich bin schwanger, Agan. Wir werden bald Eltern sein."

Er zuckte von mir weg, schwankte zur Seite, während sein

Mund offen stand. Ich packte seine Schärpe und zog ihn zu mir zurück.

„Hat dich doch fast aus dem Sattel geworfen, oder?"

„Emma..." Er starrte mich an, Erstaunen schwamm in seinen weit geöffneten Augen. Die gelben Funken der untergehenden Sonne glitzerten wie Goldsprenkel im hellen Grün seiner Iris. „Du bist nicht nur meine Glückszahl, du bist mein Wunder."

Die Wärme des Lichts in seinen Augen floss in mein Herz und erfüllte es mit so viel Liebe.

„Wunder", wiederholte ich. „Das hat auch der Arzt gesagt."

Es gab zahlreiche Studien über die Fortpflanzung zwischen Menschen und Voraniern, die eine Schwangerschaft zwischen diesen beiden Spezies als unmöglich bewiesen hatten. Da Agan und ich jedoch das erste und immer noch einzige Mensch-Ravil-Paar im Universum waren, begann alles mit uns.

„Was hat der Arzt noch gesagt?" Agans Ausdruck wurde nachdenklich, das Staunen wurde von Sorge überschattet. „Solltest du überhaupt reisen? Vielleicht sollten wir die Flitterwochen absagen?"

„Beruhig dich, *Papi*." Ich tätschelte beruhigend seine Brust und kicherte leise. „Bei uns ist alles bestens. Da es das einzige Ravil-Mensch-Baby der Welt ist, werde ich öfter als üblich zur Vorsorge gehen müssen. Der Arzt wird diese Schwangerschaft genau beobachten. Er hat bereits einen Bericht nach Voran geschickt und mir gesagt, ich solle damit rechnen, dass irgendwann Spezialisten von dort eintreffen werden. Wir werden definitiv viel mehr Aufmerksamkeit bekommen wegen all dem, aber es gibt keinen Grund zur Sorge, jedenfalls noch nicht. Dem Baby und mir geht es gut."

„Das Baby", wiederholte er im Halbflüsterton nach mir. Seine Hand an meiner Taille glitt hinunter zu meinem Bauch, der noch enttäuschend flach war. „Deins und meins."

Wir hatten noch nicht wirklich darüber gesprochen, Kinder zu bekommen. Agan und ich wussten, dass Voranier und

Menschen sich nicht fortpflanzen konnten, aber es gab andere Wege, eine Familie zu gründen – von einem menschlichen Samenspender bis zur Adoption. Ich hatte gedacht, wir würden alle Möglichkeiten prüfen, wenn die Zeit gekommen wäre. Jetzt, wo es so unerwartet passiert war, fragte ich mich, ob Agan sich genauso bereit dafür fühlte wie ich.

„Bist du glücklich, Agan?"

„Ich bin so glücklich wie noch nie, Emma." Er umarmte mich fester und küsste mich. „Lange genug zu leben, um Ravie im Frieden gedeihen zu sehen, war mein Traum. Ich hätte niemals gewagt, von einem Kind zu träumen, während der Krieg noch tobte. Jetzt..." Seine Brust hob sich, als er tief einatmete. Anspannung und Sorge wichen aus seinem Gesicht, als würden sie mit der Luft, die er ausatmete, losgelassen. „Ich könnte mir nichts Besseres als das hier vorstellen. Ich liebe dich, Emma. Mehr als mein Leben."

Ich entspannte mich an der Brust meines Mannes.

„Ich liebe dich auch, mein kleiner Riese. Du bist meine Welt."